OS CONFLITOS DE GRACE

CB131066

Susie Orman Schnall

OS CONFLITOS DE GRACE

Tradução
ROSANE ALBERT

JANGADA

Título do original: *On Grace.*

Copyright © 2014 Susie Orman Schnall.

Copyright da edição brasileira © 2017 Editora Pensamento-Cultrix Ltda.

Texto de acordo com as novas regras ortográficas da língua portuguesa.

1ª edição 2017.

Todos os direitos reservados. Nenhuma parte desta obra pode ser reproduzida ou usada de qualquer forma ou por qualquer meio, eletrônico ou mecânico, inclusive fotocópias, gravações ou sistema de armazenamento em banco de dados, sem permissão por escrito, exceto nos casos de trechos curtos citados em resenhas críticas ou artigos de revistas.

A Editora Jangada não se responsabiliza por eventuais mudanças ocorridas nos endereços convencionais ou eletrônicos citados neste livro.

Esta é uma obra de ficção. Todos os personagens, organizações e acontecimentos retratados neste romance são produtos da imaginação do autor e usados de modo fictício.

Editor: Adilson Silva Ramachandra
Editora de texto: Denise de Carvalho Rocha
Gerente editorial: Roseli de S. Ferraz
Produção editorial: Indiara Faria Kayo
Editoração eletrônica: Mauricio Pareja da Silva
Revisão: Vivian Miwa Matsushita

Dados Internacionais de Catalogação na Publicação (CIP)
(Câmara Brasileira do Livro, SP, Brasil)

Schnall, Susie Orman
Os conflitos de Grace / Susie Orman Schnall ; tradução Rosane Albert. — São Paulo : Jangada, 2017.

Título original: On Grace
ISBN: 978-85-5539-091-3
1. Ficção norte-americana I. Título.

17-06199 CDD-813

Índices para catálogo sistemático:
1. Ficção : Literatura norte-americana 813

Jangada é um selo editorial da Pensamento-Cultrix Ltda.

Direitos de tradução para o Brasil adquiridos com exclusividade pela EDITORA PENSAMENTO-CULTRIX LTDA., que se reserva a propriedade literária desta tradução.
Rua Dr. Mário Vicente, 368 — 04270-000 — São Paulo, SP
Fone: (11) 2066-9000 — Fax: (11) 2066-9008
http://www.editorajangada.com.br
E-mail: atendimento@editorajangada.com.br
Foi feito o depósito legal.

Para Rick, Jason, William e Judson

Capítulo um

Não tenho planos de acordar amanhã e me sentir *completamente* diferente, mas com certeza não faz parte dos meus planos me sentir como hoje e todos os outros dias. Amanhã, quando eu acordar, com o sol entrando pela minha janela, vou sentir como se nada pudesse dar errado. Será um dia memorável. Está certo, memorável é uma palavra forte, reservada geralmente para coisas como bodas de ouro e aposentadorias acompanhadas de relógios de ouro, mas decidi que vou usar essa palavra e me apossar dela. Memorável. Gosto de como ela soa.

A partir de amanhã minha vida vai mudar, porque meus garotos passarão a ficar na escola em período integral. Faz oito anos que coloquei minhas vontades e necessidades em segundo plano, depois das deles. Não sou daquelas mães superprotetoras que mantêm os filhos sob as suas asas, mas mesmo nós, mães dedicadas, não podemos colocar nossas vontades e necessidades em primeiro plano. Pelo menos não todos os dias, durante vinte e quatro horas.

Assim, enquanto me preparo para o dia memorável, estou tirando do caminho as coisas do último dia de verão. Hoje é dia de levá-los para cortar o cabelo e preparar as mochilas, e também é o último dia de recolher insetos coloridos de verão em vidros. Depois de um último passeio de bicicleta calçando nossos chinelos de dedo, vamos dar uma volta no fim da tarde até Longford para tomar sorvete, onde provavelmente veremos uma porção de mães que mal podem esperar pelo dia de amanhã e uma porção de outras crianças que podem...

Mas, por ora, os meninos estão lá fora jogando beisebol com alguns garotos da vizinhança, e eu estou diante da geladeira aberta, tentando imaginar o que diabos vou fazer para o jantar. Quando o telefone toca, espio o identificador de chamadas e atendo, animada.

— Ei, Cam! — eu praticamente canto no telefone.

— Oi, Grace! Tudo bem com você?

— Tudo ótimo! Não vejo a hora de chegar amanhã. Sei que vou me sentir tão livre, feliz e no controle da minha vida!

— Nossa, isso parece muito promissor! Boa menina — diz Cameron animada.

— Mais um dia e minha vida vai entrar de novo nos eixos.

— O que exatamente está fora dos eixos? — Cameron pergunta.

— Bom, meu casamento, minha carreira empacada, a falta de qualquer tipo de atividade física e várias outras coisas — digo a ela. — Não necessariamente, mas talvez, em ordem de importância. Eu meio que estou formulando um projeto na minha cabeça.

— Quanto disso se deve ao fato de estar apavorada por chegar aos 40 daqui alguns meses? — Cameron pergunta.

— Eu já te disse que não estou apavorada com os 40.

— Sabe, Grace, você tem todo o direito de não estar entusiasmada com isso.

— Mas eu *estou.* Vejo os 40 como uma oportunidade de recuperar o controle da minha vida. Como se fosse véspera de Ano-Novo, mas com muito menos champanhe.

— Bem, vou brindar a isso — diz Cameron. — E já que estamos brindando... — ela acrescenta com uma entonação inconfundível.

— O quê? Não! O quê?

— Sim!

— Sim?

— Sete semanas e meia hoje, oficialmente.

— Ah, Cameron. Parabéns! Eu aqui falando sem parar sobre mim, e você com uma notícia tão boa.

— Tudo bem, Grace. De verdade. Eu liguei tanto para contar sobre minha gravidez quanto para saber quais são suas expectativas para o grande dia.

— Bem, estou muito feliz por você.

— Eu sei. Me desculpe por não ter contado logo, mas você conhece meu histórico e tudo o mais, eu realmente queria ter certeza. E hoje é um dia a mais do que jamais consegui numa gravidez. Não que eu não fosse contar para você se abortasse de novo. Eu só estava com uma espécie de superstição estranha.

— Não precisa se desculpar. Eu entendo perfeitamente. Mas, para compensar, você jantaria comigo hoje à noite para comemorarmos de verdade? Comida oriental às 19h30? — pergunto.

— Você não precisa ficar com os meninos hoje à noite? Último dia de férias e tudo o mais?

— Vou dar um longo passeio de bicicleta com eles agora à tarde, então eles estarão bem cansados. E vão achar ainda mais especial com Darren no comando da hora de dormir. E aí, no Tengda?*

— Peixe cru...

— Certo, peixe cru não pode. No Méli-Mélo,** então?

— Combinado. E você vai me falar mais sobre o seu projeto — diz Cameron.

— Ok. Até mais tarde. E, Cam, estou muito feliz por você, de verdade. Mande um abraço pro Jack.

E com isso faço uma dancinha em homenagem a minha melhor amiga, que há cinco anos tenta engravidar. Ligo meu laptop e mando um e-mail ao Darren para dar a boa notícia e avisar que vou sair à noite.

Enquanto lavo a louça do almoço, penso no trabalho de meio período que vou iniciar na segunda-feira. Serei a nova colunista da "Vida em Família", para a *Westchester Weekly*, nossa versão local e notável da revista *New York*. Toda semana, vou escrever um artigo com quinhentas palavras sobre algo novo e digno de nota que ocorra na região e que seja perfeito para famílias, e não vejo a hora de começar. Não chega nem perto do meu antigo salário, mas já é alguma coisa. Além do mais esse trabalho é uma oportunidade para redescobrir a mulher que tem estado profundamente enterrada sob os rótulos de "esposa" e "mãe" nos últimos oito anos.

Conheci o proprietário/editor da *Weekly*, Matthew O'Donnell, em junho, num clube de praia de uma amiga. Ele e a mulher,

---

* Cadeia especializada em comida asiática, com restaurantes em Greenwich, Darien, Stamford e Milford, cidades do estado de Connecticut, nos EUA. (N.T.)

** Restaurante e bar localizado na cidade de Nova York especializado em comida internacional. (N.T.)

Monique, tinham acabado de se mudar para nossa vizinhança em Rye (um subúrbio arborizado da cidade de Nova York, onde com certeza ninguém roubaria seu carro se o deixasse ligado para postar uma carta no correio, mas que você nunca *deixaria* ligado porque as pessoas o censurariam por causa dos gases liberados pelo motor em ponto morto). Quando disse a ele que tinha sido editora em duas revistas de *fitness* antes de ter meus filhos (quando eu estava ainda, digamos, em boa forma), ele me perguntou sobre o meu trabalho e por que eu não estava mais trabalhando.

Fiquei na dúvida sobre qual das surpresas era a melhor: o fato de eu estar mantendo uma conversa interessante com outro homem que não é o meu marido (uma coisa que não acontece com frequência em reuniões de clube de praia, quando os homens ficam no bar discutindo sobre os dois Es — esporte e economia — e as mulheres pairam ao redor em seus chinelos de dedo para discutir B e P — babás e plásticas), ou que eu poderia ter um contato dentro da revista para a qual eu adoraria escrever. E ele estava certo, por que eu não estava mais trabalhando? Bem, na verdade eu tinha duas adoráveis respostas que iriam para a escola em poucos meses. Então, disse a ele:

— Abri mão por um tempo da minha carreira porque quis ficar em casa com meus filhos. Mas, neste outono, os dois vão para a escola em tempo integral e estarei pronta para me concentrar no trabalho de novo.

— Grace fez um trabalho excelente com os meninos — Darren disse a Matthew. — Eles têm sorte porque ela os escolheu acima da carreira, mas ela não é do tipo de mulher que se satisfaz jogando tênis todos os dias enquanto eles estiverem na escola. Grace precisa de mais do que isso.

Olhei para Darren e sorri, agradecida por ele me dar tanto apoio. Tínhamos conversado naquela tarde sobre o fato de eu estar com medo de não conseguir um trabalho. Como eu me preocupava com a possibilidade de me sentir sobrecarregada cuidando de um emprego e da família. Sabia que poderia não ser lá muito boa no papel de Supermulher. Mas também estava ansiosa por ser criativa novamente. Para usar meu cérebro para algo mais do que organizar o esquema de carona para os treinos de futebol e descobrir formas inovadoras de esconder verduras em bolinhos de carne.

Matthew e eu conversamos por um tempo, e eu lhe disse que a revista poderia ter uma seção dedicada a atividades que as famílias poderiam fazer juntas, além de apenas os eventos relacionados no verso. Quando ele concordou comigo e disse que era algo que o departamento editorial vinha cogitando, eu corajosamente — com uma ajudinha do meu vinho favorito — sugeri que quem sabe *eu* poderia ser a pessoa indicada para escrevê-la. Alguns telefonemas, e-mails, encontros com o editor e colunas de teste mais tarde, e eu estava contratada como a colunista da "Vida em Família" para a *Westchester Weekly*.

Escuto o telefone tocar, enxugo as mãos no pano de prato e corro para procurar o celular na bagunça da minha bolsa. Encontrei-o bem na hora em que a chamada está para cair na caixa postal, indicando um número desconhecido, e rapidamente toco a tela para atender.

— Alô — digo, completamente despreparada para o que vem em seguida.

Capítulo dois

— É a Grace May que está falando?

— Sim.

— Oi, Grace, aqui é Margaret White da *Westchester Weekly*.

— Ah, oi — digo animadamente. — Você recebeu a cópia assinada do meu contrato? — Eu tinha me encontrado com a Margaret uma vez, figura um pouco ameaçadora, mas muito bonita, e diretora de RH, no escritório da *Weekly*. Sento-me diante da mesa da cozinha e pego uma caneta para anotar qualquer informação sobre o que vou precisar para o primeiro dia de trabalho, na semana seguinte.

— Recebi. Não é por isso que estou telefonando — ela diz, soando não muito ameaçadora.

— Oh?

— Grace, eu sinto muito ter de lhe dar essa notícia, mas a revista está fechando, o que, evidentemente, significa que não poderemos mais contratá-la.

— Fechando? — pergunto, percebendo que minha voz, em pânico, tinha subido uma oitava e que eu estava furando repetidamente o bloco de anotações com a ponta da caneta. — Por quê?

— Fui instruída por nossos advogados a não explicar o porquê. Digamos apenas que houve uma mudança de proprietários, e o novo dono decidiu cancelar a *Weekly*.

E com isso ela termina abruptamente a conversa e o início da minha carreira.

Que diabos aconteceu?

Ligo o laptop e digito rapidamente *Westchester Weekly* no site de busca. Tento entrar no site da revista, mas, em vez da homepage usual, aparece uma espécie de lápide anunciando: "Sentimos informar que, apesar de catorze anos bem-sucedidos como fonte confiável para os moradores e empresários de Westchester, não publicaremos mais a *Westchester Weekly*. Agradecemos sinceramente a vocês, assinantes, anunciantes e amigos que nos apoiaram todos esses anos. Vamos sentir saudades".

Fala sério? Este seria o momento em que eu normalmente cairia no choro. Nunca fui capaz de controlar minhas emoções. Estou muito desapontada. Tinha imaginado esse trabalho como um tipo de salvação para mim. Uma mão enorme me levantando de baixo de tudo o que tinha me enterrado, segurando-me bem no alto e proclamando-me uma mulher produtiva de novo.

Meu primeiro pensamento é descobrir por que a revista está fechando de maneira tão repentina. Todos os sinais indicavam que as finanças iam bem: sua última edição tinha fechado com o mais alto número de páginas de anúncio na história da sua publicação, tinham acabado não só de me contratar, mas também representantes vendedores de anúncios, e o editor tinha levado, havia pouco tempo, seus executivos seniores numa viagem excessivamente dispendiosa para uma pousada chique em Hudson Valley. *Por que ele venderia?* Não fazia sentido. Digito rapidamente um e-mail para Darren com um "Olhe isso!" no espaço para assunto e um texto curto sobre o que havia acontecido com o link do site da *Weekly*.

O problema mais urgente, entretanto, é o fato de que agora estou sem trabalho. A verdade, e o ponto mais importante, é que ninguém vai ficar sem jantar hoje à noite ou em qualquer outra noite em casa porque eu não tenho emprego. E perder o emprego sem nem mesmo ter começado a trabalhar, conta? O conceito de ser abençoada por não *ter* que trabalhar absolutamente não se perdeu em mim. Agradeço pela sorte que tenho todos os dias — bem, quase todos os dias, como se eu passasse fio dental *todos* os dias... — por Darren ganhar bem o bastante para que eu não precise trabalhar para pagar as contas. Trabalhar é uma escolha que faço para satisfazer uma necessidade interior minha, não para pagar a hipoteca.

Algumas vezes me sinto culpada por não trabalhar fora, por não batalhar como tantas pessoas. Cameron sempre diz que não existe nenhuma razão para eu não desfrutar a minha vida. Que a maioria das mulheres trocaria de lugar comigo num segundo. Que, num certo sentido, devo isso a elas por desfrutar todos os dias da minha vida em vez de me sentir mal por não ser elas. E que me preocupar com isso não muda o fardo de ninguém mais.

Estou arrasada, mas talvez a perda desse trabalho seja um sinal. Talvez, afinal, eu devesse ser a mãe em tempo integral. Talvez o provérbio "tudo acontece por uma razão" seja válido neste contexto. Mas não estou certa disso.

Mais tarde, depois do passeio de bicicleta e dos sorvetes, mais beisebol, jantar cedo e banho para os meninos, eles assistem ao *Bob Esponja* no meu quarto, enquanto eu acabo de me arrumar para o meu encontro com Cameron.

— Olá — Darren diz quando chega às 19h15, com a voz excepcionalmente baixa.

— Oi, estou saindo, já estou atrasada. Preciso chegar ao Méli-Mélo às 19h30 — digo, beijando-o rapidamente antes de guardar o celular na bolsa, pegar meu suéter e dar a ele as informações de troca de turno. — Os meninos já comeram e seu jantar está na geladeira. Eles tomaram sorvete hoje à tarde, por isso, por favor, não lhes dê nenhum doce, mesmo se eles implorarem, e faça-os escovar os dentes e o James precisa pôr uma fralda antes de ir dormir. Ele molhou a cama ontem à noite, por isso quero que ele use fralda por alguns dias.

— Certo, já entendi. — Ele sorri sem olhar nos meus olhos.

— Ah, você recebeu meu e-mail contando que perdi meu emprego? — pergunto a ele enquanto vou saindo do quarto.

— Sim, que coisa chata — ele diz, enquanto desfaz o nó da gravata. — Sinto muito. — Ele me olha. — Desculpe por não ter respondido ao seu e-mail. Hoje estava uma loucura.

— Tudo bem. Eu entendo — digo. — Está tudo certo, eu te amo, até mais tarde.

— Também te amo. Dê meus parabéns a Cameron — ele diz enquanto termina de tirar a gravata.

Durante os dez minutos de carro até Greenwich, vou cantando com a Pink enquanto fico pensando se o clima estava estranho ou se eu estou imaginando coisas. Tenho me questionando muito sobre nosso relacionamento nos últimos tempos. Tento analisá-lo de todos os ângulos. E a conclusão é que simplesmente não estamos em sintonia.

Fico visualizando um número de trapézio. Eu e Darren estamos lá em cima balançando pendurados em nossas barras, agindo como se o espetáculo estivesse seguindo de acordo com o planejado. Mas, todas as vezes que vou agarrar seus pés com minhas mãos, chego um segundo atrasada. Não caio na rede, fico apenas balançando, com um sorriso nos lábios e minha malha brilhante, esperando pela próxima oportunidade para tentar agarrar de novo seus pés, para que possamos planar juntos. Essa imagem está completamente em desacordo com o que eu sempre pensei sobre nosso casamento. Tivemos uma dessas uniões que deixam as pessoas entusiasmadas. Em comparação com uma porção de amigos casados, nós na verdade ainda gostamos um do outro como pessoas. Ficamos de mãos dadas em público porque queremos. Bebemos vinho na cama e damos risada assistindo às reprises de nossa série favorita. Nos beijamos antes do sexo.

Darren e eu nos conhecemos no elegante, mas seleto, casamento de Cameron e Jack em Nova York. Eu era uma das damas de honra, e Darren estava na mesa dos amigos de infância de Jack que eu e as outras damas inspecionávamos, porque todos os acompanhantes eram casados. Jenny Simms e eu disputamos aquele sujeito alto, bonito, cabelos escuros e olhos absurdamente azuis, mas eu levei para ela uma vodca com limão, e ela o deixou para mim. De qualquer modo, ela estava de olho no primo de Jack.

Darren percebeu que tomávamos drinques no bar e, com uma perfeita combinação de confiança e timidez, aproximou-se de nós, perguntando se queríamos mais um. Eu prendi a respiração quando o vi de perto. Fiquei encantada. Quando o *barman* apresentou uma bandeja com copinhos de tequila, soltei uma das minhas mais roucas e profundas risadas. Darren me disse, mais tarde, enquanto dançávamos uma música lenta e ele me olhava com aqueles incríveis olhos azuis, que nunca tinha escutado uma risada feminina tão *sexy*. Ele também estava encantado. Nenhum de nós teve qualquer interesse em namorar outra pessoa a partir daquela noite, nós nos casamos um ano e meio depois, e tudo correu maravilhosamente bem desde então.

Levamos a contento nosso casamento juntando as coisas de que ambos gostamos — filmes de Judd Apatow, comida chinesa autêntica, Coldplay, arquitetura moderna — e coisas que ambos detestamos — filmes legendados, restaurantes pretensiosos, música eletrônica, muita agitação. Ele respeita as coisas que *eu* amo — filmes da Nora Ephron, Jane Austen e Nicholas Sparks, cupcakes veludo vermelho e as Indigo Girls —, e eu, por minha vez, tolero as coisas que *ele* ama — filmes dos irmãos Cohen, Stephen King e Michael Lewis, torresmo (*torresmo!*), Shania Twain. Agora, passados dez anos, uma hipoteca no subúrbio, dois filhos e incontáveis risadas roucas e profundas, aqui estamos nós. Desligados. Sobretudo das coisas normais.

Abro a porta do Méli-Mélo e vejo Cameron esperando por mim na nossa mesa de canto preferida desse despretensioso local da Greenwich Avenue. A Avenida, como eu me refiro a ela, é a longa via pública ladeada de árvores no coração dessa cidade chique, no baixo Connecticut, bem no limite de Westchester; lugar ideal para uma perfeita combinação de grandes lojas (Saks e Apple), pequenas butiques, restaurantes da moda e outros estabelecimentos necessários, como bancos, bancas de jornal e sapateiros. Quando Cameron me vê, ela descruza as pernas longas e atléticas e fica em pé para me dar um grande abraço.

Capítulo três

— Você está radiante! — digo entusiasmada, admirando sua pele rosada e os brilhantes olhos dourados. Cameron é radiante desde o dia em que a conheci como caloura na Universidade da Pensilvânia. Nossos quartos ficavam a três portas de distância no dormitório Butcher-Speakman, na lendária e estonteante arquitetura do pátio quadrangular da Penn. Infelizmente, a nossa ala era mais conhecida pela abundância de jogadores de futebol desordeiros (o que acabou se tornando uma coisa boa) e quartos desafiadoramente não reformados (o que se mostrou não tão ruim).

Criada numa fazenda no Maine, Cameron chegou ao primeiro encontro do pessoal que morava na nossa ala parecendo uma modelo da revista *Seventeen*. Rapidamente nos tornamos amigas, desde o momento em que fomos as únicas garotas que votaram a favor de "sanduíche de filé com queijo e um filme" em vez de "uma visita exclusiva ao museu de arte da universidade", como primeira atividade da ala. E conforme fomos nos conhecendo, percebi que a aparência dela era só um acessório para sua mente brilhante e personalidade brincalhona. Ela sempre foi mais ligada às coisas masculinas, preferindo os bares que transmitem esportes às lojas de cosméticos, *Duro de Matar* a *Dirty Dancing:*, praticar snowboard a se bronzear. Mas nós nos conhecemos naquele semestre, e nos tornamos inseparáveis desde então.

— Por quê? Obrigada — ela ronrona, torcendo o longo cabelo castanho num coque sem usar um elástico.

— Então, está sentindo algo diferente? — pergunto.

— Meus seios estão me matando. E isso nunca aconteceu das outras vezes que engravidei. E estão enormes. Para azar do Jack; estou lhe negando o acesso a eles porque doem demais — ela diz com um sorriso.

A garçonete traz nossos cardápios e, sem ao menos olhar para eles, dizemos que já estamos prontas para fazer o pedido: sopa de brócolis para começar, salada Caesar com frango (sem ovos crus no molho) para Cameron, e um crepe de presunto e mozarela para mim. É terça-feira à noite, por isso o Méli-Mélo não está tão cheio como costuma ficar na hora do almoço durante a semana e no jantar nos fins de semana. Tem sido nosso local favorito de encontro, tanto pela comida deliciosa, bom preço e a energética adrenalina, como pelo doce olhar do chef francês, Cédric, comandando os trabalhos na cozinha aberta.

— E emocionalmente? — pergunto, colocando o guardanapo no colo e tomando um gole de água.

— Eu espero de verdade chegar até o fim dessa vez, Grace. Estou bem assustada. Quero este bebê mais do que qualquer coisa na vida — ela diz num tom desesperadamente feroz.

— Sei disso. Mas tenho um bom pressentimento, Cam. Penso que este é *o* bebê. Dessa vez vai ser diferente. E, daqui a um ano, você vai me dizer que seus seios doem por um motivo completamente diferente. E com a possibilidade de Jack não querer se aproximar dessas feras amamentadoras.

— Bem, um brinde a isso. — E batemos nossos copos brindando a placentas, sutiãs de amamentação e almofadas para hemorroidas, rindo histericamente e não nos importando nem um pouco com o olhar penetrante dos vizinhos de mesa.

Depois de tomarmos a sopa de brócolis, Cameron desvia a conversa para o meu projeto.

— Ele acabou de encontrar seu primeiro obstáculo — digo, desanimada.

— O que aconteceu?

Eu lhe conto sobre o telefonema da Margaret White e imagino que talvez isso tenha sido melhor.

— Mas — digo mudando de tom —, para ser bem honesta, não tenho certeza se vou ficar feliz em ser mãe em tempo integral agora que os meninos vão passar o dia na escola. Eu me sinto sufocada. Qual é a minha identidade? Eu sou mãe. Sou a mulher de Darren. Sou a voluntária sorridente na escola. E não há nada de errado nisso. Mas quero ser mais. Quero ter um objetivo que a sociedade respeite e que venha acompanhado de um salário.

— Mas você adora ser mãe. E isso *é* respeitado pela sociedade. E por que, pelo amor de Deus, às vésperas dos 40, ainda liga para o que os outros pensam de você? Cameron pergunta com voz irritada enquanto a garçonete traz nossas entradas.

— Não sei por quê. Apenas ligo. Não consigo evitar. E, respondendo à sua primeira pergunta, é claro que adoro ser mãe. Mas isso não tem nada a ver. Não posso mais ser *apenas* mãe. Está na hora de ser algo mais. Estou sendo mãe há oito anos. Sinto falta de quem eu era.

— Gostaria que você apenas fosse mais confiante e não se comparasse a ninguém mais no mundo. Seja apenas quem desejar ser.

— Nem sei mais quem é essa pessoa — digo. — Assim que tive os garotos, minha identidade, como eu a conhecia, desapareceu.

— O que quer dizer com isso? — Cameron me pergunta.

— Você se lembra do meu antigo eu? Aquela mulher bem-sucedida, confiante, bem-vestida, em forma, com uma carreira extremamente organizada, que conseguia escrever um artigo brilhante de 3 mil palavras, corria oito quilômetros e enfrentava um jantar com convidados, tudo num só dia? Sem ficar esgotada? Tudo com a cafeína contida num chá-verde?

— Sim, me lembro dela — Cameron ri.

— Bem, ela se foi. Em seu lugar está alguém que mal consegue escrever uma lista de compras, quanto mais um artigo. E preciso de pelo menos três xícaras de café apenas para começar a produzir.

— Está sendo muito dura consigo mesma, Grace. Você faz tantas coisas! — diz Cameron.

— Você leu a sessão "Estilo" da *Times* da semana passada? — pergunto e continuo sem esperar pela resposta. — Eles fizeram o perfil das mulheres que estão "fazendo tudo". Apresentaram essas mulheres com três ou quatro filhos e empregos de período integral como consultoras de negócios ou operadoras no mercado de ações, e que ainda cuidam de eventos beneficentes e vestem Prada. Número 38. Por que essas mulheres conseguem fazer tudo isso e eu fico sobrecarregada quando preparo uma tábua de queijos?

— Antes de qualquer coisa, as editoras fazem o perfil dessas mulheres para *elas mesmas* se sentirem melhor, porque *elas* deixaram *seus* filhos em casa com uma babá. Se elas retratassem as mães que ficam em casa e como seus filhos estão indo bem, seria uma quebra na coerência da linha que adotam. Além disso, Grace, tudo é editado para parecer melhor. Está claro que deixaram de fora as partes em que as mulheres perdem o aniversário dos filhos porque estão fazendo "uma apresentação para clientes muito importantes", e quando elas choram apenas porque tudo isso é demais, ou quando se divorciam porque os maridos nunca transam.

— É verdade, é verdade — concordo, rindo. — Sei que a grama do vizinho sempre parece mais verde. Preciso perceber que provavelmente nem tudo são rosas como o artigo descreve. Mas seria bom ver de vez em quando mulheres como eu representadas com respeito. Os únicos modelos de mães que ficam em casa estão nas revistas que ensinam como fazer o enfeite de porta mais macabro do quarteirão para o Halloween.

— Tem razão. Então vamos supor que você queira encontrar outro trabalho, o seu projeto tem algum plano reserva?

— Não, não. Mas vou ficar atenta. Pretendo entrar nos sites de ofertas de trabalho para ver que tipo de *freelance* de redação estão procurando — eu digo praticamente gemendo em cima do meu delicioso crepe com queijo derretido. — A propósito, se algum dos pais de seus pacientes deixar escapar durante um exame que está querendo contratar um redator, não se esqueça de me indicar.

Cameron é pediatra. Depois de se formar na Penn, ela ingressou na Universidade de Medicina de Harvard e depois foi fazer residência no Hospital Infantil de Boston. Agora com consultório particular no Upper East Side de Manhattan — sempre gostei de como isso soa — ela é a pediatra mais requisitada das mães da Park Avenue. Elas amam seu modo de atender, amam o fato de ela ter duas salas de espera com brinquedos atóxicos, uma para os pacientes que estão doentes e outra para os que não estão, e a adoram porque apesar das longas horas de trabalho ela ainda dá um jeito de trabalhar calçando Louboutins ou Jimmy Choos. Isso lhes dá a impressão de que ela as entende melhor.

— Certo, Grace, mas na verdade não consigo imaginar como isso será possível: "Ah, doutora Stevens" — Cameron usa seu melhor sotaque de mulher chique nova-iorquina —, "Tommy ficou acordado a noite toda chorando e queixando-se de dor de ouvido. A propósito, por acaso você conhece algum redator talentoso? Meu escritório de advocacia certamente teria algum serviço para ele".

— Ponto pra você, doutora Stevens — digo, sorrindo.

Então Cameron me pergunta o que está acontecendo com Darren. É quase tão perturbador para ela como é para mim que esteja surgindo uma tensão no meu casamento. Considerando que Jack e Darren são amigos desde a infância e que eu e Cameron somos amigas desde a faculdade, nós quatro nos damos incrivelmente bem e criamos uma ligação muito estreita logo depois que eu e Darren começamos a namorar. Passamos férias, feriados e fins de semana juntos durante anos, e temos um relacionamento muito forte. Cameron e Jack até se mudaram para Westchester logo depois de nós, uma mudança incomum para um casal sem filhos e com empregos na cidade. Gosto de pensar que eles apenas sentiram demais a nossa falta, mas, na verdade, estavam cansados da vida na cidade e prontos para se tornar donos de uma casa no subúrbio. E pais.

— A boa notícia é quanto meu casamento pode estar ruim se eu ainda quero dormir na mesma cama que ele? — pergunto, tentando dar um toque de humor num assunto que estava me deixando ansiosa havia semanas.

— Imagino que isso dependa do que você quer dizer com *dormir* — ela responde. — Do tipo marcado por roncos ou por gemidos?

— Roncos — digo, com ar culpado.

— Bem, imagino que ainda há uma esperança se o pensamento dele na sua cama não lhe causa repulsa. Mas com certeza ajudaria se você transasse de vez em quando, Grace.

— Eu transo. Nós transamos. Por isso não posso culpar apenas o sexo pela nossa atual condição entediada, porque não é como se jamais transássemos. Apesar de que eu acho que poderíamos transar mais. Mas isso também faz parte do projeto.

— Seu projeto estipula sexo?

— Sim, mas me deixe explicar mais antes de chegar lá. Então, não culpo o sexo, ou a falta dele, e não culpo a nossa comunicação. Se há uma coisa em que somos bons é em nos comunicar. Não temos grandes brigas. Ainda conversamos. Parece apenas que existe um nevoeiro entre nós e que o sol não consegue atravessá-lo. Sei que não é nada que não possamos superar, mas ainda está me incomodando — expliquei-lhe enquanto a garçonete tirava os pratos e nos estendia os cardápios.

— Vamos dividir uma nutella e um crepe de banana — dissemos ao mesmo tempo, e caímos na risada.

— A primeira parte da seção casamento no projeto é toda baseada na minha teoria do sexo para a intimidade.

— Continue — diz Cameron, inclinando a cabeça com ar de dúvida.

— Os homens se ligam às mulheres através do sexo. As mulheres se sentem ligadas aos homens pela conversa. Aconchego e sexo, também. Mas, para a maioria das mulheres, a ligação emocional é mais importante. Agora, se eu quiser que Darren se ligue a mim da maneira que eu quero, é justo que eu também me ligue a ele da maneira que ele deseja, certo? Daí, meu plano é ceder mais.

— Parece simples, direto ao ponto e, Grace, você deve estar gostando de verdade do seu projeto.

— E só o que eu preciso.

Enquanto comemos a sobremesa, Cameron e eu conversamos sobre seu trabalho e o bebê e como tem sido trágico ela cuidar de tantas crianças durante todos esses anos e ainda não ter sido capaz de gerar seu próprio filho.

— A sensação que tenho quando uma nova mãe traz seu bebê para a primeira consulta é diferente agora. Eu ficava melancólica e um pouco ressentida, por mais horrível que isso possa parecer, mas agora só me sinto animada — Cameron diz enquanto pega o último bocado do crepe.

— Falando em animação — digo com voz sedutora, jogando meu ombro esquerdo para a frente —, preciso ir para casa agora e pôr o projeto em ação, se é que você me entende.

— A conta, por favor! — dizemos juntas, caindo na risada novamente.

Quando chego em casa, Darren está na cama assistindo ao jogo dos Yankees. Dou-lhe um beijo de boa-noite, e ele me pergunta como foi o jantar.

— Ótimo — respondo, enquanto vou ao banheiro para me lavar e trocar a roupa por uma coisinha que tinha ficado juntando poeira no fundo da gaveta. Quando volto para o quarto, com meu melhor andar *sexy*, encontro Darren sentado, chorando.

Capítulo quatro

— O que aconteceu — pergunto, assustada. Vou até a cama e pego suas mãos. — Os meninos estão bem?

— Sim, me desculpe, eu não queria assustá-la. Só preciso conversar com você sobre um assunto.

Eu só vi Darren chorar duas vezes. A primeira, no nosso casamento. Escrevemos nossos votos e, depois que ele leu os dele, lindas palavras para um homem que cria planilhas para viver, começou a chorar, a emoção e o amor batendo nele, como me contaria mais tarde, como uma onda violenta. A segunda vez foi quando uma semana depois de Henry, nosso filho mais velho, nascer, tivemos que voltar para o hospital por três dias para que o nosso bebê recebesse fototerapia para icterícia. Ele era tão pequenino e estávamos tão assustados. A gravidade da situação deixou Darren num estado que eu nunca tinha visto antes. Isso me comoveu tremendamente.

Enquanto Darren se vira para mim, apertando minhas mãos, meu estômago começa a se contrair, pensamentos passam voando pela minha cabeça. *Oh, Deus, isso deve ser muito grave. Por que ele está tão sério? Alguém está doente? Um dos nossos pais? Será que o meu pai teve outro ataque cardíaco? Vamos nos mudar para Lon-*

dres? Isso vinha sendo cogitado. Talvez Darren tenha ficado à par da decisão hoje.

— Gracie — Darren sussurra, arrancando-me dos meus pensamentos ao me chamar por um nome que ele e minha família reservam somente para coisas muito boas, ou para as muito muito ruins. Com as lágrimas como pista, deduzo que o assunto se encaixava no último caso. — Não sei como lhe dizer isso.

— O quê? — forço a pergunta a sair da minha boca.

Ele respira fundo e olha para as minhas mãos, que ainda seguram as dele.

— Em julho, quando fui a Chicago para aquela convenção de telecomunicações...

E agora eu sei. Ele me traiu.

— Eu...

— Não — eu digo. — Você não fez isso. — Solto as mãos dele e me esqueço de respirar.

— Gracie, eu sinto muito. — Ele pega minhas mãos e olha para mim implorando, os olhos azuis brilhando enquanto a luz da tela da televisão reflete-se em suas lágrimas. — Nem sei o que dizer. É tão clichê. Não significou nada. Eu tinha bebido muito. Me desculpe.

Soltei minhas mãos das dele e me recostei nos travesseiros. De repente me lembro de que estou usando uma *lingerie* ousada e me enfio debaixo dos lençóis de propósito. Sinto todas as emoções de uma só vez: raiva, tristeza, medo, humilhação e choque. Mas, em vez de senti-las separadamente, fico calma, como as cores do arco-íris se misturando para criar o branco.

— Ela é alguém com quem você trabalha? — pergunto sem emoção, apenas recolhendo informação.

— Não. Ela... — ele vira o rosto e solta a respiração audivelmente, e sei que isso o está matando. Mas peço que continue, porque na verdade não estou ligando para o que ele está sentindo.

— Ela era uma garçonete do bar do hotel.

— Uma garçonete que servia drinques? — digo, com a voz enojada. — E?

— Não significou nada. Me desculpe por ter feito isso. O que eu mais desejo é poder voltar atrás. Fiz bobagem. Não consigo acreditar que estou aqui dizendo a você que a traí, porque é algo que eu nunca, *nunca* pensei ser capaz de fazer.

Nem eu.

— Continue. Preciso saber o que aconteceu.

Ele respira fundo e lança um olhar vazio para a televisão. Fala rapidamente, como se as palavras machucassem enquanto saem da boca.

— Eu estava com John e Craig, tínhamos passado o dia inteiro nas apresentações, tínhamos bebido, e John não parava de pedir *shots* de tequila e de flertar com a garçonete, por isso ela passou um bom tempo conversando com a gente. — Ele para e olha para mim com uma expressão que significa que está tentando imaginar se vou fazê-lo contar a história toda.

— E?

— Continuei bebendo porque era o último dia da convenção e eu apenas queria relaxar com meus amigos. A próxima coisa de que me lembro é que estávamos no elevador, ela, John e eu. Ele a tinha convidado para ir ao seu quarto.

— O que aconteceu com Craig?

— Ele já tinha subido antes.

— Tenho certeza de que a Elisabeth vai ficar feliz no dia em que ouvir essa história — digo, pensando na mulher grávida de

Craig. Darren trabalha com John e Craig há anos. Estiveram presentes nos casamentos uns dos outros. John e Amy se divorciaram no ano passado. — E? — digo, permitindo que a tortura continue para nós dois.

— John começou a transpirar e disse que ia vomitar e correu para o quarto. A mulher...

— Qual era o nome dela?

— Gracie. — Ele olha para mim, os olhos suplicantes.

— Qual era o nome dela? — repito, olhando fixo para ele e tentando me lembrar de respirar.

— Tina.

— Continue.

— Estávamos rindo de John, e pus o cartão-chave na fenda da porta e lhe disse que tinha sido um prazer conhecê-la e me despedi. Ela me puxou em sua direção e me beijou, uma coisa levou a outra, e já estávamos dentro do meu quarto. — A voz dele está carregada de vergonha. Como deveria estar. Ele olha para a escuridão fora da janela. A mesma escuridão que sinto golpeando meu coração. Golpeando.

— Você usou camisinha?

— Sim.

— Você tinha uma camisinha?

— Não, ela é quem tinha.

— Ela dormiu no seu quarto?

— Não. Ela foi embora em seguida.

— Você contou para o John e para o Craig?

— Não. Não contei para ninguém.

Fico sentada em silêncio por alguns minutos, tentando pensar em qualquer outra coisa que eu precise saber no momento. Meu cérebro parece um grande engarrafamento — ouço uma porção de barulhos altos, mas nada segue em frente. Percebo que preciso ficar sozinha; preciso pensar. O pensamento dele perto de mim é repulsivo.

— Acho que é melhor você dormir no quarto de hóspedes. — Eu tinha a intenção de dizer isso com convicção, mas soou mais como resignação.

— Gracie, eu sinto tanto. Eu te amo muito. Percebi que coloquei em risco nosso casamento, nossa família. Por favor, me perdoe. Não significou nada. Você e os meninos são tudo para mim. Você é a minha vida. — Ele se levanta, passa os dedos pelo cabelo e seca as lágrimas. Está com uma aparência patética.

— Só não quero ter você ao meu lado agora — digo, enquanto as lágrimas por fim começam a rolar pelo meu rosto.

— Eu sei. Sinto muito. Eu compreendo. Mas, por favor, podemos falar sobre isso amanhã? Vou ficar em casa, não vou trabalhar. Farei qualquer coisa para que você entenda que isso não significou nada pra mim.

— Não fique em casa. Preciso pensar. Amanhã à noite a gente conversa. Mas acho que deve ir para o trabalho antes que eu e os meninos levantemos. — Viro para o meu lado e cubro o rosto com o lençol. Assim que Darren pega as roupas e a escova de dentes para o dia seguinte e ouço a porta do quarto de hóspedes se fechar, saio da cama e praticamente arranco a pecinha ridícula que estou usando. Visto meu pijama mais confortável, desligo a televisão, pego uma caixa de lenços e volto para a cama. Meus pensamentos estão a mil, e não sei se vou conseguir dormir. Tento me lembrar de todas as respirações calmantes descritas nas revistas, mas não consigo aquietar meus pensamentos. Eles me prendem até a madrugada, mas no fim a exaustão de pensar em como resolver o resto da minha vida faz com que eu durma.

Na manhã seguinte ao dia em que meu pai teve o primeiro ataque cardíaco, lembro-me de acordar com um estranho nó no estômago. Levei alguns segundos para perceber porque me sentia tão estranha, e então lembrei que meu pai estava no hospital. Passo pela mesma experiência essa manhã quando acordo com o despertador, e então me lembro. Darren me traiu.

Capítulo cinco

Eu me levanto, não sinto nada do que tinha planejado sentir quando hoje deveria ser o primeiro dia do resto da minha vida. Isto está bem mais longe de ser memorável do que consigo imaginar. É como se o memorável estivesse no Polo Norte e eu estivesse passeando com os pinguins imperadores na Antártida.

Lavo o rosto e vou até o quarto de hóspedes. Fico aliviada por ver que Darren não está lá e surpresa em perceber que, apesar de que não vá ganhar nenhum concurso em competição de acampamento, a cama está arrumada. Darren nunca arrumou uma cama nesses doze anos que nos conhecemos.

Acordo os meninos, tentando parecer entusiasmada com seu primeiro dia de aula, e desço as escadas. Percebo que preciso deixar de lado todos os pensamentos da noite anterior e lidar com os preparativos para levar os garotos para a escola. Mais tarde, terei muito tempo para pensar.

— Por favor, pare de dizer ao seu irmão que ovos mexidos são pintinhos mortos — imploro a Henry, enquanto espalho rapidamente manteiga e geleia em duas torradas.

— Mas eles *são* pintinhos mortos, mamãe — Henry protesta. — No ano passado, na excursão ao centro de estudos da natureza, vi as galinhas cagando ovos em seus ninhos. Então os ovos são seus bebês, e quando você os cozinha está matando os filhotes, então estamos comendo pintinhos mortos — ele diz com toda a autoridade de seus precoces 8 anos de idade, afastando dos olhos os lindos cachos louros.

— Na verdade, não são pintinhos mortos e eles não são cagados, as galinhas põem ou botam ovos. E estes não são fertilizados, portanto nunca vão virar pintinhos — digo, tentando ser paciente.

— Bem, eles são gostosos, então vamos comê-los — diz Henry.

E, com isso, meus dois meninos, Henry e James (nós apenas gostamos desses dois nomes; não tem nada a ver com certo autor literário), atacam os ovos mexidos e as torradas com manteiga e geleia. *Um café da manhã nutritivo para o primeiro dia de escola,* penso enquanto engulo meu café, desejando que ele faça efeito. Corto uma maçã e uma banana, coloco os pedaços rapidamente num prato e o ponho entre os dois veganos aprendizes que estão sentados nos bancos altos, azul-marinho e branco, na nossa ilha da cozinha.

— Bom trabalho com os tênis, James — digo para o meu garotinho, ao perceber que ele calçou os tênis sozinho. *Pés trocados, mas é um começo.* — Henry, você se lembra do que conversamos ontem à noite? Que vamos tentar melhorar a rotina da manhã para a escola e sair de casa mais rápido este ano? E que tal se calçasse os tênis *antes* de vir tomar o café?

— Eu me esqueci. E você sempre diz que não quer saber de sapatos na cozinha, então quem está encrencado é o James.

— Ele não está encrencado — digo, olhando para o James, que parece assustado, seus grandes olhos azuis arregalados. Sinto--me aliviada por minha voz soar calma apesar de só termos nove minutos até o ônibus chegar. — Não tem importância quebrar essa regra de manhã, porque preciso que vocês estejam prontos para sair assim que acabarem de tomar o café da manhã.

— Estou muito contente de ir para a escola hoje, mamãe! — diz James.

— Sei disso, amigão. Você é o cara do jardim de infância!

— Jardim de infância é moleza. É para bebezinhos — Henry diz, caçoando do irmão.

— Não é fácil quando quem está no jardim de infância é você — digo brincando. — E não tem mais nenhum bebê nesta casa.

— Nenhum bebê! — os garotos gritam em uníssono, imitando o meu refrão familiar sempre que alguém menciona que deveríamos ter outro bebê. Dois é tudo com que consigo lidar agora.

Enquanto eles comem, tento ignorar as imagens terríveis da escapada de Darren que vêm à minha mente. Imploro para manter a compostura. *Aguente até deixá-los no ônibus, depois pode desmoronar.* Respiro fundo, apoio as mochilas (de camuflagem, do Henry, do Bob Esponja, do James) na porta e verifico, pela terceira vez, se os formulários necessários para o primeiro dia de aula estão lá dentro, inclusive os formulários de saúde que esqueci de enviar antes do final do prazo. Está tudo ali. Idem para o material escolar e salgadinhos para o lanche do meio da manhã (embalados e sem castanhas). Aliviada por não precisar me preocupar por enquanto com casacos, luvas e gorros, volto para a cozinha para dar um empurrãozinho.

— O peixe do James ainda não morreu, por isso você precisa dar comida pra ele, mamãe — Henry me lembra.

— O *nome* dele é Azulzinho! — James insiste, as mãos nos quadris e os olhos apertados, enquanto eu deixo cair um pouco de ração dentro do aquário. *Maldito peixe, não morra.* Quando os meninos acabam de comer, Henry põe as meias e os tênis enquanto eu escovo rapidamente os dentes de James e coloco a louça na máquina de lavar. Sei o que vai acontecer em seguida, mesmo que eu tente me preparar e me manter calma. Tenho dez meses de manhãs escolares até as férias de verão e tinha me preparado para enfrentar pelo menos a primeira sem gritar.

— Nenhuma dessas meias é legal — Henry choraminga.

Sinto os nós familiares se formando no meu estômago enquanto um fio de suor desce pelas minhas costas. Desço James do banquinho e fico de frente para o Henry.

— Mas experimentamos essas meias, Hen. Você disse que ia usá-las.

— Mas elas não ficam legais — ele responde, testando minha paciência.

— Bom, mas você vai ter de usá-las — eu digo com uma voz calma que surpreende a todos nós. Os garotos estão acostumados com a minha urgência frustrada quando se trata de sair de casa a tempo. — Não temos tempo para isso hoje. Apenas vista-as e lide com isso. Quando calçar os tênis, nem vai perceber mais as meias. — Essa tática tinha funcionado no passado, por isso rezo para os deuses protetores das mães para que eles não me desapontem.

— Tá bom.

Vitória.

— Ótimo, agora ponham os braços em volta um do outro. Preciso de uma foto do primeiro dia da escola — digo, enquanto junto os garotos e procuro meu celular na bolsa. — Henry não faça chifrinhos na cabeça do James, por favor. — Imploro enquanto o obturador da câmera fecha e captura Henry com um sorriso forçado e James olhando para trás para ver o que está acontecendo. Vai assim mesmo. O ônibus está para chegar. Suspiro. — Vamos lá, crianças.

O bom de ter uma parada de ônibus em frente à minha casa é que eu tenho até o último minuto possível antes de sair correndo pela porta. E, nos dias em que não sinto vontade de conversar com Lorna Smithson e companhia, apenas encaminho os meninos e aceno para eles de casa, até as portas do ônibus se fecharem. Como hoje é o primeiro dia, enfrento a grama molhada de orvalho com os meus chinelos e me junto às outras mães e filhos suburbanos no meu gramado.

O que me leva à parte ruim de ter o ponto de ônibus bem na frente da minha casa: todas as vizinhas acham ter algum direito inalienável de comentar sobre o estado da minha grama, e posso saber com certeza que, assim que o ônibus partir, encontrarei diversas embalagens de comida das crianças da vizinhança sujando meu gramado, em especial aquelas de torta de morango, que sei que não pertencem aos trigêmeos de Lorna Smithson porque ela só os alimenta com flocos de aveia misturados com mirtilos orgânicos e suco de couve. Foi ela que me contou. Como aquela mulher consegue fazer com que aqueles meninos da quinta série vistam roupas idênticas no primeiro dia de aula e ainda exibam rostos sorridentes, eu *nunca* vou saber.

— Conseguiu uma boa foto de primeiro dia de aula? — Lorna me pergunta, sua Nikon monstruosa pendurada no pescoço enquanto suas sapatilhas rosa da Prada mergulham na grama molhada. Ela me encurralou, apesar das minhas tentativas de não fazer contato visual com ninguém. *Apenas lide com isso, Grace. Só mais uns minutinhos.*

— Não ficou ótima, mas boa o bastante. Gosto de captar apenas a *essência* dos garotos. Sempre achei que aquelas fotos superposadas ficam muito forçadas — digo, cruzando os braços em frente do peito para que ninguém perceba que não estou usando sutiã por baixo da minha camiseta surrada do U2, da turnê de *Joshua Tree*. Estou convencida de que ela é capaz de ler nos meus olhos que meu marido me traiu.

— Hmmm.

Cadela condescendente.

Lorna continua:

— Na verdade, eu tenho todas as fotos de primeiro dia de escola emolduradas no corredor dos quartos dos trigêmeos em caixas envidraçadas com cada ano etiquetado e contendo as fotos de cada criança na escola, no futebol e na Pequena Liga e/ou *hip hop*. É uma forma tão adorável de preservar as lembranças. Você realmente precisa vir tomar um café comigo qualquer dia, Grace. Você não aparece desde que terminamos a reforma da cozinha.

— Vou adorar, Lorna — minto, enquanto fico imaginando como ela tem tempo de passar *blush* e batom de manhã, vestir um conjunto, inclusive um cinto, *e* preparar grãos integrais. Salva pelo ônibus.

— Tchau, meninos — digo alegremente para Henry e James, dando-lhes grandes beijos molhados e abraços gigantes que os engolem inteirinhos. — Vai dar tudo certo, James. Vou estar neste exato lugar quando voltarem da escola. Amo vocês!

— Amo você também, mamãe — os dois dizem enquanto entram confiantes no ônibus.

Gosto disso. Gosto de sentir que são independentes e não pensam duas vezes em me deixar e sair para o mundo. Pela janela, orgulhosamente vejo Henry levar James até um assento e ajudá-lo com o cinto de segurança.

— As mães do jardim de infância não deveriam levar os filhos à escola no primeiro dia de aula? — Lorna pergunta acusadoramente, interrompendo meus pensamentos.

— Este ano é opcional. Além disso, James já foi tantas vezes à escola, e ele tem Henry ao lado no ônibus e para ajudá-lo a chegar à escola. Vai ficar bem.

— Ah, você deve estar tão triste por seu caçulinha ir para o jardim de infância — ela disse com voz de bebê. — Ontem à noite, eu não conseguia desligar o telefone com a Lisa Millerton. A coitada estava histérica por Maddie ter que ir pela primeira vez à escola.

Quando Henry entrou no jardim de infância, eu o levei no primeiro dia, com James montado no meu quadril, a mãozinha grudenta de Henry na minha. Todas as mães circulando ao redor, colocando as mochilas nos armários, fazendo os filhos posarem para fotos, cumprimentando a professora, felicitando pelos trabalhos. Como um tornado de mães atenciosas em movimento. E a maioria delas chorava. Eu tentei. De verdade. Eu tentei chorar. Levando-se em consideração que sou ridiculamente sentimental, choro com música melosa e diante de *reality shows* de perda de peso na televisão, fiquei surpresa por não derramar uma lágrima.

Eu queria sentir o que as outras mães estavam sentindo. Aquele sentimento poderoso de perda, de transição, de cruzar aquela linha de ser responsável pelas necessidades do seu filho vinte e quatro horas por dia e sete dias por semana, para transferir essa responsabilidade para alguém chamado senhorita Marsha. Mas eu só sentia alegria. Alegria por ter criado meu bebê, por ele estar pronto para dar o próximo passo na vida, por eu estar mais perto de recuperar um tempo só meu. Ainda assim, fiquei triste por não conseguir chorar. Como se estivesse negando a mim mesma um ritual universal da maternidade. E, é claro, eu sendo quem sou, pensei que estava fazendo algo errado.

— Não, eu não diria triste. Talvez sentimental ou nostálgica, mas não triste. Ele está pronto. E eu com certeza estou pronta para ter um tempo só pra mim — respondi resolutamente a Lorna.

— Isso é ótimo, Grace. Eu me lembro de quando os trigêmeos entraram no jardim de infância e deixaram os meus dias livres. Foi quando me envolvi com o hospital. A propósito, me diga se estiver interessada em trabalhar na arrecadação de fundos do outono. Precisamos de toda a ajuda possível — Lorna diz, alegremente.

— Obrigada, eu aviso você — digo enquanto o ônibus se afasta, recolho algumas embalagens e volto para dentro de casa. Começo a chorar na mesma hora, como para liberar toda a tensão que segurei a manhã toda tentando agir normalmente na frente dos meninos. Ontem, quando pensava em como esse momento seria delicioso depois que o ônibus partisse, eu me imaginava saltitante entrando em casa, gingando numa dança meio louca enquanto cantava "Freedom", do George Michael, desfrutando o sentimento de que não precisava preparar o almoço, não tinha horários rígidos, nem de me arrastar às atividades para criancinhas que ainda não estavam na escola. Nunca me imaginei me sentindo como estou agora.

Capítulo seis

Encho mais uma xícara de café e penso no que fazer em seguida. Quando eu morava na cidade, chegava a correr em volta do reservatório várias vezes durante a semana. E era lá que eu pensava melhor. Podia encontrar a introdução perfeita para um artigo que estava escrevendo, as palavras certas para um e-mail que eu precisava enviar para o meu chefe, a ideia perfeita para a próxima viagem aventureira que faria com Darren.

Decidi percorrer a trilha da reserva em que eu e Cameron fazemos caminhadas todos os sábados de manhã. Minha vizinhança é perfeita para correr, mas não estou a fim de parar e bater papo se minhas vizinhas estiverem fora de casa. Até mesmo ser obrigada a sorrir e a acenar seria muito difícil para mim neste momento. Tinha ouvido as lendas alertando sobre os perigos da reserva e nunca tinha ido lá sozinha, apesar de nenhuma das histórias jamais ter sido provada. Mas agora não estou ligando nem um pouco para isso. Estou jogando com a sorte. Quais as chances de ser estuprada no dia seguinte da descoberta da traição do meu marido? Além disso, a reserva é meu lugar favorito. Estar em contato com a natureza me acalma. Preciso de algo que me acalme.

Fico feliz por ver o estacionamento lotado. Haverá mais gente para me ouvir gritar se um estuprador me atacar. Isto é, a menos que ele me amordace com uma toalha. Essas são as coisas que passam com frequência pela minha mente. Sempre o pior cenário possível. Acontece sempre quando alguém que amo viaja de avião, quando meus filhos vão a uma festa de aniversário num desses espaços fechados infelizes nos quais com certeza existem molestadores escondidos, quando o técnico olha para mim de um modo engraçado durante a mamografia. E agora vai acontecer todas as vezes que Darren viajar a trabalho.

Seguro as chaves com a mão fechada e conservo uma chave espetada para fora entre os dedos para usar como arma caso seja necessário. Começo a correr, meu rabo de cavalo loiro balançando de propósito, e o mundo parece sumir. Me perco nos meus próprios pensamentos. Meu cérebro não é do tipo tímido e silencioso. Está sempre em ebulição, levando-me a especular e pensar demais. No começo, meus pensamentos estão todos bagunçados, depois começo a organizá-los.

Meus primeiros pensamentos voltam-se apenas para o contato físico que ele teve com outra mulher; isso me deixa enojada. Eu o imagino beijando outra pessoa, e meu estômago se contrai. Nessa imagem, Tina, ou A Bandida Ladra de Maridos de Chicago, como eu passei a chamá-la, tem vinte e tantos anos e cabelos longos, loiro-acobreados, batom ferrugem, e sobrancelhas que tirou demais e agora desenha com lápis marrom. Ela usa um top preto justo com um decote profundo que revela seus seios voluptuosos, uma saia justa preta e sapatos de salto macios o suficiente para que ela possa trabalhar a noite toda, mas *sexy* o bastante para garantir boas gorjetas. Penso se quero saber de fato qual é a aparência dela. Fantasio por um breve momento sobre descobrir o nome do hotel no extrato do cartão corporativo de Darren, voar para Chicago e me sentar no bar para olhar A Bandida em ação. Não sou louca o bastante para me ver com uma arma nessa fantasia. Na verdade, eu não a culpo. Culpo apenas Darren. Ele deixou isso acontecer.

Começo a subir a primeira parte íngreme da trilha, e meu coração bate com força. Faz algum tempo que não corro e não estou em boa forma para enfrentar quase 5 quilômetros. A raiva me abastece e vou adiante. Não consigo acreditar que carreguei por tantos anos a certeza de que Darren jamais me trairia. Que ele manteria seu juramento. Homens traem. É isso que eles fazem. Penso nos políticos que vejo na televisão vezes sem conta: o homem vergonhosamente anunciando sua transgressão no microfone, a mulher em seu casaquinho Chanel, ainda mais envergonhada, meio de lado, imaginando o que a mãe dela deve estar pensando, como seus filhos vão ser importunados na escola no dia seguinte, e como ela se sente humilhada. Só que nunca pensei que Darren poderia ser assim. Penso que a maioria das mulheres não imagina que isso algum dia vai acontecer com elas. Não posso imaginar nenhuma mulher pensando que *poderia* acontecer, ou então, por que, antes de qualquer coisa, se casaria com o bastardo?

Mas não é só o Darren. Então imagino se devo me culpar. Se as coisas estivessem correndo melhor entre nós ultimamente, se tivesse havido mais sexo, se eu estivesse com um corpo mais em forma, ele ainda se sentiria tentado pela Bandida peituda? Ele disse que não significou nada. Eu realmente acredito nisso. Não tenho a menor dúvida. Sei que ele de fato lamenta o que aconteceu. Que deseja mais do que qualquer coisa que não tivesse acontecido. Mas aconteceu. Passo por duas mulheres com seus cachorros e percebo que os cães podem atacar o estuprador. Afrouxo a minha imitação de soco-inglês.

Então começo a pensar que, se aconteceu uma vez, pode acontecer de novo. Talvez essa nem tenha sido a primeira vez. Talvez tenha acontecido antes, mas por algum motivo a culpa por fim o alcançou e ele teve de admitir essa traição. Darren viaja muito a trabalho. Tem muitas oportunidades. E viaja muitas vezes com John. Todos os nossos amigos sabem que, desde que John se divorciou — porque Amy o traiu com o instrutor de tênis —, ele tem se comportado como um garoto de 17 anos cujos hormônios estão à flor da pele.

Conforme me aproximo da próxima ladeira, entro no ritmo, resolvo começar de novo um programa de corrida regular. De qualquer modo, fazia parte do meu projeto, mas eu tinha me esquecido de como as endorfinas me fazem sentir bem. Falando do meu projeto, percebo que isso muda tudo. Toda a energia que eu planejava investir em me reaproximar de Darren agora irá para a salvação do meu casamento. Ou não. Neste ponto, tenho basicamente duas opções. A primeira, me divorciar, e a segunda, não fazer isso.

Existem muitas razões para eu me divorciar. Eu as vou ticando na minha mente: 1) Como vou conseguir confiar nele de novo? 2) Quanto ele de fato me ama e me respeita se deixou algo assim acontecer? 3) Se ele me amasse e me respeitasse mais, não teria permitido que isso acontecesse, certo? 4) Serei capaz de voltar a ter a mesma intimidade com ele?

Por outro lado, há um monte de razões por que não devo me divorciar: 1) O que temos (tínhamos) é muito sólido. 2) Não quero impingir um divórcio aos meus filhos; sei que eles não serão as únicas crianças com pais divorciados, mas, como cresci assim, sei que não é o ideal e, se puder evitar, vou tentar. 3) Embora não esteja defendendo suas ações, sei que, biológica e antropologicamente, há uma diferença entre homens e mulheres quando se trata de necessidades sexuais. Afinal, eu li *Ayla, a Filha das Cavernas*. Sei que é possível para um homem ser infiel (estou falando de um encontro sexual durante uma bebedeira, não um caso emocional de longa duração — animais completamente diferentes) e isso não significar nada para ele. 4) Acredito que Darren se arrepende disso, me ama e tem esperança de que eu vá perdoá-lo. Pelo menos acho que eu vou.

Não quero me divorciar. Não estou convencida de que quero estar casada com Darren neste momento, mas sei que não quero me divorciar dele. Na verdade, não sei o que eu quero. Ainda estou muito chocada por me ver nesta situação. Não consigo acreditar que aconteceu comigo. Que tipo de clichê sou eu?

Vejo o estacionamento adiante e aumento a velocidade, maravilhada com minha energia. Não tinha corrido mais de 1,5 quilômetro na esteira em um ano. Sei que amanhã meus quadríceps vão me cobrar o preço pelo exagero, mas não ligo. Na realidade, não estou ligando para nada.

E, em particular, continuo pensando que não sei o que devo fazer em seguida. Devo telefonar para minha mãe? Cameron? Ou passar um sermão em Darren? Ou devo dizer que vá para casa? Ou que nunca mais volte para casa? Devo insistir para que ele durma no quarto de hóspedes? Ou se mude? Devo me consumir de raiva? De tristeza? De arrependimento? Ou não devo sentir muita coisa porque supostamente estou em choque? Sou eu que devo sugerir terapia de casal? Ou ele? Preciso tornar isso difícil a fim de provar que ele fez besteira com a mulher errada? Ou não devo dificultar as coisas porque ele é meu marido e, por bem ou por mal, eu o amo. Ou não preciso me preocupar com o que devo fazer e apenas fazer o que eu quero.

Volto para o carro e sinto como se fosse vomitar, principalmente pela corrida, mas em parte pela minha confusão se transformando em ansiedade, que sempre ataca meu ponto mais sensível, neste caso meu estômago. Eu me alongo encostada no carro enquanto recupero o fôlego e me sinto aliviada por meus piores medos sobre essa corrida não terem se concretizado. Então verifico meus e-mails no celular. Entre os aleatórios de vários anunciantes e outros de amigos, há três de Darren. São pedidos de desculpa: suplicantes, cheios de remorso e humilhação. Nosso equilíbrio de poder nunca esteve assim. É horrível.

"Essa foi a primeira vez?", escrevo.

"Sim", a resposta é imediata.

Não escrevo de volta.

Mais tarde, depois de ter aberto e respondido e-mails e mensagens — todos, menos os de Darren —, eu envio um e-mail para Cameron perguntando se ela pode almoçar comigo na cidade no dia seguinte. Nem sempre ela pode sair do consultório para almoçar, por isso espero que a agenda dela não esteja lotada. Não escrevo que é importante para mim porque não quero assustá-la. A história precisa ser contada pessoalmente. Cameron é muito racional e capaz de ficar de cabeça fria enquanto lida com situações estressantes — uma característica muito útil para uma médica —, e preciso conversar sobre isso com ela.

Ela responde imediatamente, diz que está livre, e me pede para encontrá-la na frente do consultório ao meio-dia. Ponho meu iPhone no suporte, aumento o volume do Cat Stevens, e passo o resto da tarde limpando a despensa. Minha despensa é como uma loja de roupas *vintage*: tem espaço para ser abarrotada com muita coisa, e grande parte do que está lá já passou do prazo de validade. O projeto é quase de meditação — mas não por completo. Não consigo desligar minha mente, e penso em quando eu e Darren nos conhecemos.

Conversamos e dançamos a noite inteira no casamento da Cameron e do Jack, o que deixou os noivos muito felizes. Quando nos despedimos, Darren sussurrou: "Mal posso esperar para vê-la amanhã" em meu ouvido, enquanto me dava um beijo delicado e desejava boa-noite. Saí do casamento com um enorme sorriso no rosto, borboletas voando no meu estômago, e a excitação que nos toma ao conhecer uma pessoa que não é, de todo, sem importância para nós.

No dia seguinte, no *brunch* de pós-casamento, mal consegui comer minha omelete porque todas as vezes que ele sorria para mim eu sentia — e corava — como uma garota apaixonada de 13 anos. Ele, vestindo um blazer xadrez azul e branco abotoado e *jeans*, mostrava-se conservador e *sexy*. Precisava me esforçar para não encará-lo o tempo todo. E quando me perguntou o que eu iria fazer no resto do dia, eu decidi que minhas compras e a lavanderia não eram páreo para aquele homem lindo e excitante.

Caminhamos sem rumo pelo Central Park durante horas, falando sobre nossas famílias (filho único, cresceu em Atlanta; eu venho de uma família cheia de dramas de San Fernando Valley, em Los Angeles), nossos trabalhos (ele estava em ascensão num banco de investimentos no centro; eu era editora associada numa revista de saúde e boa forma), nossos sonhos (ele gostaria de desistir de tudo um dia e ir morar numa ilha do Caribe rodeado de filhos, cachorros e palmeiras; meu sonho sempre fora ser bailarina, mas eu escolhi o caminho mais seguro), e nossos maus hábitos (muitas vezes, ele comprava roupas novas para não lavar as sujas; eu lia todas as manchetes de *People, Us* e *The National Enquirer*,* do começo ao fim).

Depois de um almoço romântico e tardio no Isabella's, no Upper West Side, fomos andando até meu apartamento em Columbus Circle, enquanto ele segurava minha mão e me fazia rir. Já era quase noite e convidei Darren para assistir ao programa *60 Minutos* da CBS News. Acabamos por ficar conversando por horas, sentados no sofá e dividindo uma garrafa de *pinot* e uma cartela de pastilhas de café da Häagen-Dazs, olhando meus álbuns de fotos e nos apaixonando. Quando nossos beijos foram ficando mais quentes, eu lhe disse que normalmente não fazia aquilo no primeiro encontro. Ele também me disse que não fazia isso, mas que estava disposto a abrir uma exceção. E, com isso, fizemos amor e nos apaixonamos, tudo no primeiro encontro.

Saio de casa poucos minutos antes de o ônibus chegar, porque espero ver Monique O'Donnell, cujo marido Matthew é, ou *era*, o dono e o editor da *Westchester Weekly*. Quero lhe perguntar o que foi que aconteceu. Sem sorte. Vejo a babá dela num grupo de babás reunidas de um lado.

Eu me aproximo do grupo de mães e descubro Lorna conversando com a cover de uma beldade da televisão, Ellen Statler, cujos novos seios comprados — que decididamente foram copiados da tal beldade — estão saltando do decote em V. (Meus peitinhos se torcem de inveja.) Ellen e Monique são vizinhas de porta, então pergunto a Ellen se ela soube de alguma coisa sobre eles se mudarem ou Matthew mudar de ramo.

* Publicações norte-americanas sensacionalistas. (N.T.)

— Bem, isso provavelmente não são notícias que eu deveria espalhar, mas vou lhe contar, Grace, porque sei que você não é de fofocar. — A essa altura, eu deveria puxá-la para o lado para que Lorna, que é fofoqueira, não ouça, mas Ellen tem plena consciência disso, então a deixo continuar. — A faxineira de Monique contou para a minha diarista que eles estão separados há alguns meses. Aparentemente, Matthew tinha um caso e pediu o divórcio.

— Nossa, isso é terrível — digo, tentando não olhar para os seios dela, que são esféricos de forma anormal, enquanto mentalmente acrescento os O'Donnell à lista crescente dos nossos amigos e conhecidos cujo divórcio foi provocado por casos extraconjugais.

— Por que você está interessada? — Ellen pergunta. *Ela é* inofensiva, mas não quero que Lorna saiba detalhes da minha carreira, ou da falta dela. Então, eu enrolo.

— Fui ao website da *Weekly* hoje procurar uma crítica sobre um restaurante hondurenho novo em Port Chester e havia um aviso informando que a revista está fechando. Fiquei surpresa, e imaginei se ela teria sido vendida. — O divórcio não explica a razão do fechamento da revista.

— Isso é muito ruim — Lorna cacareja, referindo-se, ao que tudo indica, ao fechamento da revista, e não ao casamento. — E aquele restaurante hondurenho é fabuloso.

Enquanto o ônibus se aproxima do ponto, procuro meus meninos nas janelas, e vejo James, os olhos fechados e a bochecha achatada contra o vidro. Quando Henry o sacode para acordá-lo, o olhar de James encontra o meu, ele percebe onde está e abre aquele sorrizinho de bebê que me mata todas as vezes.

É preciso dizer que, em muitas das casas do quarteirão e ao longo da rua, há biscoitinhos recém-assados esperando pelas crianças, já que hoje é o primeiro dia de escola. Lorna assou tanto biscoitos redondos de chocolate quanto amanteigados em forma de coração e trouxe os excedentes para o ponto de ônibus. Ela entregou um prato de papel com as duas variedades para as babás passarem pelo seu grupo, enquanto cortejava as mães, distribuindo ela mesma os biscoitos, retirando-os de uma cesta branca no estilo Tiffany. Isso de uma mulher que foi ao conselho da escola no ano anterior para reclamar que os *brownies* da cafeteria eram feitos com farinha de trigo branca.

Em nossa casa, temos algo até mais especial. Quase na hora de o ônibus chegar, percebi que tinha me esquecido de fazer biscoitos integrais novos, então piquei todos os biscoitos, bolachas e barras de granola que estavam em seus potes quase vazios e fiz um prato de petiscos.

— Hmmm! — grita Henry ao ver a obra-prima colorida de guloseimas de soja parcialmente hidrogenadas.

— Que bom que você gostou! — digo, feliz por meus garotos não fazerem a menor ideia de que sua mãe não tem os dotes domésticos necessários. Eles se sentam nos banquinhos, e despejo da embalagem tetra pak um pouco de limonada para cada um. — E então? — pergunto cheia de expectativa. — Como foi o primeiro dia de escola?

— Bom — os dois respondem a uma só voz.

— E? — pergunto, esperando por mais alguma informação.

— Só bom — Henry responde. — Mas o meu armário tem de um lado a Megan e, do outro, a Emily F. O que não é nada bom.

— Pensei que Megan fosse sua namorada — James caçoa.

— Isso foi quando eu estava no jardim de infância e era um bebê, seu bobo — Henry diz, chutando o irmão por baixo do balcão enquanto enche a boca com um punhado de salgadinhos em formato de peixe anormalmente laranja.

E aí vamos nós.

— Ei, vocês, calma. Henry, você sabe que a palavra bobo está proibida nesta casa. Gostaria que fosse mais gentil com seu irmão. — Tento levar a conversa para assuntos mais amenos e, voltando ao amor fraternal, digo: — Então, Henry, você levou James até a classe dele?

— Sim, o armário dele é o mesmo que eu usava quando estava no jardim de infância. A senhorita Marsha disse que gosta de fazer isso para irmãos. E ela até nos deixa escrever nossos nomes com letras bem pequeninhas com marcador na parte do fundo do armário. Eu escrevi "James" porque ele ainda não consegue escrever tão pequeno. Foi legal.

— Foi legal — James repete, sorrindo em adoração para o irmão mais velho. Esse amor infinito por Henry ajuda James a não se concentrar muito nas vezes em que o irmão o xinga, puxa sua cueca, fica vigiando-o e joga água nele durante o banho. Em vez disso, ele foca as coisas amorosas que Henry faz, que também são muitas, como a generosa distribuição de abraços, histórias e convites para jogar beisebol. E é isso que torna a convivência tolerável para James. E para mim.

Quando eles acabam o lanchinho, escutamos a porta da garagem abrir.

— Papai! — os garotos gritam, surpresos e excitados pelo pai chegar em casa tão cedo.

Capítulo sete

Ter um nome como Grace pode pôr muita pressão sobre uma garota. Minha mãe, a tão elegante e fina Nina Roseman, sempre insistiu em me lembrar de que eu deveria fazer o melhor possível para ser a personificação viva do meu nome. Ela não tinha tido essas exigências ou expectativas elevadas em relação às minhas irmãs mais velhas, que se chamavam Eva e Danielle. Mas eu, Grace Julia Roseman, levei a sério o compromisso.

Uma das minhas primeiras lembranças é das aulas de balé. Eu devia ter uns 4 ou 5 anos. Consigo imaginar todas nós alinhadas, vestidas de rosa da cabeça aos pés, os cabelos presos firmemente num pequeno coque, em pé junto da barra, esperando que a senhora Murkowski, a pianista idosa, comece. Enquanto a senhorita Natalya começa a contar e nos diz qual a posição desejada, ela reforça: "— Lembrem-se, meninas, sejam *graciosas*". Ora, quando você tem 4 ou 5 anos, você não percebe necessariamente que a palavra tem qualquer outro sentido além do seu nome. Assim, quando a senhorita Natalya, com seu exótico sotaque russo, insistia para que fôssemos graciosas, eu ouvia *sejam como a Grace.*

Gostaria de pensar que ficava um pouco surpresa com o fato de a professora pedir a todas as meninas para serem mais como eu. Mas vi as fotos daqueles dias: elas mostram uma coisinha pequenina com o queixo levantado e um sorriso orgulhoso. Não tendo aprendido ainda o que é modéstia, aposto que eu acreditava que todas as menininhas recebiam a ordem de dançar exatamente como eu.

Minha criação confortável e protegida me permitiu agir com graça a maior parte do tempo. Até os meus 14 anos, não tinha passado por nenhuma situação tenebrosa na minha vida. Nenhuma oportunidade de ser qualquer coisa menos graciosa. É verdade, meus pais se divorciaram quando eu tinha 3 anos, mas eu era tão pequena, que não percebia a diferença. Não tenho lembranças de quando eles eram casados. Apenas poucas fotos de todos nós como uma família. Ter minha mãe e meu pai em casas e vidas separadas era o normal para mim. O divórcio deles não me definiu, e felizmente eles se comportavam de maneira civilizada diante de mim e das minhas irmãs. Eles nos pouparam do peso de ter que escolher quem amávamos mais.

Agora, quando meu marido entra na cozinha, sua transgressão maculando o calor, a tranquilidade e o amor do quartel-general da minha família, imploro a mim mesma para agir com graça. Nada menos que isso diante dos meus filhos.

— Ei, meninos! — Darren diz, beijando os garotos. Ele olha para mim tentando ler meu estado de espírito. Meu rosto é como uma tela em branco.

— Papai, vou conseguir ser o Astro da Semana na semana que vem, o primeiro da classe inteira! — James diz orgulhosamente, mas é a primeira vez que o ouço falar disso. Imagino que deve haver um bilhete na mochila com a lista de todas as coisas que preciso fazer para que ele consiga essa honraria, incluindo levar um lanchinho nutritivo para 23 crianças e criar um pôster com todas as suas coisas favoritas.

— Isso é ótimo, garotão. Como foi o seu dia, Hen?

— Bom. Tivemos aula de ciências hoje e vimos todos os novos animais que o senhor Kellogg conseguiu capturar neste verão. Ele trouxe uma tarântula, muito legal e muito feia. E adivinhe. Ele disse que, nas férias de Natal, podemos nos candidatar para levar uma das tartarugas ou cobrinhas ou caranguejos-eremitas para casa. Podemos, pai? — pergunta Henry, os olhos brilhando de excitação.

— Bem, ainda está bem longe. Eu e a mamãe precisamos conversar sobre isso — Darren diz e sorri para mim.

Percebo que não posso. Não ainda.

— Surpresa, meninos! — digo animadamente, olhando para seus rostos inocentes e apoiando os cotovelos no balcão e meu queixo nas mãos. — Papai voltou mais cedo porque vai levá-los ao parque e depois para comerem pizza e tomarem sorvete!

Os garotos comemoram e olham para Darren de um jeito que diz "você é o melhor pai do mundo", enquanto eu me ocupo em aprontá-los. Como não quer desapontar os filhos depois desse anúncio, Darren olha para mim de maneira inquisidora e pergunta se podemos conversar à noite. Eu aceno com a cabeça e ajudo os meninos a entrar no carro.

Calculo que ficarão fora por umas duas horas e meia, talvez três, o que me deixa livre até as 18h30 ou 19h00 — cedo demais para estar dormindo sem nenhum motivo quando voltarem. Sinto-me culpada porque esta será a segunda noite seguida que não sou eu a pôr os meninos na cama, mas sei o que tenho de fazer. Envio um e-mail para Darren.

Obrigada por levá-los. Ainda não estou pronta para lidar com isso. Diga aos meninos que eu não estava me sentindo bem e fui deitar. Por favor, durma de novo no quarto de hóspedes. Acho que amanhã à noite estarei pronta para conversar. Só tente imaginar como estou me sentindo. Obrigada, G.

Sei que estou sendo legal, mas é assim que eu sou. Mesmo numa situação como essa.

Cochilo em algum ponto da terceira reprise do *reality show* que mostra o dia a dia das mulheres ricas. Acordo com Darren entrando silenciosamente no quarto. Ele pega as roupas para o dia seguinte e desliga a televisão. Finjo que estou dormindo.

No dia seguinte, pego o trem das 10h33 para Rye, que chega à Grand Central às 11h12, deixando-me tempo livre o bastante para andar as trinta quadras para o norte, até o consultório de Cameron, na East 74th Street, entre Madison e Park. Não sinto falta de morar na cidade, mas voltar sempre me dá uma carga de energia. Adoro andar pela Park, vendo quaisquer esculturas novas que tenham sido instaladas nos canteiros do meio, evitando os turistas cujos passos são mais lentos do que os de um verdadeiro nova-iorquino, sentindo os cheiros exóticos que vêm dos carrinhos de comida. Sim, tecnicamente, eu sou uma ponte-e-túnel agora (um termo condescendente para designar quem não vive realmente em Manhattan e precisa entrar na ilha por uma ponte ou por um túnel), mas, como fui uma cidadã pagadora de impostos em Gotham por tantos anos, sinto que mereço ficar isenta do apelido. Além disso, eu ando rápido.

Chego ao consultório de Cameron alguns minutos adiantada e fico esperando do lado de fora. Ela aluga um espaço numa galeria de arte e antiguidades conceituada, e o prédio reflete sua imagem nobre: é uma antiga casa com corrimãos de ferro enfeitando os elegantes degraus da frente, as jardineiras das janelas exibindo uma mistura colorida de flores e dois vasos com plantas podadas em formas ornamentais ladeando a entrada. Quando a porta se abre, Cameron sai, um sorriso nos lábios e uma sandália de tiras de couro de crocodilo nos pés. Ela diz que está morrendo de fome e com desejo de comer panquecas, então vamos à EJ's Luncheonette na Third Avenue.

Embora não seja o lugar que eu escolheria para contar para minha melhor amiga que fui traída, não estou disposta a negar a uma mulher grávida seus carboidratos. A lanchonete está cheia quando entramos; praticamente lotada de mães e crianças pequenas, mas há grupos de executivos e pessoas mais velhas comendo o sanduíche Reubens. No trajeto até uma mesa na parte de trás, Cameron é parada por umas cinco mulheres que a cumprimentam com veneração. São mães de pacientes dela. Se elas soubessem quantas vezes segurei os cabelos da estimada doutora Steven enquanto ela vomitava!

— Que surpresa boa você vir até aqui — Cameron diz, depois que fizemos nosso pedido de panquecas, de leite desnatado para ela, multigrãos para mim. (Estou tentando.) Seu sorriso desaparece quando ela vê minha expressão.

— Então — começo a chorar, disposta a despejar tudo. — Darren me traiu.

— O quê? — ela estica o braço e pega minha mão. — Ah, Grace. O que aconteceu?

Entre soluços, eu conto a história inteira enquanto Cameron escuta com atenção.

— Nossa, eu jamais teria pensado que Darren seria capaz de fazer isso com você — ela diz, procurando lenços na bolsa já que eu tinha usado todo o suprimento de guardanapos da mesa e não havia mesas vazias próximas para poder roubar delas.

Explico todos os diferentes pensamentos que passaram pela minha cabeça e lhe digo que estou tão confusa que não sei o que fazer. Sempre que ouço falar de mulheres que tinham bons casamentos e, ao serem traídas uma vez, entram quase que imediatamente com pedido de divórcio, penso que é muito triste para o casal não conseguir resolver a situação. Que jogaram fora sua história e sua família por causa de uma noite sem importância. Mas, agora, a situação é comigo. E eu compreendo. Racionalmente, é fácil dizer que o caso de Darren não significou nada e que os minutos, dias e anos significativos do nosso relacionamento até esse momento lamentável deviam valer mais do que um rápido orgasmo. Mas o fato de esse orgasmo ter ocorrido numa vagina que não é a minha obscurece qualquer pensamento racional. E é aí que estou presa.

— Não estou tentando defendê-lo, Grace, mas você conhece Darren e sabe que esse comportamento não é característico nele, e isso tem que ser levado em consideração. Abomino o que ele fez, mas espero, de coração, que vocês consigam resolver isso — ela diz, pondo a mão sobre a minha.

Balanço a cabeça, chorando, enquanto a garçonete serve nossas panquecas. Deveria ter pedido as de gotas de chocolate com chantili.

Cameron continua, cautelosamente:

— Você tentaria uma terapia de casal?

— Sim. Mas não ainda. Só quero pôr meus sentimentos em ordem antes de deixar outra pessoa os transformar numa patologia.

Passamos a hora seguinte falando sobre todos os meus sentimentos e não chegando a nenhuma conclusão. Fora do restaurante, Cameron me diz que vai me apoiar, independentemente do que eu decida fazer.

— Quer que eu conte ao Jack? — ela pergunta.

— Ainda não — digo, sabendo quanto vai ser difícil para Cameron manter segredo do Jack, mas sabendo ao mesmo tempo que ela não falará.

— Obrigada pelo apoio, Cam. Só quero ter certeza de que vai me apoiar qualquer que seja a minha decisão. De verdade, ainda não sei o que vou fazer.

— Você fará o que tem de fazer. Não tente imaginar tudo neste exato momento. Não se preocupe com o que pensa que deveria fazer ou com aquilo que as pessoas vão esperar que faça. Só pense no que é bom para você e para sua família.

Nós nos abraçamos na despedida e ela me diz para não lutar contra as emoções conflitantes, que eu devo explorá-las e internalizá-las, que essas emoções servem para me levar aonde eu preciso estar. Isso soa muito *Oprah*,* mas as palavras dela aliviam um pouco a minha mente. Respiro fundo e me encaminho para a Grand Central com o tempo exato para pegar o trem e encontrar os meninos no ponto de ônibus.

---

* *The Oprah Winfrey Show*, o programa de entrevistas mais famoso dos Estados Unidos, comandado pela apresentadora vencedora de inúmeros prêmios, Oprah Gail Winfrey. (N.T.)

Darren volta para casa naquela noite trazendo flores. E embora as flores quase murchas gritem fim do dia na estação de trem, percebo que ele está tentando. Os meninos comem a sobremesa — morangos com gotas de chocolate — enquanto Darren come o seu jantar — frango à parmegiana requentado — e eu arrumo as flores num vaso de cristal que ganhamos de presente de casamento.

Casamos num dia magnífico de maio, no The Ritz-Carlton, Marina del Rey em Los Angeles. A família de Darren e muitos dos nossos amigos voaram da Costa Leste para o longo fim de semana soberbamente planejado com a ajuda do bom gosto da minha mãe e o talão de cheques do meu pai. Embora não fosse íntimo como Darren gostaria, foi agradável, elegante e memorável, além de muito divertido. Todos os anos, no nosso aniversário, eu recrio o jantar daquela noite — costela, risoto de ervas e legumes baby assados — e comemos diante da televisão assistindo ao vídeo do nosso casamento. Darren sempre protesta brincando, dizendo que é uma punição cruel e incomum forçar um homem a assistir ao vídeo do seu casamento. Mas é ele quem sempre sugere que devemos nos vestir para a ocasião, é ele quem insiste para bebermos champanhe enquanto assistimos ao vídeo, e que me convida para dançar durante nossa música, "True Companion", de Marc Cohn.

— Por que o papai trouxe flores pra você, mamãe? — James pergunta, os dentes cobertos de chocolate.

— Não sei bem, James, pergunte pra ele, está bem? — digo, enquanto lhe dou um copo de água. Não sei se vou conseguir segurar o choro, então me concentro em lavar a louça.

— Ok. Papai, por que você trouxe flores para a mamãe?

Darren abaixa o garfo e posso sentir os olhos dele em mim enquanto espirro mais detergente na esponja.

— Porque eu amo muito a mamãe. E algumas vezes os papais fazem coisas que não são muito legais para as mamães, e dar flores é como tentamos pedir desculpas.

— O que você fez? — Henry pergunta, e imagino que Darren já se arrependeu da segunda explicação. Dizer coisas assim costumava ser simples quando Henry era pequeno, mas isso não funciona mais para ele. Felizmente, ainda vale para o James.

— Uma coisa muito chata, Hen. Eu disse uma coisa para sua mãe que na verdade não era legal. — E, a partir daí, ele começa a encobrir os vestígios para que os meninos não pensem que alguma coisa muito ruim esteja acontecendo. — Eu estava muito cansado e fiquei um pouco zangado com a mamãe por alguma coisa que não tinha sido culpa dela. A mamãe não ficou muito chateada porque sabia que eu estava apenas irritado, mas ainda estou me sentindo mal por tê-la magoado.

— No ano passado na minha escola, quando você magoava uma pessoa, precisava fazer um desenho pra ela. Talvez você deva desenhar alguma coisa para a mamãe — James sugere, inocentemente.

— Talvez eu deva — diz Darren, beijando James. — Mas talvez o que eu deva fazer é persegui-los até a cama porque vocês são dois patetas — e se pôs a fazer caretas, cócegas e a empurrá-los para subir, enquanto eles riam escada acima. Ele vai aprontá-los para dormir enquanto eu acabo de arrumar a cozinha. Foi uma boa ajuda. Devo reconhecer.

Depois de acabar de limpar o andar de baixo e verificar, pela terceira vez, se o forno está desligado, eu arrumo as mochilas para o dia seguinte. Quando por fim subo, Darren está no nosso banheiro escovando os dentes.

— Está disposta a conversar um pouco? — Darren pergunta com cuidado enquanto enxágua a escova de dentes e a encaixa no suporte ao lado da pia.

— Claro — digo calmamente. Prendo o cabelo num rabo de cavalo e pego minha escova. — Só vou escovar os dentes. É só um minuto.

Que estado aprazível de beatífica ignorância eu me encontrava quando fiquei ali em pé, havia apenas quarenta e oito horas, pouco antes de descobrir que meu marido me traíra. A calmaria antes da tempestade. Pena que eu não soubesse que a tempestade estava a caminho, senão eu teria aproveitado melhor a calmaria.

Isso acontece comigo às vezes quando estou dirigindo meu carro. Estou cantando uma música incrível junto com o rádio, sentindo o vento morno entrar pela janela aberta, e fico imaginando se este é apenas um momento abençoado antes que eu seja morta por algum motorista idiota e desatento. Eu percebo que este é um modo horroroso de pensar, uma forma terrível de passar pela vida sempre imaginando o pior. Mas ter uma vida relativamente abençoada significa que meu número pode ser sorteado logo. Talvez perder a perspectiva de um trabalho e a segurança de um casamento no mesmo dia conte. Quem sabe agora eu possa relaxar no carro. Tenho esperança que alguma força lá fora acredite que já recebi a minha cota.

Escovo os dentes e lavo o rosto. Chego a usar o fio dental e a passar hidrante e creme para os olhos apenas para enrolar um pouco. Ainda estou muito confusa. Não sei se estou preparada para conversar.

Darren está sentado na cama e a televisão está desligada. Sei que este é um grande esforço para ele porque os Yankees estão jogando contra os Red Sox, um acontecimento monumental na vida dos homens obcecados por esportes em toda a Costa Leste. Enquanto me enfio sob o calor do edredom branco e sedoso, esperando que isso me acalme, Darren olha para mim e sorri cautelosamente.

— Você quer começar a falar ou quer que eu comece? — Ele está sem dúvida hesitante, incerto quanto à minha posição, e querendo respeitar o modo como desejo conduzir a situação.

— Você — digo, sem saber por onde eu começaria. Lembro-me de uma conversa que começou exatamente desse jeito nove anos atrás. Darren tinha me levado para jantar no nosso restaurante favorito, Gramercy Tavern, e me disse que havia algo importante que ele gostaria de discutir. Suspeitei que tinha alguma coisa a ver com a nossa decisão de ter filhos, ou com a minha decisão de não me sentir pronta ainda. Darren tinha dado dicas nada sutis sobre isso nos últimos meses (cupons para massagens na gravidez, um kit básico de roupas para a maternidade e uma coleção completa de livros do tipo *O que esperar...*), e eu tinha objetado amorosamente às suas sugestões de que aquele momento era a ocasião perfeita para começar uma família. Eu tinha medo da enormidade que era ter filhos, a responsabilidade, a gravidez, o impacto na minha carreira, a perda de identidade.

Naquela noite, Darren havia pedido uma garrafa de um ótimo vinho e conseguido uma mesa perto da lareira. Ele até estava de terno (algo que executivos de bancos de investimento detestam fazer no sábado à noite), determinado como estava a que eu o levasse a sério e desse ao assunto todo o respeito que merecia. Ele disse que me amava muito e que desejava criar algo que fosse parte de nós. Alguma coisa que pudéssemos amar e criar juntos. Sua voz tremia e os olhos suplicavam, e quando esgotei todos os motivos da minha hesitação — ele rebatia bem cada um deles —, eu disse sim. Eu queria aquilo de verdade. Aquela deve ter sido uma das nossas noites mais especiais. Quando chegamos em casa, eu joguei solenemente as pílulas anticoncepcionais na privada, acendi velas e fizemos amor. Embora aquela não tivesse sido "a noite", ela de fato consolidou uma ligação maior entre nós. Estávamos embarcando numa aventura juntos, um elo que nos uniria para sempre.

— Tudo bem. — Ele respirou fundo e uniu as mãos. — Andei pensando muito a respeito de tudo isso, como tenho agido desde que aconteceu. E tenho tentado olhar de verdade para isso do seu ponto de vista. E só posso imaginar quanto deve ter sido ruim, Grace. Não sei ao certo o que você está sentindo agora em relação a mim e a tudo isso. Tenho me sentido frustrado porque "me desculpe" e "eu te amo" não expressam exatamente o que quero dizer. Preciso de palavras mais fortes para transmitir quanto estou arrependido por ter feito isso com você. Sei que a magoei demais e não consigo acreditar que fui capaz disso.

— Tenho tido muita dificuldade para lidar com o que aconteceu — começo, olhando dentro dos olhos vítreos de Darren. — Não tenho certeza do que devo fazer e sobre o que devo sentir. — Falo devagar e calmamente. — Nunca me imaginei nesta situação.

A voz de Darren soa determinada.

— Jurei a você que jamais a trairia. E quando fiz esse juramento todo meu ser estava comprometido com ele. E o fato de tê-lo quebrado está me matando. Não posso me perdoar pelo que fiz a você.

— Preciso saber uma coisa. — Minha voz está cheia de raiva, acusatória. Sinto-me aliviada por não estar mais calma diante disso. — Como você pôde transar comigo *depois* de ter feito sexo com ela? — continuo. Há tantos pensamentos zunindo na minha cabeça, tantas questões grandes, importantes. — Volto a me preocupar com a possibilidade de que, mesmo você tendo usado camisinha, ou dito que usou, ter pego alguma doença daquela mulher!

— Eu usei camisinha. E, pode acreditar, Grace, essa foi uma das primeiras coisas que passaram pela minha cabeça quando acordei no dia seguinte. — Darren disse com firmeza. Meu marido germofóbico está no seu papel. — Fui ao doutor Lambert logo que voltei e fiz alguns exames.

— O que você disse a ele?

— Eu contei a verdade porque queria que ele fizesse todos os exames. Estava mortificado, foi uma das situações mais humilhantes, mas eu precisava saber. Não podia deixar você pagar por eu ter sido um completo idiota.

— E?

— E o quê?

— E os resultados deram alguma coisa?

— Sério, Grace. Você acha que se houvesse qualquer chance de lhe passar uma doença eu teria transado com você? — ele pergunta com um toque de aborrecimento na voz.

— Não fique chateado comigo, Darren — digo revoltada. — Você não tem o direito de ficar com raiva de mim. Tenho todo o direito do mundo de lhe perguntar isso. E você não tem direito, nenhum, de ser nada além de bom e paciente comigo enquanto tento resolver isso tudo. — Estou zangada e começo a chorar.

Vou até o banheiro para pegar um lenço para assoar o nariz. Resolvo pegar a caixa inteira.

— Você tem razão. Me desculpe — ele diz calmamente. — Sei que isso vai ser resolvido nos seus termos. Tenho consciência de que mereço cada partícula da raiva que está sentindo de mim agora, Grace, mas sei também que mereço me sentir frustrado por não ter nenhum controle sobre o que vai decidir. Só quero que saiba que vou fazer tudo o que eu puder para mostrar a você que pertencemos um ao outro. Serei um marido melhor do que tenho sido.

— Se sou tudo para você, como pôde deixar isso acontecer? — pergunto, com a esperança de que haja uma resposta, embora eu saiba que não existe a possibilidade de haver uma.

— Eu me pergunto isso todos os dias. É muito fácil pôr a culpa no álcool, mas eu não estava inconsciente. Eu estava lá. Eu participei. Na verdade tenho pensado que talvez fosse bom procurar alguém para tentar descobrir. Qualquer desculpa que eu pense soa estúpida e como se eu estivesse fugindo da responsabilidade.

— Você estava insatisfeito com alguma coisa em relação a mim ou ao casamento? — Não quero levar a culpa por isso porque acho que, mesmo que um casamento tenha problemas, a resposta não é dar uma escapada, a resposta é descobrir o que está acontecendo, mas sinto que pelo menos preciso fazer essa pergunta.

— Não, de jeito nenhum — Darren diz impetuosamente. — Tenho repassado tudo na minha cabeça, vezes e mais vezes, e não há nada relacionado a você ou ao nosso casamento ou às nossas vidas que esteja me incomodando. Sei que não somos perfeitos, Gracie, mas chegamos perto.

— Sei que não transamos com muita frequência...

— Pare — Darren me corta. — Você tem razão. Não fazemos sexo tantas vezes quanto eu gostaria, mas isso não tem nada a ver com estar faltando algo no nosso relacionamento.

— Acho que isso explica por que senti você distante nos últimos meses — digo, e de repente percebo que estou cansada. Muito cansada. E então: — Por que não me disse nada logo que aconteceu?

— Não consegui. Primeiro, estava tentando trabalhar isso na minha cabeça. Queria descobrir por que tinha feito aquilo. E não queria magoar você. Não conseguia me imaginar lhe causando tanta dor. Esta dor — ele diz, apontando para os meus lenços usados.

— Você pensou em nunca me contar?

— Sim. Cheguei a imaginar que seria melhor para você não saber. Mas não consegui mentir mais.

— Estou cansada, Darren, preciso dormir. E preciso pensar mais. Não sei quanto tempo vou levar para resolver isso, e não sei se algum dia voltarei a confiar em você. Como poderemos ser nós outra vez? — Estava exausta, mas minhas palavras eram precisas, meus pensamentos, claros.

— Não sei como convencê-la disso. E o que me apavora é que posso ter feito algo que vai tirar você e os meninos de mim. Se estiver de acordo, gostaria de pedir que não se precipite e não tome nenhuma decisão rapidamente. Por favor, mê dê uma chance. Eu te amo, Grace. Eu te amo muito. — Sei que ele está sendo sincero, mas quando tenta me abraçar, eu me encolho. Ainda não estou pronta para tocá-lo. Ele pede desculpas.

Peço para Darren dormir no quarto de hóspedes. Penso no popular conselho matrimonial: "*Não vá para a cama com raiva*", e decido que a pessoa que criou essa frase nunca foi traída. Me pergunto se algum dia irei feliz para a cama novamente.

Capítulo oito

No dia seguinte decido testar a noção amplamente difundida de que o yoga tem a capacidade de concentrar a pessoa, limpar a mente e curar todas as aflições conhecidas pela humanidade.

Enquanto apronto os meninos para a escola, percebo que estou me saindo muito bem agindo como se não houvesse um milhão de coisas erradas. É fácil agir normalmente junto das crianças; eles não têm referências para detectar sutilezas no comportamento dos pais. Então, quando fico um pouco mais quieta que o normal ao bater a massa de panqueca — outro prato favorito no meu pequeno repertório gastronômico —, eles nem percebem. Felizmente eles não são capazes de perceber a tristeza no meu coração e o buraco cavado no meu estômago. Para eles, sou apenas a mamãe, e é assim que eu quero que as coisas continuem.

Despejo a massa na frigideira e sinto a pontada familiar de culpa. Culpa até mesmo por estar lamentando minha situação. Há pessoas neste mundo com problemas reais. Pessoas que caminham quilômetros todos os dias para ter acesso a água potável, pessoas em países subdesenvolvidos que morrem de doenças que podem ser prevenidas com vacinas que nosso país tem de sobra, pessoas que não podem expressar suas crenças por medo de serem torturadas, pessoas em vigília nos quartos de hospital em que estão seus filhos quando os médicos, com uma expressão séria no rosto, dizem que não há nada mais que possa ser feito. Esses são problemas reais. A questão de lidar com a única escapada do meu marido não é nada comparada à deles. Ainda assim, na minha realidade, é um problema, e preciso me permitir sentir essa perturbação. Exatamente pelo fato de os problemas das outras pessoas serem muito maiores, muito mais pesados, é que me sinto no direito estar angustiada com meu probleminha em meu cantinho do mundo.

Depois de dar milhares de beijos e abraços e dizer "amo vocês" para os meus adoráveis garotos, que são tão valentes entrando no ônibus todas as manhãs sem reclamar, corro para o andar de cima e procuro algo que possa vestir para fazer yoga.

Eu me dediquei ao yoga em dois momentos diferentes da minha vida. Da primeira vez, durou uma aula. Da segunda, durou de modo impressionante três. Todas as vezes, eu fiquei desanimada porque não estava familiarizada e me senti incapaz de manter aquelas posturas tristes por um espaço de tempo respeitável. O yoga, em mim, parecia exercer um efeito oposto ao que eu tinha imaginado. Me deixava muito estressada. Mas devo a mim mesma mais uma tentativa.

Eu me filiei à Associação Cristã de Moços no ano passado principalmente para que os meninos pudessem ter aulas depois da escola. Mas tinha me convencido a optar pelo título familiar porque achei que me incentivaria a aproveitar as aulas de *fitness*, de ginástica e de natação. Sem sorte, até agora. Como sócia, eu tenho acesso às propaladas magníficas aulas de yoga grátis oferecidas na vizinhança, no Wainwright House Yoga Center, instalado numa cocheira histórica e restaurada, com vista para o Estuário de Long Island.

Visto uma *legging* preta e uma camiseta, calço minhas botas curtas de camurça, engulo meu café e sigo para a aula das 9h30. A sala está movimentada e vai enchendo enquanto pego minha esteira, dois blocos e uma daquelas mantas coloridas de yoga e crio minha própria Índia em miniatura no canto direito do fundo do estúdio. Escolho o lado direito porque, na minha vasta experiência com yoga, percebi que os instrutores sempre fazem as posturas virados primeiro para a esquerda. Então, se eu ficar bem à direita, terei uma boa visão da postura do primeiro lado.

— Ei, Grace! — ouço uma voz amigável e me viro para a esquerda. Eu estivera totalmente absorvida na tarefa de dobrar a manta de yoga.

— Oi, Callie! — respondo. Callie Monroe é uma moreninha que conheço há cinco anos. Ela tem um sorriso bondoso e olhos cor de café sombreados por cílios espessos e longos. O tipo de olhos que fica muito melhor sem maquiagem. A filha de Callie, Amelia, e Henry estavam na mesma classe na pré-escola. Ela e eu nos entendemos no mesmo dia em que nos conhecemos, porque éramos as duas únicas mães que achavam que duas semanas era tempo demais para durar um programa de adaptação à separação. Mas era a política da escola, por isso nós cumprimos o prazo, embora nossos filhos se separassem facilmente de nós depois do terceiro dia. Perdemos o contato por alguns anos porque as crianças foram para escolas de ensino elementar diferentes, mas sempre era muito bom quando nos esbarrávamos.

— Acho que nunca a vi aqui antes.

— Aqui é a minha primeira vez numa longa tentativa de fazer yoga, por isso não ria de mim — eu digo sorrindo. Estou aliviada por estar perto de alguém de quem eu gosto. O pensamento de fazer yoga ao lado de alguém como Lorna, que sem dúvida usa colante fúcsia de grife, tem os pés perfeitamente cuidados e é capaz de alcançar o chão sem esforço na postura inclinada para a frente (meu sânscrito está enferrujado), é muito penoso.

— Prometo que não vou. E a Willow é uma professora adorável. Ela circula entre nós para ajustar as posturas e é muito paciente com os iniciantes.

No momento certo, Willow entra na sala. Ela parece uma mulher de 60 anos que pode passar por 40, mas que você sabe que tem realmente 60. Seu cabelo preto é comprido e crespo, todo raiado de branco, e os olhos são azuis e brilhantes. Ela me parece o tipo de mulher que sente orgulho, não vergonha, das rugas em seu rosto. Ao longo da próxima hora Willow nos conduz na rotina, digo prática, de yoga, que é pesada, mas não é impossível. Ela distribui instruções claras e comoventes pitadas de sabedoria.

— Algumas vezes, quando as coisas parecem realmente difíceis, apenas respire, deixe de lutar e abra seu coração para a possibilidade de que essas partes podem ser superadas — Willow diz com sua voz macia de contralto. Ela tem o dom de fazer tudo o que diz ter relação tanto com as posturas de yoga quanto com a vida. Minha vida. Presto muito atenção às suas mensagens. Durante a metade do tempo me esqueço de respirar, não sinto nada semelhante a um guerreiro apesar de todas as posturas serem feitas em honra a um guerreiro, e não consigo fazer “crescer minha árvore”, mas escuto. E os sussurros encorajadores de Callie tornam esta a experiência mais agradável que já tive com o yoga. Assumo o compromisso comigo mesma de que virei todas as sextas-feiras.

Depois da aula, enquanto enrolamos as esteiras e dobramos nossas mantas, Callie pergunta se eu gostaria de ir a um café com ela e as amigas.

— Vamos ao Le Pain Quotidien na cidade. É um grupo bem legal de mulheres dessa classe. Você devia vir comigo. Podemos alcançá-las.

— Claro, eu adoraria — digo, antes de decidir se quero de fato ir. Mas estou contente por ter concordado de maneira involuntária. Vai ser bom voltar a ter contato com Callie. Além disso, adoro Le Pain Quotidien, ou LPQ no dialeto local. É uma filial de um moderno e saudável restaurante-padaria belga. Eles têm um delicioso creme de avelã com chocolate que eu adoro espalhar generosamente sobre suas baguetes fresquinhas, mas sinto que com este pessoal não vou ter nada disso.

Conforme a SUV sai do estacionamento da Wainwright House, percebo que estou realmente feliz. É reconfortante saber que, apesar do estresse que estou sentindo em relação a Darren, tenho a capacidade de me alegrar. Hmmm, talvez o yoga funcione no fim das contas! Durante o *savasana*, no final da aula, quando eu não deveria estar pensando em absolutamente nada, pensei em algumas coisas que Darren havia dito na noite anterior.

Gostei da maneira gentil e honesta com que ele falou. Isso não muda o fato de que ele fez besteira, mas ele disse tudo e agiu de modo correto desde que me contou. Estou muito zangada com o que ele fez, embora não esteja zangada com o modo como ele está lidando com a situação. Mas, cantilena yogue ou não, ainda não tenho ideia se quero continuar casada com um homem capaz de fazer o que ele fez. Ou será que estou dando importância demais a algo que talvez não tenha significado nada? Um divórcio poderia ser como matar uma formiga com uma marreta?

Encontro Callie e as amigas no restaurante. É fácil localizá-las com suas roupas modernas para usar depois do yoga e os rostos iluminados. Callie me apresenta, conta ao grupo onde moro, a idade dos meus filhos e a escola que eles frequentam — o currículo de mãe-padrão. E só com esses três dados estas mulheres conseguem supor uma porção de coisas a meu respeito. Ou pelo menos elas pensam isso.

Depois de fazer nossos pedidos, Callie me pergunta sobre os meninos e Darren, depois me fala sobre seus filhos, o marido, e seu último empreendimento, que é projetar e instalar jardins orgânicos em residências. Ela está muito animada com seu novo negócio e me conta com orgulho sobre seus dois primeiros clientes. Quando me pergunta se estou pensando em voltar a trabalhar (quando nossos filhos eram pequenos, passamos horas falando sobre ficar em casa em tempo integral *versus* a questão da mãe que trabalha), eu lhe contei que tinha sido contratada para escrever para a *Westchester Weekly* e como tinha perdido o emprego antes de ter começado.

— Não acredito que não pensei em você! — Callie exclama, virando-se na direção de outra mulher na mesa.

— Pensar em mim para quê? — surpresa com a explosão dela.

— Nicole — Callie diz para a mulher sentada à esquerda, do outro lado da mesa. — Você ainda está procurando alguém para aquele trabalho com e-mail?

De todas as mulheres do grupo, Nicole pareceu a que estava de fato feliz por receber uma novata no cafezinho do grupo. Lembro-me de vê-la na classe e notar seu longo cabelo castanho-avermelhado e os braços fortes; ela estava na fileira da frente e fazia as posturas de maneira elegante e sem esforço. Eu na verdade olhava e copiava o que ela fazia porque a Willow com frequência falava a postura a ser feita e andava pela classe ajudando iniciantes patéticas como eu. Agora, Callie estava levantando da cadeira, dizendo algo que não pude ouvir para Nicole e insistindo para que ela viesse se sentar ao meu lado.

— Então, você é redatora? — Nicole me pergunta, trocando com Callie as canecas de chá fumegantes por cima da mesa.

— Bem, fui antes de ter filhos, mas, sim, acho que tecnicamente sou redatora. — *Seja confiante, Grace*, penso. — Sobre o que Callie estava falando?

— Eu tenho uma empresa de internet chamada *Well in Westchester*. É uma revista on-line sustentada pela publicidade, com conteúdo sobre saúde e bem-estar, rede social, um calendário de eventos, guias etc. Nossa nova aventura é criar um *mailing* semanal com conteúdo resumido sobre saúde e bem-estar, e estou procurando um *freelancer* para encabeçar o projeto. — Nicole envolve a caneca com as mãos e sorri para mim. Pessoas legais me deixam tão feliz.

— Bem, isso me parece muito interessante! — digo animada, tomando um gole do meu chá de hortelã que foi feito com folhas frescas e não com saquinho.

— Falei a essas senhoras sobre o trabalho na sexta passada, esperando que uma delas conhecesse alguém. Eu coloquei anúncios, mas é sempre melhor contratar alguém com uma recomendação pessoal. E não sei se você ouviu o que a Callie me falou a seu respeito, mas foi uma baita recomendação!

Eu e Nicole passamos a meia hora seguinte discutindo o trabalho e a minha experiência. Ela diz que as *newsletters* enviadas por e-mail tratarão de assuntos como um novo estúdio de yoga na região, dicas holísticas para as mudanças de estação, receitas com hortaliças da época etc. O trabalho de fato me atrai, já que me traz de volta às minhas raízes na área de saúde e forma física, é de meio período, mas com tempo suficiente, e deve mesmo me motivar a entrar em forma e cuidar mais de mim.

— Por que não fazemos assim — diz Nicole —, aqui está meu cartão. No fim de semana, mande para mim por e-mail seu currículo e alguns artigos do seu último trabalho, e partiremos daí. Tenho algumas pessoas com quem estou conversando, mas estou planejando tomar uma decisão até o final da próxima semana.

Nicole me entrega o cartão, aperta minha mão e se levanta para ir embora, dizendo que precisa ir para o escritório. Ela tinha me contado que reservava as manhãs de sexta para o yoga e um chazinho rápido com o grupo antes de ir para o trabalho. Por certo parece o tipo de chefe que eu gostaria de ter! Termino meu chá e me levanto para ir embora também.

— Tchau, Grace — diz Callie, vindo me dar um abraço apertado. — Como foi com a Nicole? — Enquanto eu e Nicole conversávamos, eu tinha visto Callie olhando para nós como um pai protetor espia o primeiro encontro da filha, sem querer ser pego olhando muito fixamente, mas pronto para intervir ao primeiro sinal de problema.

— Foi ótimo! Muito obrigada pela ajuda. Pode ser uma oportunidade perfeita para mim. Espero me encontrar com você no yoga na sexta que vem. Foi muito bom nos encontrarmos! — eu lhe digo, dando mais um abraço e me dando conta do quanto tinha sentido falta da nossa amizade.

Ao chegar em casa, passo uma hora no WellInWestchester.com. Fico impressionada com a qualidade dos artigos, a ousadia do projeto gráfico e o volume de atividade nas áreas das redes sociais. Em "Sobre Nós", fico sabendo que Nicole Winters teve uma longa carreira como editora-chefe do *Yoga Journal*, mas havia decidido criar seu próprio negócio para poder passar mais tempo com a família. Escrevi para Nicole um e-mail e anexei meu currículo e alguns artigos. Rezei e apertei o botão "enviar".

Eu quero muito que este trabalho dê certo. Parece exatamente o que estou procurando. Só espero que Nicole não fique desencorajada porque meu texto mais recente tenha sido sobre os esforços escolares para a sustentabilidade, para o *Midland Elementary School Parent Teacher News*. Imagino que as outras pessoas que ela está entrevistando sejam mais novas e entusiasmadas e não estejam afastadas do mercado de trabalho há mais de oito anos. Enquanto me debato sobre minhas dúvidas a meu respeito, vem um alerta da caixa de entrada de e-mails.

> Grace, obrigada por seu e-mail. Foi muito bom conversar com você hoje de manhã. Você pode vir ao nosso escritório na segunda-feira às dez horas para falarmos um pouco mais? Todos os candidatos estão preparando um texto com trezentas palavras como teste, com tópicos que discutimos no LPQ. Você pode trazê-lo quando vier na segunda. Espero com prazer encontrá-la de novo. Por favor, confirme o horário. Um ótimo fim de semana para você, Nicole Winters.

Certo, eu acho. Isso estabelece uma situação. Ela está me levando em consideração. Deixo escapar um gritinho de entusiasmo e respondo que segunda, às dez, é um bom horário. Entro no chuveiro e deixo a água quente relaxar meus músculos doloridos enquanto penso num assunto para o meu artigo.

Depois seco meu cabelo e desço para a cozinha a fim de preparar um almoço rápido. A cozinha foi o único cômodo que reformamos quando nos mudamos. Nossa casa é uma construção colonial de madeira dos anos 1930, com venezianas pretas — o tipo de casa que sempre imaginei que os moradores da Nova Inglaterra habitassem enquanto eu crescia entre casas com pisos de vários níveis e ranchos em Los Angeles. Darren e eu nos apaixonamos pela vegetação densa da casa, o assoalho de madeira escura e manchada, paredes de gesso e uma varanda envidraçada charmosa. Felizmente, os antigos donos tinham aumentado o banheiro principal e modernizado o encanamento, o aquecimento e a parte elétrica, por isso a casa estava pronta para nos mudarmos, precisando apenas de uma pintura rápida. Mas eu odiei a cozinha. Os armários escuros (descascando), o piso de vinil cinza horroroso (descascando) e os aparelhos elétricos (todos eles) cor de abacate decididamente não tinham sido modernizados pelos proprietários anteriores. Considerando como o resto da casa tinha sido decorado com bom gosto, só pude supor que eles não eram do tipo que gosta de cozinhar.

Quando compramos a casa, Darren e eu concordamos que, como estávamos com o orçamento apertado, viveríamos com aquela cozinha por alguns anos até que pudéssemos reformá-la. Então dá para imaginar como fiquei entusiasmada quando abri o presente que Darren me deu, apenas alguns meses depois, e descobri que era um cartão de visitas de um consultor da Christopher Peacock, uma companhia de projetos de cozinha de ponta, em Greenwich. Christopher Peacock é o Gucci das cozinhas. Eu teria me decidido pela Gap. "Enlouqueça e divirta-se", dizia o cartão. E foi o que eu fiz.

Passei os meses seguintes enlouquecendo por completo e experimentando uma alegria estonteante, enquanto escolhia armários com painéis brancos lisos e gavetas com puxadores cromados, azulejos de metrô* brancos para a parede sobre a pia, assoalho de madeira para combinar com o resto da casa, bancadas de mármore Calacatta Gold (que é branco com cinza e veios beges), e aparelhos elétricos de aço escovado de última geração. Eu quase dormi naquele templo de beleza na noite em que a instalação ficou pronta. Em vez disso, dormi com meu marido. Dormir do tipo marcado por gemidos, não por roncos. Muitos gemidos. Praticamente um para cada glorioso puxador cromado.

O telefone toca enquanto faço um sanduíche de pasta de amendoim com geleia e banana.

— Oi, Gracie — minha mãe diz. Posso jurar que ela está no celular, e eu a imagino dirigindo pelo Santa Monica Boulevard no seu Bimmer dourado conversível.

Nós nos falamos algumas vezes por semana, e sempre espero ansiosa para conversar com ela. Mamãe me pergunta sobre os garotos e a primeira semana de escola. Ela é uma avó maravilhosa, e os meninos a adoram. Eles têm um encontro semanal pelo Skype nas tardes de domingo, quando as crianças fazem uma exposição de arte, mostrando a ela todos os projetos que fizeram no acampamento, agora na escola, durante a semana. É uma relação muito carinhosa e fico emocionada com isso. O relacionamento entre eles é muito melhor do que entre os garotos e meu pai ou com os pais de Darren.

— Então, ouça isto. Perdi meu emprego na *Westchester Weekly*, mas tenho uma entrevista na segunda-feira para um tra-

---

* Os primeiros azulejos desse tipo surgiram em 1901 e foram instalados nas paredes das estações do metrô de Nova York, anos antes de o sistema entrar em funcionamento. Aperfeiçoado, esse revestimento é usado até hoje, principalmente em áreas sujeitas a umidade, como a cozinha. (N.T.)

balho novo — conto para mamãe e passo a atualizá-la sobre todo o drama envolvido.

— Isso é ótimo, Gracie. Só gostaria que você se desse uma folga agora. Finalmente está tendo um tempo para si mesma. Por que não relaxa um pouco? Frequente umas aulas de culinária. Junte-se a um clube de teatro e vá à cidade mais vezes.

— Não posso ficar sem fazer nada, preciso fazer alguma coisa — digo.

— Não deve considerar essas coisas como nada. Elas são gratificantes e divertidas.

— Mas elas não me completam. Preciso realizar alguma coisa. Preciso trabalhar em algo produtivo.

— Tudo bem, foi apenas uma sugestão. Mas você é sempre muito exigente consigo mesma, então acho que entendo. O trabalho no website parece ótimo, Gracie. Bem do tipo que você gosta. Vai ser fabuloso. — Minha mãe gosta de verdade da palavra "fabuloso". Assim como minha irmã Eva. As duas usam a palavra fabuloso provavelmente com mais frequência do que um animador de casamento de Beverly Hills.

— Eu realmente espero que dê certo, embora talvez não consiga o emprego. Ela está entrevistando outros candidatos que com certeza têm experiência mais recente do que eu e estão mais afinados com a questão do bem-estar.

— Não se desvalorize, querida. E não fique presumindo que outras pessoas estão acima de você. Você é fabulosa e merece esse trabalho. Então mantenha a confiança e espalhe para o universo que você o quer, e ele será seu. — Eu imagino que ela esteja dirigindo pelo Santa Monica Boulevard porque é o caminho que a leva para seu consultório de guru. Minha mãe emprega praticantes de todas as "artes de cura", como ela gosta de chamá-las.

Neste momento, eu me debato sem saber se conto ou não para mamãe sobre Darren. Ela é uma GFD — Grande Fã de Darren — e vai ficar arrasada, mas sempre me dá bons conselhos, e sei que vai sobreviver, como sempre. Só não tenho certeza se quero mergulhar nisso com ela.

— Como está o Darren? — ela pergunta, e eu decido ir adiante.

— Mãe, preciso lhe contar uma coisa — digo, e sei que isso soa ameaçador. Eu vou até o sofá da varanda envidraçada e me sento.

Silêncio mortal.

— O quê, Gracie? O que foi? — ela pergunta, e ouço sua voz falhar.

— Darren me traiu. — E eu começo a chorar; falar com minha mãe sobre coisas que envolvem o lado emocional sempre me reduz a um poço de lágrimas; depois, conto a ela toda a história. Ela não me interrompe nenhuma vez.

— Ah, Gracie, sinto muito. — Ela me faz todo tipo de pergunta: Quando isso aconteceu? Quando ele contou para você? Foi a primeira vez? E então ela me surpreende. — Sei que vai ser difícil confiar nele por um tempo, mas vocês dois podem superar isso. O que vocês têm é importante demais para desistir por causa de uma noite idiota.

— Fala sério, mamãe? — pergunto com voz sarcástica. — Acha que eu devia perdoá-lo e agir como se nada tivesse acontecido? Não sei se consigo fazer isso.

— É claro que consegue perdoá-lo, Gracie. Não estou dizendo para fingir que nunca aconteceu. Procurem alguém para ajudá-los. Trabalhem a situação. Você não pode fazer isso com Henry e James.

— *Eu* não posso fazer isso? — começo a parecer meio histérica. — Não seria Darren quem o provocou? Então, agora, ele não fez o que ele fez, e se eu decidir que seria um problema continuar casada com um homem que sai por aí dormindo com uma garçonete de bar, seria minha a culpa de estragar a vida de Henry e James? É isso que está dizendo? — a esta altura a incredulidade toma conta de mim.

— Não, Gracie. Respire fundo, querida. *Não* é isso que estou dizendo. E foi só uma garçonete, certo? Estou só dizendo que não quero que pense que há algo errado em recebê-lo de volta. Não precisa ter vergonha disso. Tenho certeza de que há uma porção de amigas suas que já passaram por situações parecidas e que você nem ficou sabendo. Só não se apresse; deixe que ele ganhe você de volta. E, então, deixe-o voltar, Gracie.

Seguro o fone longe do ouvido e fico olhando para ele, chocada. Esta é Nina Roseman falando. A forte mãe solteira. Feminista queimadora de sutiãs. Extraordinária participante das marchas pelos direitos da mulher.

— Estou um pouco surpresa por você estar tão preocupada querendo que eu o receba de volta, mamãe. Não estou dizendo que vou pedir o divórcio imediatamente, mas também não descartei essa possibilidade.

— Tenho visto as coisas acontecerem com amigos durante anos, Gracie. Os homens têm necessidades diferentes. Essas coisas sempre terminam mal quando o casamento acaba. Tenho amigas que estiveram na sua situação e, antes de qualquer coisa, se o casamento era bom e houve apenas um deslize, a relação pôde ser recuperada. E isso pode acontecer com você também. Só pense nisso, querida. Não gostaria de ver nenhum de vocês infeliz.

Feliz. Esta palavra novamente. Por que toda essa pressão em nossa sociedade para ser feliz o tempo todo? "Só quero que vocês sejam felizes, meninas", minha mãe dizia constantemente para mim e minhas irmãs quando estávamos crescendo. Qual é o significado disso? Quem é feliz o tempo todo? Creio que minha mãe é, com seu conversível, amantes grisalhos e bronzeados, sessões particulares de pilates e uma vida "fabulosa". Estou começando a soar amarga, mas fiquei impressionada pelo apoio incondicional à possibilidade de aceitar Darren de volta.

Darren conheceu minha mãe alguns meses depois do casamento de Cameron e Jack. Naquela altura, nós éramos inseparáveis, e eu o convidei a ir comigo para a Califórnia para o fim de semana em que haveria uma festa em comemoração aos 60 anos de mamãe. Ela estava organizando uma espécie de baile no Four Seasons de Beverly Hills. Não exatamente discreto. Bem Nina Roseman. Fabuloso.

Minha mãe e Darren se deram bem na mesma hora. Na primeira noite, ela nos levou para jantar no The Grill, um dos seus refúgios favoritos em Beverly Hills, onde o maître deu-lhe um beijo em cada face. Minha mãe estava animadíssima, fazendo perguntas, praticamente entrevistando Darren. E ele habilmente rebatia. Sem dúvida exibiu todo seu charme, inteligência e boa aparência naquela noite. E Nina Roseman foi fisgada por ele. Se Darren não estivesse comigo, ela o seduziria. Ela me disse isso depois de alguns drinques no baile do dia seguinte.

Acho que eu não deveria estar surpresa por minha mãe estar fazendo campanha para ficarmos juntos. Ela sabe que não foi o ideal para mim e minhas irmãs crescer numa casa sem pai, e teria sido ainda pior (me chame de sexista, não me importo) se fôssemos meninos. Mas pensei que pelo menos ela fosse ficar um pouco zangada com ele. E mostrasse um pouco mais de compaixão por mim.

— Gracie, não quero que pense que não me importo com o que aconteceu. — *Ah, ela está se redimindo.* — Só espero que vocês encontrem um jeito de superar. É isso. Bom, cheguei ao meu compromisso, querida. Preciso desligar. Você estará por perto no domingo, na minha hora de Skype com os meninos?

— Sim, às 14h00, hora local.

— Amo você, Gracie.

Digo a ela que também a amo e desligo o telefone. Imediatamente ele começa a tocar. O identificador de chamadas mostra o número da minha mãe. Imagino se ela mudou de ideia sobre o que devo fazer.

Capítulo nove

— Oi, sou eu de novo. Tinha me esquecido de lhe contar uma coisa. Encontrei a Rosalie Reynolds num dos corredores do Gelson's, em Palisades, e adivinhe só, você não vai acreditar, Scotty está noivo! — Minha mãe solta um gritinho.

— Verdade? Isso é ótimo. Nós conhecemos a garota? — Olho para o relógio para ver quanto tempo tenho antes de o ônibus chegar. Uma hora, mais ou menos.

— Não, ela é inglesa. O nome dela é Abigail. Ela veio para Los Angeles para frequentar a escola de cinema da USC e ele era um dos instrutores. Rosalie está animadíssima por finalmente ter uma nora!

— Fico feliz por ele. Vou enviar um e-mail cumprimentando-o. Obrigada por me informar.

— E-mail? Pegue o telefone, Gracie. Vocês crianças e seus e-mails. De qualquer modo, faça isso. Amo você, querida. Até logo.

Scotty Reynolds e eu nos conhecemos no jardim de infância quando ele era igualzinho ao Denis, o Pimentinha. Morávamos na mesma rua e brincávamos juntos todos os dias depois da escola. Continuamos amigos durante toda a faculdade, quando ele se parecia mais com Ricky Schroder, mas nunca houve nada romântico entre nós. Ele tentou me beijar uma vez quando eu estava no segundo ano da Universidade Penn e passava as férias de inverno em casa. Não pude conter o riso e fiquei aliviada quando ele também começou a rir. Foi o começo e o fim do nosso romance, já que eu estava saindo com alguém na Filadélfia e não tinha nenhum interesse em Scotty. Perdemos contato por causa de todas as razões normais, mas envio a ele nosso cartão de boas-festas todos os anos e nos comunicamos de vez em quando pelo Facebook, onde agora ele está mais parecido com o Brad Pitt. Sempre guardo um carinho especial por ele.

Começo a sentir como se a Grand Central estivesse na minha cozinha porque, nem cinco minutos se passaram e meu telefone toca de novo. É Eva, a minha irmã.

— Oi, Ev — digo, enquanto dou uma mordida no sanduíche que venho tentando comer nesta última meia hora.

— Gracie, mamãe acabou de me contar. Eu sinto muito — ela diz com a voz séria que eu reconheço por ouvi-la falar com clientes famosos sobre problemas graves como a aerografia da capa da revista ter saído errada. Ela é publicitária na Farrar e Frank Relações Públicas, e leva muito a sério o trabalho que faz com a carreira dos clientes. Como sou cínica em relação a toda a indústria de entretenimento de Hollywood — por ter crescido em Los Angeles —, acho isso muito engraçado. Mas não digo isso a ela. Não estou surpresa por minha mãe ter ligado para ela logo depois de ter desligado. As notícias na minha família circulam rápido.

— Obrigada, Eva, por ter me ligado. É chato, estou tentando resolver tudo, mas está difícil lidar com meus sentimentos — digo tentando mastigar em silêncio.

— Eu tenho uma ideia, e não diga que não, porque sei que vai dizer não. Apenas não diga nada e me prometa que vai pensar a respeito — ela diz no tom bajulador que conheço por ouvi-la tentar convencer seus clientes a fazer coisas como participar do *Dançando com as Estrelas.*

— Tudo bem, não direi não. Qual é a ideia brilhante?

— Acho que deveria passar um fim de semana aqui em Los Angeles. Vai ser fabuloso. Podemos fazer compras no Fred Segal, massagem no The Peninsula e comer em restaurantes fabulosos. Esses são os planos. Diga que sim, Gracie. Vai fazer bem para a sua alma, e lhe dar um distanciamento para pôr em ordem seus sentimentos. — Ouvi um telefone tocar ao fundo no seu escritório.

— Obrigada, Eva. Eu na verdade gostei da proposta, mas só não acho que agora seja um bom momento. Mas vou pensar nisso. Parece que você está ocupada. Vá trabalhar. Falo com você mais tarde. Obrigada por ser uma irmã tão boa.

— Sou tudo o que restou para você, portanto só faço o que tenho de fazer — ela disse com um toque de tristeza. — Mas, tudo bem, eu compreendo. Cuide-se, Gracie. Amo você.

Mal consigo me despedir enquanto registro suas últimas palavras. Eva é tudo o que me restou no departamento de irmãs, e é assim desde que eu tinha 14 anos e ela 17. Nossa irmã do meio, Danielle, morreu aos 16 anos. Ela estava no carro do namorado, Brad, indo para casa depois de um jogo de futebol do colégio, quando um motorista bêbado que dirigia acima da velocidade e avançara o sinal vermelho bateu no carro em que eles estavam. Brad ficou muito ferido, mas se recuperou. Pelo menos fisicamente. Ele não foi mais o mesmo, e pelo que ouvi de amigos comuns, ele continua assim. Minha irmã foi arremessada pelo vidro da frente e morreu na hora quando bateu com a cabeça no meio-fio.

Ainda me lembro da campainha da porta tocando tarde da noite em casa e da minha mãe gritando "Ah, meu Deus!" quando viu os dois policiais diante da porta. Os dias que se seguiram estão nebulosos na minha memória. Tudo o que consigo distinguir na mente é uma corrente contínua de gente, o telefone tocando sem parar, as pessoas entrando mansamente no meu quarto forrado de papel de parede de flores azuis, onde me refugiei, e o som horrível da minha mãe gemendo e se lamentando. Até aquele momento, eu só a ouvira chorar. O gemido é um som completamente diferente. Como uma fêmea na selva que acaba de perder sua cria para um predador.

Nossa família sempre foi unida, mas tinham se formado alianças. Minha mãe e Eva tinham aquela coisa de filha mais velha fluindo entre elas. Além disso, Eva era tudo que minha mãe, dona de butique chique, poderia desejar numa filha: ela era muito feminina e vivia para se vestir. Meu pai e Danielle eram bem próximos porque ela adorava jogar pôquer e ia às corridas de cavalo com ele. Eu tinha um bom relacionamento com meus pais, mas minhas irmãs mais velhas vinham em primeiro lugar.

Eu era mais ligada à Danielle. Tínhamos longas conversas, primeiro, como deveríamos arrumar o cabelo da Barbie, depois, qual das *Panteras* era a nossa favorita, então vieram os rapazes e tudo o que vem junto. Ela também me ensinou muito: de como amarrar o cadarço dos sapatos quando eu tinha 5 anos a coisas mais avançadas quando ficamos mais velhas, do tipo como praticar beijos com um travesseiro ou como abraçar uma amiga e fumar um cigarro ao mesmo tempo sem pôr fogo no cabelo crespo dos anos 1980, cheio de *spray*, da referida amiga.

A morte de Danielle afetou demais toda a família, mas cada um de forma diferente. Eu apenas me tornei uma garota triste. Minha fuga foi mergulhar nas minhas amizades e deixar meus pais de lado, quando, provavelmente, eu mais precisava deles. Eles também ficaram muito apegados a mim naquela ocasião. Agora, como mãe, eu percebo que eles estavam tentando não me perder. Mas na época pensei que eles simplesmente não me entendiam. Comecei a fumar maconha com algumas das minhas amigas que estavam nessa. Mas nunca fiquei alienada. Sempre fui bem na escola. Continuei minhas aulas de dança, respeitava os horários de voltar para casa e suas regras. Eu apenas tinha um eu exterior nebuloso ao qual eu voltava vez por outra quando não queria ser a Grace certinha.

Todos na escola sabiam o que tinha acontecido, e a maioria estava com medo de conversar comigo. Elise Connors, que frequentava todas as minhas aulas principais, mas era mais uma conhecida do que amiga, me disse que não tocava no assunto da minha irmã porque não queria me fazer lembrar disso. Ela não percebia que eu me lembrava da minha perda todos os minutos de todos os dias.

Quando fui para a Universidade Penn e comecei a criar novos relacionamentos, senti a necessidade de falar para os amigos mais próximos sobre a Danielle. Não achava que as pessoas pudessem me entender de verdade a menos que soubessem sobre ela. Cameron me deu apoio, pedindo-me para ver fotos dela e dizendo as coisas certas quando as lágrimas e lembranças começavam a jorrar.

Agora que estou mais velha e o tempo amenizou a dor aguda, volto a sentir falta de Danielle em momentos como este. Nas crises em que eu sei que seu conselho teria sido melhor do que os de mamãe e de Eva. Percebo que não posso saber isso com certeza, porque ela era apenas uma adolescente quando morreu. Mas uma ligação profunda com uma irmã é diferente de qualquer outro relacionamento, e nós duas nos conhecíamos muito bem. É claro que mamãe e Eva me conhecem, mas às vezes elas são um pouco aéreas para o meu gosto.

Verifico a hora, lavo meu prato e saio para esperar o ônibus. Lorna me chama quando estou indo para a esquina.

— Grace, estou tão feliz de ver você. Tenho a impressão de que não a vi nos últimos dias. Mas, me conte, como os meninos estão se sentindo em relação à escola até agora? — ela pergunta. Sei que ela não está fingindo, mas há alguma coisa certinha demais em relação a ela que me tira do sério. Ela é como aquelas toalhas de mão de lavabo de extremo bom gosto e excessivamente engomadas. Uma roupa combinando impecavelmente e sem manchas. Um jantar de cerimônia em que nada dá errado.

— Estão ótimos, obrigada por perguntar. E os trigêmeos? — pergunto.

— Maravilhosos! É o último ano deles na escola elementar e estão começando a agir como pré-adolescentes, você sabe do que estou falando — ela diz, abotoando o cardigã de *cashmere* amarelo-claro. A temperatura fora de casa é de 27 graus.

Eu *não* sei o que ela quer dizer, mas decido não esticar o assunto.

— Então, Grace, como você sabe, estou no comando da organização da feira do livro de inverno este ano, e achei que você estaria interessada em assumir um papel de liderança agora que tem todo esse tempo livre.

Não estou. Espero não ter.

— Acho que você seria perfeita como organizadora das classes de terceiro ano! Não é muito trabalhoso, só algumas reuniões semanais, manter comunicação contínua com os pais dos alunos e, depois, trabalhar durante os três dias da feira lá no ginásio de esportes, mais a instalação no dia anterior e a desmontagem um dia depois — ela diz, inclinando-se para mim como se fôssemos do mesmo time.

Aja com graça.

— Ah, Lorna, foi muito gentil da sua parte pensar em mim, mas eu sinto muito. Não vou poder.

— Ahn?

— Sim, fico lisonjeada por você ter me convidado, mas vou voltar a trabalhar meio período e não poderei dedicar à feira do livro o tempo que ela precisa ou merece. Eu sinto muito! — *Vitória!*

— Você está trabalhando? Isso é ótimo, Grace — ela diz mordiscando os lábios. — O que você faz?

— Como ainda não está confirmado, prefiro não dizer, mas é um trabalho que envolve redação de textos. Eu conto para você assim que tudo estiver acertado — digo a ela enquanto viro o pescoço para ver se o ônibus está vindo.

— Sabe, eu também sou escritora. Estou escrevendo um gracioso livrinho infantil. Algum dia vou publicá-lo. Harvey tem um amigo que é sócio de uma das maiores editoras da cidade, e ele disse que não será nenhum problema conseguir isso.

— Isso é ótimo, Lorna. Boa sorte — digo amavelmente enquanto o ônibus estaciona. — Adoraria lê-lo qualquer dia.

— Muito gentil da sua parte, Grace. Mas vou mantê-lo em segredo até a publicação.

Faça isso.

— Olá, meninos — digo a Henry e James, e atravessamos o gramado para entrar em casa.

— Viva, hoje é sexta! — Henry grita. — Telas!

— Telas! — James repete.

Eu e Darren decidimos que precisávamos impor um limite diante das telas para os meninos (computador, Nintendo, televisão) ou iríamos acabar com aquelas crianças mencionadas nos noticiários quando falam nas mais recentes estatísticas de obesidade e como tudo está relacionado ao tempo que as crianças passam diante das telas, bem maior do que aquele em que brincam nos espaços externos — onde podem ser raptadas. Então decidimos que os meninos só podem usar as telas a partir da tarde de sexta-feira quando chegam da escola até domingo à noite. Certo, eu deixo que assistam a um pouco de televisão durante a semana quando preciso fazer o jantar ou algo parecido. Mas eles sabem as regras e não me pressionam muito para ver televisão nos dias proibidos. No entanto, quando chega a tarde de sexta, é uma corrida desenfreada pelas telas.

A próxima cena que vejo é a deles sentados no chão da sala, costas contra a parede, olhos fixos no visor dos joguinhos enquanto os dedos se movem agilmente entre as teclas de setas. Sempre que os vejo numa "pose de amor fraternal", como gosto de chamar, sinto um calor no estômago — uma sensação de contentamento. Que estou me saindo bem nesse negócio de ser mãe.

Com os garotos entretidos alegremente no joguinho entorpecedor de mentes, começo a fazer o jantar. Enquanto reúno os ingredientes para hambúrgueres, salada e batatinhas assadas no forno, penso sobre a oferta de Lorna. Não considerando a possibilidade de aceitá-la, mas o que isso representa no mundo das mães.

Enquanto pico a alface, fantasio sobre as mães que não trabalham fora entrando em greve. Fazendo piquetes nas feiras do livro das escolas, nos eventos beneficentes para hospitais e nas coletas de alimentos enlatados que, se não fosse pelo trabalho não remunerado delas, jamais aconteceriam.

— Filme hoje à noite — Darren tira o cinto enquanto vem da garagem.

— Oba! — os meninos gritam em uníssono enquanto deixam de lado os jogos e correm para abraçar o pai.

Todas as sextas à noite depois do jantar, vestimos nossos pijamas e nos aconchegamos no sofá para assistir a um filme e comer pipoca. Os garotos amam isso porque podem ficar acordados até mais tarde e comer na sala. Eu amo isso pelo sentimento de segurança que me toma quando todos os membros da família estão reunidos no mesmo lugar. É reconfortante. E como tenho me sentido perdida diante dos acontecimentos recentes, espero pelo filme da noite para me sentir de volta à casa.

— Mamãe, esquecemos de ir à locadora esta semana para pegar nosso filme — James me lembra.

— Eu sei, me esqueci completamente. Escolha um da prateleira de vídeos.

— Tudo bem — eles dizem e saem correndo para a sala.

— Como foi seu dia? — Darren pergunta, tentando parecer normal, enquanto lava as mãos na pia.

— Bom — digo, tentando também parecer normal. Se for para começarmos a lidar com isso precisamos começar de algum lugar. Além disso não quero que os meninos percebam que algo está errado. — Falei com a mamãe. Você vai ficar feliz de saber que Nina Roseman está entusiasmada com o fato de que estamos tentando resolver essa situação.

— Você contou para a sua mãe?

— Contei. Isso é um problema para você? — Olho para ele, minha mão automaticamente indo para o quadril. Penso que não é hora de mencionar a ele que também contei a Cameron e à minha irmã.

— Só pensei que resolveríamos primeiro a situação sem torná-la pública antes.

— *Torná-la pública* é um pouco demais, você não acha? — Tentei não soar muito sarcástica e voltei a arrumar a mesa. — Este assunto é muito importante para mim, Darren, e preciso discuti-lo com quem me conhece melhor, para que possam me ajudar a passar por tudo isso.

— Está certo, Grace. É justo. Faça o que precisar fazer. Só que eu acho que não quero que o mundo inteiro fique sabendo.

— O mundo inteiro não vai ficar sabendo. Não tenho vontade de anunciar isso aos quatro ventos. Estou me sentindo tão humilhada quanto você.

Ele se aproxima de mim envergonhado e tenta me abraçar. Deixo. Meu primeiro instinto é não deixá-lo me tocar. Mas também, por um instante, quero ser consolada pela pessoa que amo. Sinto o coração em pedaços ao pensar que, antes de qualquer coisa, ele também é a pessoa responsável pela minha necessidade de ser consolada. Ele se afasta, e vejo lágrimas em seus olhos.

— Eu sinto tanto, Grace.

— Eu sei.

Os meninos entram na cozinha correndo, Henry está tentando arrancar um DVD das mãos de James enquanto este vem gritando.

— James quer assistir *Toy Story,* que eu já vi um milhão de vezes e que não passa de um desenho bobo — Henry diz enfaticamente.

— Hen, outra vez "bobo". Não nesta casa. E o que *você* quer assistir?

— *Treinando o Papai.*

— Oooh, eu amo *Treinando o Papai.* Não me canso desse filme em que Dwayne "The Rock" Johnson faz o papel de um quarterback da Liga Nacional de Futebol Americano que conhece a filha de 8 anos que ele não sabia que tinha.

— Eu sei, mamãe, foi por isso que eu escolhi este — Henry diz isso de um modo tão doce. Não tenho muita certeza se ele fala sério ou se seu pequeno cérebro é esperto o bastante para saber que dizendo isso vai marcar pontos comigo.

— James, o que você acha? — pergunto, me ajoelhando e olhando bem dentro dos seus olhos. — Faz algum tempo que não vemos *Treinando o Papai.* Tudo bem pra você?

— Tá bom — ele diz, cruzando os braços e batendo o pé com força, o que me faz rir.

— Ótimo. Obrigada por cooperar. E na semana que vem você vai escolher o filme na locadora.

James ri e se atira nos braços de Darren, enquanto dou um beijo em Henry e agradeço por ele ser tão atencioso. Se ele foi ou não, gosto de apoiá-lo do mesmo modo que posso contar a quantidade de gritos que infelizmente despejo sobre a pobre criança quando perco a paciência.

Digo para os meninos irem lavar as mãos para jantar, enquanto abro uma garrafa de Sauvignon Blanc e sirvo uma taça para mim. Quando todos se sentam à mesa, eu anuncio, na minha melhor voz de presidente do conselho em início de reunião, que tenho boas notícias.

— Como vocês todos sabem, o trabalho com que eu estava realmente entusiasmada na *Westchester Weekly* não vingou — digo levantando a taça.

— Fora, *Westchester Weekly*! — grita James.

— Obrigada, James, pelo apoio — digo. — Bem, hoje, conheci uma mulher na minha aula de yoga. Isso mesmo, eu disse aula de *yoga*, e ela decidiu que eu sou esperta e brilhante e pode ser que seja perfeitamente adequada para um trabalho como redatora, e para isso ela vai me entrevistar na segunda de manhã! — digo, toda animada. Eu me abro com os meninos sobre a minha situação de trabalho. Acho que é importante para eles (ou para mim?) saberem que eu posso trabalhar e me realizar numa carreira, do mesmo modo que Darren pode.

— Isso é ótimo, Grace! — Darren diz, e toca a taça dele na minha.

Enquanto os meninos discutem quais são suas cenas favoritas de *Treinando o Papai* ("Os hambúrgueres da Fanny deixam as crianças gordas e dão gases", para Henry, e "Tanela, sou alérgico a tanela", para James), Darren me pergunta tudo sobre o trabalho. Ouvindo os garotos conversando amistosamente, bebendo vinho e tendo uma conversa civilizada com Darren é tudo um pouco embriagante, em muitos sentidos.

Como coloco os meninos no sofá entre mim e Darren, a sala é invadida por uma sensação cálida essa noite, enquanto quatro pares de pés descansam na mesinha de centro e a família parece completa de novo.

Capítulo dez

— Henry me pegou saindo do quarto de hóspedes — Darren diz, bocejando e entrando no nosso banheiro no dia seguinte enquanto eu escovo os dentes.

— Ele acorda cedo. E o que você disse?

— No começo tentei fazer parecer que eu só estava andando pelo corredor, mas ele olhou dentro do quarto e viu a cama desarrumada. Perguntou se eu tinha dormido ali, e eu disse que sim porque estava tossindo demais na noite passada e não queria acordar a mamãe.

— Boa saída.

— Ele acreditou, mas acho que precisamos dar um fim nesse negócio de dormir no quarto de hóspedes — ele diz, olhando meu reflexo no espelho.

— Provavelmente você tenha razão — digo, indo até o *closet* para vestir minha roupa de caminhar. A noite passada tinha sido um doce momento familiar, e eu de fato tinha tentado agir normalmente com Darren, mas ainda não estava preparada para deixá-lo voltar a dormir na nossa cama.

— Você e a Cam vão caminhar?

— Sim.

— A Kimmy vem hoje à noite? — Darren me pergunta, os braços esticados entre os batentes da porta do *closet*.

— Droga, esqueci de cancelar com ela. — Kimmy é a nossa devotada e querida babá dos sábados à noite. Eu e Darren saímos todos os sábados para jantar com amigos ou para ir a festas quando há uma. Na falta de planos específicos, adoramos jantar no bar de um dos nossos restaurantes favoritos em Rye ou comemos sushi e vamos ao cinema. Não temos planos para hoje à noite, e eu ficaria muito feliz em ficar em casa com meus filhos. Mas sempre me sinto mal cancelando com a Kimmy porque sei que ela depende desse dinheiro.

— Você sairia num encontro comigo? — Darren pergunta mansamente. Isso soa sentimental, mas ele parece tão arrependido que tenho de sorrir.

— Aonde vai me levar? — digo maliciosamente, porque sei que ele não sabe.

— É surpresa — ele diz, sorrindo de volta. Isso quer dizer que ele não tem a menor ideia ainda, mas assim que eu sair de casa ele vai acessar o site OpenTable, escolher um restaurante e fazer uma reserva.

— Certo — digo, pensando que uma noite fora vai nos fazer bem.

Cameron está se alongando contra o carro quando saio para a nossa caminhada. Sempre atleta, ela está usando umas roupas esportivas tão legais que poderia ser uma modelo da Nike. Ou correr uma maratona. Ela provavelmente poderia fazer as duas coisas sem esforço.

— Está pronta, senhora deusa grávida? — pergunto enquanto saio do meu carro vestida da cabeça aos pés em Old Navy.

— Não quer alongar primeiro, Grace? — Cameron pergunta, fazendo uma manobra de agachamento radical. Tentei isso uma vez. Foi como uma cama mal pintada — minha cor sumiu e soaram estalos de todo tipo.

— Não, obrigada, estou bem. Vamos embora.

— E então, como vão as coisas? — Cameron pergunta enquanto atravessamos o estacionamento em direção à trilha. A manhã está bonita, o sol está brilhando, mas está frio o bastante para usar um moletom.

— Vamos falar primeiro de você — digo alegremente. — Vamos falar do bebê.

— As boas novas, considerando minha profissão e todo o resto, é que consigo habilmente fazer um bebê arrotar, trocar sua fralda e cuidar de modo apropriado do cordão umbilical, tudo de uma só vez. Vou precisar de ajuda é na compra de toda a parafernália. — Cameron olha para mim, e vejo aquele olhar perdido. Ela navegou pela faculdade de medicina, lê livros volumosos sobre batalhas reais e sabe mexer na placa-mãe do computador, mas a garota precisa de ajuda quando se trata de qualquer coisa doméstica. E enquanto *eu* acho que, na maior parte do tempo, estou só sobrevivendo nessa categoria, Cameron pensa que sou a dona de casa modelo.

— Bom, então, me considere a representante oficial do seu bebê.

— Ótimo — Cameron diz, apontando para uma folha que já começou a ficar dourada. Adoro o outono e estou pronta para a mudança de estação. Às vezes sinto falta do clima confiável e agradável do sul da Califórnia, mas definitivamente gosto da distinção entre as estações. Há algo maravilhoso em trocar as roupas que usa, as atividades, a comida e o modo como sente de tantos em tantos meses.

— Agora — Cameron diz quando chegamos ao caminho que ladeia o rio onde sempre arremessamos umas pedrinhas na água (ela consegue fazê-las quicar três ou quatro vezes; eu, quando muito, uma) —, me atualize sobre o que está acontecendo com Darren.

— Ah, por onde eu começo? — pergunto retoricamente. — É tudo muito complicado. Na metade do tempo eu acho que minha reação está sendo exagerada e que eu não deveria dar tanta importância a isso. Mas, no resto do tempo, percebo que é uma coisa importante e que eu não deveria ser tão dura comigo mesma por não recebê-lo de volta de braços abertos.

— Eu compreendo os dois lados, Grace, mas acho que você está pensando demais. Sei que é assim que você faz, mas acho que deveria deixar as coisas acontecerem, cada dia de cada vez, e não fazer o que costuma, que é chegar a grandes conclusões de hora em hora.

— Bom, você tem sorte por não fazer drama quando se trata de questões emocionais, mas eu não consigo evitar. Tudo é muito recente. Você vai ficar feliz com isso, eu tentei agir normalmente a noite passada, e foi bom. E ele sem dúvida está tentando. Vai me levar para sair esta noite.

— Ora, isso é bom!

— Vamos ver.

— Tenho certeza de que é um passo na direção certa.

Paro e olho para ela com ar perplexo.

— Como é se sentir tão confiante em relação às coisas? — pergunto, sem nenhum sarcasmo.

— O que é que você quer dizer? — Cameron pergunta.

— Você é como essas mulheres que eles entrevistam nas revistas sobre qual é a coisa sem a qual elas não conseguem viver. Essas mulheres parecem tão seguras de si e confiantes sobre o porquê daquele clássico da literatura ser seu livro favorito, ou o motivo por usarem apenas aquele perfume, ou que somente usarão um elegante tipo de bloco de papel timbrado gravado à mão por uma centenária fábrica familiar na Itália. E aqui estou eu, com minha pilha de romancinhos leves lidos pela metade, as amostras de perfume que ganhei no Duty Free do aeroporto e o bloco de notas que recebi num evento de caridade e que decidi conservar mesmo sem fazer uma doação. Eu só estou me sentindo inadequada ultimamente. Como se o esperado fosse que eu me desenvolvesse até me tornar uma pessoa adulta realmente formada, com convicções e preferências, mas em vez disso só tento ir vivendo e apagando incêndios.

— Grace, você na verdade está sendo muito dura consigo mesma. Pense no que já realizou. E daí se não usa papel timbrado ou não tem um autor favorito. Antes de qualquer coisa, você é agradável porque não precisa impressionar ninguém com rótulos. Segundo, precisa deixar de valorizar tanto o modo como as pessoas são retratadas nas revistas. Tenho certeza de que, se a *Vanity Fair* a chamasse amanhã para fazer seu perfil, você acabaria parecendo incrivelmente adulta, e outras mulheres se sentiriam inadequadas comparadas a você. Não estou fazendo média, Grace. E sei que está num beco sem saída agora. Mas chega de se depreciar. Você é extraordinária, e sabe disso. Por que mais eu seria sua amiga? — ela pergunta e me dá uma cotovelada no braço.

Começamos a subir a ladeira, e falo da minha entrevista de trabalho na segunda-feira. Ela fica muito animada e acha que parece uma grande oportunidade.

— Esta você não vai acreditar — digo a Cameron, parando de repente.

— O quê? — ela pergunta, parando também e olhando para mim.

— Descobri um pelo púbico grisalho hoje de manhã!

— Grace! — Cameron exclama, meio chocada, mas está rindo.

— O quê? Você é médica. É claro que posso conversar sobre evoluções anatômicas com você — digo, rindo e voltando a caminhar.

— Bem, você está com quase 40, então está na hora. Falando nisso, já pensou no que vai fazer no seu aniversário? Precisa se concentrar nisso. Faltam *só* cinco meses — Cameron fala ironicamente.

— Muito engraçado... — digo. Ela sabe que gosto de planejar com muita antecedência. — Acho que a minha ideia original, que era ir com você, o Jack e Darren para umas férias no Caribe, está fora de questão a esta altura.

— Por quê? Talvez seja disso que você dois estejam precisando. — Posso afirmar que Cameron e mamãe estão em total sintonia neste ponto. Cameron é também uma GFD. Talvez até a presidente do fã-clube.

— Talvez apenas um almoço ajantarado com as amigas — digo.

— Um almoço ajantarado? Quantos anos vai fazer, 80?

— O que há de errado com isso?

— Que tal um almoço ou um jantar? Almoço ajantarado é algo que cheira a naftalina e termina com gelatina. Parece muito velho.

— Então está bem de acordo com a ocasião.

— Tenha dó, Grace. Aos 40 ninguém é velho.

— Tem razão. Como eu lhe disse outra noite, estou animada em relação aos 40. Creio que minha vida vai tomar um novo rumo. — E acrescento solenemente: — Só não acho que possa ser sem Darren.

— Está certo, não despeje tudo em cima de mim. Você e o Darren vão ficar bem. E acho que um almoço ajantarado de senhoras vai ser adorável. — Cameron não usa palavras como "adorável". Sei que a empregou para enfatizar sua aversão pela palavra "ajantarado".

— Espero que tenha razão. Nos dois casos.

Quando chego em casa, encontro um bilhete de Darren dizendo que levou os meninos ao parquinho. Uma boa chuveirada relaxante sem meus pequenos monstrinhos me perturbando será bom, em seguida planejo trabalhar no meu artigo para Nicole Winters.

Depois de tomar banho, comer meu cereal e fazer café, abro o laptop para começar a escrever. Primeiro, vou ao Facebook na página do Scotty.

Vejo que não sou a primeira a felicitá-lo, e é engraçado ver todas as pessoas que já postaram. Não mantenho contato com meus colegas do colégio, mas Scotty aparentemente sim, e aqui estão todos eles. Raramente entro na minha página do Facebook porque acabo perdendo muito tempo olhando as fotos das pessoas, lendo o que elas estão fazendo. É um desperdício de tempo.

Olho para as fotos de Scotty e fico encantada ao ver quantas fotos da Abigail ele postou, ela com ele, outras dela sozinha. Abigail é bonita, e eles parecem estar muito felizes. *Bom pra ele.* Escrevo alguma coisa espirituosa na página dele e depois envio uma mensagem particular mais longa e pessoal. Estou pronta para clicar na minha página para verificar se houve alguma atividade quando aparece uma janela de bate-papo.

JakeDoyle: ei, Grace!

Dou uma risadinha e digito de volta.

GraceMay: Ei, Jake! Por que levantou tão cedo?
JakeDoyle: para surfar
GraceMay: Então por que está no Facebook?
JakeDoyle: você faz perguntas demais às 7 da manhã
GraceMay: Soube das boas-novas do Scotty.
JakeDoyle: quem disse que são boas?
GraceMay: Por quê? Alguma coisa errada com a Abigail?
JakeDoyle: siiim, ela roubou meu camarada
GraceMay: Ah, entendi.
JakeDoyle: acho que vou ter de me comprometer agora
GraceMay: Você? Nunca!
JakeDoyle: não posso mesmo, a boa me escapou
GraceMay: Quem?
JakeDoyle: você

Passei a maior parte dos anos do colégio cobiçando Jake Doyle. O desinibido Jake tocava guitarra, era artista e surfista, e muito parecido com Rob Lowe — puro arrebatamento do colégio. Fazíamos parte da mesma turma, mas, infelizmente, Jake Doyle não queria nada comigo. Eu não era feia, mas não era a Stephanie Campbell, a namorada loira, alta e de olhos azuis do Jake (afinal, era Los Angeles).

Perdemos contato, mas, na nossa reunião de vinte anos de formatura há alguns anos, Jake e eu acabamos sentando lado a lado no bar. Ele me olhou, depois olhou para minha foto horrorosa no álbum, com meu nome embaixo, e depois para mim de novo e disse: "Gracie Roseman. Impossível! Tinha a maior queda por você na escola!"

GraceMay: Você teve a sua chance.
JakeDoyle: ai!

E então não sei o que houve comigo.

GraceMay: Casamento não é tão bom assim de qualquer maneira.
JakeDoyle: diga que não é verdade, gracie! problemas no paraíso?
GraceMay: Não.
JakeDoyle: o que o fantástico sr investidor fez?

Verdade, Grace? Por que você está fazendo isto?

GraceMay: Nada.

Boa garota.

JakeDoyle: muito convincente... quer que eu quebre a casa dele?
GraceMay: É claro que não!
JakeDoyle: não quero tentar adivinhar o que aconteceu mas qualquer um que faça algo ruim para você é louco
GraceMay: Você acha?

Um pouco de paparicação não faz mal a ninguém.

JakeDoyle: vc é o máximo, gracie, eu estava cego :-)

GraceMay: Éramos jovens.

JakeDoyle: vc continua bonita

GraceMay: Quase 40!

JakeDoyle: como um bom vinho

JakeDoyle: tenho que ir mas se as coisas ñ se acertarem entre vc e o sr maravilha liga para mim

GraceMay: Pode deixar.

Até parece.

JakeDoyle: entrarei logo em contato, qual o seu e-mail?

Passo para ele meu e-mail e me despeço, rindo alto. Estou surpresa com esse formigamento percorrendo meu corpo inteiro. Parece que uma bebida gaseificada está correndo nas minhas veias — estourando e borbulhando. Eu me sinto com 16 anos novamente, quando costumava ficar imaginando se Jake gostaria mais de mim com o suéter azul de ombreiras ou com o verde. Não que ele jamais tenha percebido, mas pensar nele fazia parte do meu ritual diário de escolher a roupa que iria vestir. Eu me pergunto se ser elogiada pelo Jake Doyle de 39 anos pode ser ainda melhor do que a atenção do Jake Doyle de 16.

Pego a caneca de café e olho a foto minha e de Darren sobre a escrivaninha. Volto à realidade e percebo que devo me sentir culpada pelo flerte no Facebook, uma epidemia que varre o país. Um acometimento comum da doença acontece às pessoas de 38 anos em suas reuniões de vinte anos de formatura do colégio. Os contaminados não raro já passaram há muito da fase de lua de mel do seu relacionamento, quando tudo era novo e o sexo era excitante, e a maioria não está recebendo a adulação de seus esposos para se sentirem atraentes e desejáveis. E então acontece a reunião e, com ela, encontros divertidos — comumente acompanhados por roupas *sexy* e *shots* de tequila —, com atrações havia muito perdidas que fazem os contaminados se sentirem com 16 anos de novo. Ao voltarem para casa, a doença toma novo alento quando os infectados tornam-se "amigos" no Facebook e engrenam um flerte. Isso pode rapidamente levar a uma eclosão de sintomas que incluem interações impróprias, tanto emocionais como muitas vezes físicas. A progressão natural da doença resulta em afastamento, remorso e, em casos graves, divórcio. O único tratamento conhecido é a abstinência do Facebook.

Que é o que não estou fazendo, eu penso e saio do Facebook. *Foi apenas uma conversa espontânea com Jake Doyle,* eu me convenço. *Então por que está ficando vermelha, Grace?* Não consigo me segurar, então vou ao Google para ver se há fotos recentes de Jake flanando por aí. A foto do seu perfil no Face é de uma prancha de surfe. Há alguns artigos sobre sua última exposição, e uma busca leva ao seu próprio site, onde eu clico. Fico surpresa com as fotos de suas obras — telas de grandes dimensões, lindas, vibrantes, em estilo expressionista, que é o meu favorito. E fico ainda mais surpresa com a foto dele, em pé, na praia, o cabelo escuro comprido soprado pelo vento, seu rosto parece um pouco curtido pelo sol, mas sua indiscutível semelhança com Rob Lowe permanece, até mais definida.

A conclusão, porém, é que Jake me dá aquele frio na barriga, e que isso é realmente muito bom. Não sinto isso por Darren há algum tempo. Não é que não o ame; não tem nada a ver com isso. É só que os arrepios desaparecem à medida que a relação se aprofunda. Mas o que substitui o brilho do relacionamento novo é indiscutivelmente melhor: a pátina de contentamento, de segurança, de saber que aquela pessoa que você ama está de fato presente, física e emocionalmente, para sempre.

Passo a tarde trabalhando no meu texto para Nicole. Decidi falar sobre a prática da meditação consciente. Os meninos se divertem com seus games, constroem navios de Lego e jogam beisebol lá fora. Darren trabalha por um tempo e, mais tarde, junta-se aos meninos para praticar a rebatida. Se alguém como Lorna estivesse nos olhando através de binóculos, e eu não me surpreenderia se ela fizesse isso, veria o retrato de uma família feliz. Só para demonstrar que não se tem a menor ideia do que de fato está acontecendo no casamento de alguém apenas pelas aparências.

Quando me sento em frente ao espelho para me maquiar para sair, tenho um choque. Um dos meninos brincou de novo na minha penteadeira e virou meu espelho para o lado que aumenta dez vezes a imagem. Assim que uma mulher atinge os 35, raramente é uma boa ideia olhar para o próprio rosto dez vezes ampliado — não se ganha nada com isso — a menos que ela tenha de tirar a sobrancelha ou espremer cravos. Eu poderia me juntar à série de contemporâneas minhas que fazem aplicações de Botox, preenchimentos nas rugas da testa e optam por cirurgia plástica nos lábios, queixo, sobrancelhas e maçãs do rosto. Mas, na verdade, eu não me importo com minha aparência. Pelo menos até agora. Diante de um espelho normal. Não vou dizer que nunca irei procurar um cirurgião plástico, mas espero que, quando começar a me importar com minha aparência, estarei velha e sábia o bastante para sentir que minhas rugas me dão uma espécie de credibilidade e não sucumbirei à tendência que faz cinquentonas e sessentonas parecerem mocinhas de vinte esquisitamente modeladas. Para isso, basta dar uma espiada em algumas atrizes veteranas.

Visto *jeans* escuros que me caem bem e uma blusa preta meio transparente que deixa meus ombros de fora, com uma blusa de alcinhas por baixo e sandálias pretas de tiras. Depois de muita indecisão, resolvo usar o colar que Darren me deu no nosso décimo aniversário: um coração de safira rodeado de diamantes numa corrente de ouro. Dou uma conferida diante do espelho. Nunca tinha passado pela minha cabeça que Darren poderia pensar numa versão minha mais jovem, mais *sexy* e mais magra. Mas agora tudo mudou. Sei que ele me ama por quem eu sou agora, mas não posso deixar de pensar que, se meu homem me traiu uma vez, ele pode me trair de novo, e eu preciso me esforçar mais para que isso não aconteça. Não seria a primeira mulher a fazer isso.

Capítulo onze

Darren me leva ao Moderne Barn, em Armonk. O restaurante tem uma fantástica energia de Nova York e está lotado de gente chique. Amo a decoração do salão, cujas paredes são forradas pelas maravilhosas e evocativas fotos em branco e preto de cavalos selvagens feitas por Roberto Dutesco. Estou feliz por ter aceitado o convite de Darren.

Depois de nos sentarmos e pedir alguns drinques, um uísque para Darren e uma taça de Chardonnay para mim, vou ao banheiro.

— Oi, Grace — uma mulher me chama quando abro a porta.

Eu me viro e vejo Margaret White, a diretora de RH que tinha me dispensado sem cerimônia da *Westchester Weekly*, aplicando brilho nos lábios.

— Oi, Margaret, como vai? — pergunto. Ela está usando um vestidinho, ênfase no *inho*, preto e sapatos pretos de salto alto e fino. Ela sabe usar os dois muito bem. Seu cabelo escuro alisado chega até os ombros, as pernas são bronzeadas e tonificadas. Ela continua tão bonita como sempre.

— Já estive melhor — ela diz com um sorrisinho. — Trabalhei para a *Weekly* durante nove anos. É difícil enfrentar o mercado de trabalho novamente. — Ela volta ao seu reflexo no espelho e continua a aplicar o brilho.

— Sinto muito. Ainda não consigo acreditar que Matthew vendeu a empresa. Eu pensei que ele estava indo tão bem.

Margaret olha por baixo das portas dos reservados para confirmar que estamos sozinhas, inclina-se para mim e pergunta: — Você consegue guardar um segredo?

— É claro — digo, aproximando-me dela na expectativa, apesar do cheiro forte de álcool no seu hálito.

— Ele não vendeu a empresa — e a voz dela ficou mais afiada. — A merda da ex-mulher dele, *pardon* pelo meu francês, arrumou um desgraçado de um advogado para tirar tudo o que ele tinha, incluindo a casa em Rye, a casa em Aspen e a revista.

— Então a Monique ficou com a revista? — Estou um pouco confusa, e Margaret me parece particularmente emotiva em relação a tudo isso. Mas ela perdeu o emprego, então imagino que isso faça sentido.

— Por enquanto, imagino. Mas a cadela desgraçada ao que tudo indica vai vender o nome e a participação. Ela nem vai conseguir muito dinheiro com isso. Ela só fechou a revista por vingança, porque Matthew se apaixonou por outra pessoa e ela não conseguiu suportar a humilhação.

— Nossa, nem sei o que dizer. — Imagino que o que Ellen Statler me contou sobre o caso no final era verdade.

— De qualquer modo, você não ouviu isso de mim. Mas foi bom te ver, Grace. Boa sorte. É melhor eu voltar. — Ela guarda o pincel do brilho no cilindro, dá uma última olhada no espelho e se vira para ir embora.

— Obrigada, Margaret. Boa sorte pra você também.

Quando volto para a mesa, conto a Darren o que acaba de acontecer no banheiro.

— Que coincidência. Enquanto você estava lá, eu dei uma olhada ao redor e posso jurar que vi Matthew O'Donnell no bar. — Darren toma um gole do uísque e faz um gesto em direção ao enorme bar que ocupa todo o lado direito do restaurante.

Sigo o olhar dele e fico chocada quando vejo Matthew sentado no bar conversando, e rindo, e, ahhh, agora beijando uma mulher de cabelo escuro alisado e comprido até os ombros e um vestidinho preto.

— Bem, isso explica tudo, acho — digo isso com um risinho forçado enquanto beberico meu Chardonnay.

— Saúde — Darren diz. — Gostaria de fazer um brinde.

Bato minha taça no seu copo, e ele continua.

— Sei que despejei uma bomba em você na terça à noite.

— Para dizer o mínimo — digo.

— Certo, então digamos uma bomba atômica — Darren diz arrependido.

— Isso.

— E eu quero agradecer a você por estar aqui comigo esta noite, por me escutar, por ter sido legal — ele faz uma pausa —, compassiva e cheia de graça. — Ele ri. — Obrigado por perceber que eu a amo e por me dar outra chance. — Ele bate o copo na minha taça e começa a beber o uísque.

— Brindo a tudo isso, exceto pela parte de lhe dar outra chance. Ainda não me decidi a esse respeito — digo, séria.

Lágrimas surgem novamente nos olhos de Darren enquanto ele levanta o copo mais uma vez e diz:

— Então, brindemos à esperança.

Decido que esta é a coisa perfeita para ser brindada, então tomo um bom gole do meu vinho. Estou olhando para a frente, mal esperando para deixar para trás esta semana terrivelmente estressante.

Quando o garçom volta, eu peço salada Caesar e bacalhau com crosta de amêndoas, e Darren pede salada de beterraba com queijo de cabra e um filé. Ele pede também fritas com alecrim porque sabe que eu adoro. Mais uma vez, tenho que concordar que o cara está se esforçando.

— Você está muito bonita hoje — Darren diz, olhando bem fundo nos meus olhos.

— Obrigada — digo, um pouco sarcasticamente.

— Por que esse tom de voz? — ele pergunta, espalhando manteiga no pão que o garçom acabou de trazer.

— Porque raras vezes você me diz que estou bonita, então quando faz isso sinto como se fosse programado.

— Mas eu digo que você está bonita.

— Nem tanto.

— Bem, se digo ou não, sempre *penso* que você está bonita. Sempre.

— Você fez aquilo por causa do frio na barriga? — pergunto e sinto o calor do vinho se espalhando pelo meu corpo. É uma sensação bem-vinda.

— O que quer dizer? — ele pergunta, endireitando-se um pouco.

— O que eu quero saber é se você dormiu com a garçonete porque uma mulher nova lhe provocou aquele frio na barriga? Ela o fez se sentir atraente de um modo que não acontece mais por estar casado há dez anos? — É uma pergunta corajosa, mas vai direto ao ponto.

— Não tenho certeza. Talvez. Eu ainda não tinha pensado nisso dessa forma.

— Alguma vez já ansiou pela excitação de um novo relacionamento? Pelo frio na barriga?

— Você já? — ele pergunta franzindo as sobrancelhas.

— Perguntei primeiro. — Dou uma mordida no pão. Eu pretendia não comer pão hoje à noite, mas o vinho acabou com a minha força de vontade.

— Não.

Boa resposta.

Ele continua:

— Quando conheci você, Grace, eu estava farto de sair com garotas com quem eu não via nenhum futuro. Estava à procura de um relacionamento duradouro. Não estou interessado numa pessoa nova apenas para ter aquele sentimento que de qualquer modo não dura. Gosto do que temos. É melhor.

— Você se lembra daquele filme *Simplesmente Complicado*? — pergunto, enquanto o garçom traz o primeiro prato.

— Claro, com Meryl Streep e Billy Baldwin.

— Alec — digo rindo. — Você nunca consegue distinguir qual é qual entre os irmãos Baldwin.

Ele ri e pega uma garfada da salada.

— Quer provar?

— Não, obrigada. Alec Baldwin deixa a mulher por uma coisa jovem e quente, depois percebe que sente falta da familiaridade do seu casamento e da maturidade da ex-mulher. Percebe que, apesar do fato de que seu casamento não era mais "excitante" — uso minhas mãos para desenhar aspas no ar, para enfatizar —, o que tinham era ainda melhor que isso. Uma porção de filmes mostra os homens abandonando as mulheres, mas não muitos mostram que a grama, embora possivelmente mais bem encenada, nem sempre é mais verde. Além disso, o que é novo e excitante na substituição da mulher vai sumir em algum momento.

— Grace, não estou interessado em encontrar alguém novo. Vou fazer o que for preciso para ficar com você.

— Eu só queria que tivesse pensado nisso antes de seduzir sua garçonete — digo, com a intenção de atormentar.

— Tenha dó, isso não é justo — Darren fala duramente.

— Verdade? E desde quando a justiça começou a fazer parte dessa situação?

— Pensei que você estivesse tentando resolver a situação, Grace.

Sério? Agora estou louca da vida.

— Darren, sinto muito, mas estou tentando, de verdade. Estou tentando ficar aqui calmamente quando tudo o que eu quero fazer é dar um soco na sua cara. Estou tentando não contar às crianças que o pai fodeu com tudo, literalmente, e agora eu tenho de perdoá-lo ou caso contrário eles vão crescer sem um pai presente. Estou tentando lhe dar o benefício da dúvida porque você não para de me dizer que me ama. E, durante todo esse tempo que estou fazendo essas tentativas para que você fique feliz, estou ficando totalmente maluca — digo, com uma frustração evidente na voz.

— Eu sei — ele diz.

— Não, você não sabe. Porque não está no meu lugar agora. Se estivesse, saberia quanto isso dói.

Aceno para o garçom e peço mais uma taça de vinho. Darren levanta-se para ir ao banheiro, dando-nos um tempo de folga mais que necessário. Enquanto ele sai, meu vinho chega, e tomo mais alguns goles. Só quero parar de pensar. Decido recuar e apenas deixar o resto do jantar transcorrer. Quando Darren volta, falamos a nosso respeito, calmamente. E sobre os filhos. Dividimos um tiramisù. Chegamos até a rir um pouco. E quando voltamos, transamos. Meu cérebro enfraquecido pelo vinho me convence que a intimidade vai me fazer sentir mais próxima dele. Depois, ele me abraça e diz que me ama. Mas, quando essa parte acaba e cada um vai para seu lado da cama, me viro de costas para ele e choro em silêncio até dormir.

O resto do fim de semana transcorre como sempre. Vamos ao cinema com os meninos no domingo, depois Darren os leva ao mercado. Mais tarde, enquanto Darren prepara seu banquete italiano semanal, os garotos aproveitam suas últimas horas nas telas, e eu dou os últimos retoques no meu texto. Não sei se vou conseguir o trabalho, mas acho muito bom fazer isso. Fiz também uma lista de dez ideias para mais artigos. Imprimo o texto, a lista de ideias e meu currículo, coloco-os numa pasta e depois dentro da minha bolsa. Dou uma rápida olhada no site para ficar bem informada sobre a empresa e desço até a cozinha onde Darren está cuidadosamente dispondo as camadas da lasanha e esgoelando *O Barbeiro de Sevilha.*

Na segunda, chego ao escritório de Nicole Winters dez minutos mais cedo. Meu coração está batendo desenfreadamente, mas não tenho certeza se estou nervosa ou excitada. Provavelmente as duas coisas. Depois de passar batom e verificar mais uma vez a pasta na minha bolsa, entro no prédio do escritório.

É uma pequena construção de dois andares numa das ruas laterais de Armonk, não muito longe do Modern Barn. Eu fantasio sobre almoços executivos e drinques depois do trabalho no bar.

O saguão da diretoria apresenta uma variedade de pequenos negócios: um *designer* de interiores, um arquiteto paisagista, um fonoaudiólogo. Dirijo-me para o escritório da *Well in Westchester* e bato na porta.

— Pode entrar!

Abro a porta devagar, e ali eu encontro diante de mim uma mulher de quarenta e tantos anos, vestida com uma roupa mal-ajustada e um penteado fora de moda.

— Grace May? — ela pergunta secamente.

— Sim — respondo, tentando imaginar o que posso ter feito neste único segundo para ofendê-la.

— Nicole disse que você viria. Ela saiu para pegar um café. Por que não se senta ali? Ela volta num minuto. — Ela me dá uma olhada rápida e indica uma pequena mesa de conferência encostada na parede esquerda do salão.

— Obrigada — digo educadamente e me dirijo para lá.

O escritório é um salão retangular com alguns escritórios no lado oposto da porta por onde acabo de entrar. Na parte principal, há cinco escrivaninhas. A mulher sem nome que me atendeu com rispidez senta-se numa delas que está voltada para a parede direita. As outras quatro escrivaninhas ficam agrupadas no centro do salão. Vejo que duas estão ocupadas. As pessoas se voltam para mim, sorriem e voltam a trabalhar. A porta de vidro de um dos escritórios está fechada e uma placa diz *Nicole Winters.* Outro escritório parece ser uma área de estoque, e reconheço o mesmo "material" que costumava se acumular na revista de *fitness* em que trabalhei: faixas elásticas para exercício e bolas, produtos para a pele, embalagens de comida saudável, livros etc. Tento esticar o pescoço para ver o que havia na terceira sala, que parecia uma cozinha pequena. O escritório está decorado naquele estilo popular moderno comum nos locais em que se opera com web em Nova York e em São Francisco: simples escrivaninhas brancas de laca West Elm Parsons, cadeiras pretas ergonômicas, piso de madeira crua, monitores de tela plana, paredes de tijolos aparentes e muita luz natural vindo através de diversas janelas. É um espaço bonito.

A porta se abre e Nicole entra. Ela cumprimenta seu pessoal e eles respondem animadamente.

— Oi, Grace, me desculpe por fazê-la esperar.

— Não tem problema — digo, sorrindo.

— Venha comigo — ela me convida delicadamente, leva-me para o escritório dela e me indica uma das poltronas estofadas de couro branco diante da sua escrivaninha. Sentamos, ela liga o computador, toma um gole de café e se vira para mim.

Falamos sobre algumas das coisas que já tínhamos discutido no LPQ, depois ela entrou em detalhes mais específicos sobre suas expectativas em relação ao trabalho. Ela gostaria que o editor de *newsletter*, como ela chama o cargo, viesse três dias por semana; participasse da reunião da equipe às segundas-feiras; discutisse as pautas com o diretor editorial; coordenasse a arte da *newsletter*; trabalhasse com o rapaz da tecnologia para providenciar a postagem da *newsletter* por e-mail; desenvolvesse com o representante de vendas um folheto de ofertas para que ele possa vender espaço adicional no e-mail etc. Ela diz o salário que está oferecendo, e fico surpresa ao ouvir um valor significativamente maior do que eu receberia na *Westchester Weekly*.

— Parece uma oportunidade perfeita para mim — digo a ela, esperando transmitir que ela deve me escolher, escolher a mim.

— É um negócio pequeno como pode ver — ela diz —, então algumas vezes pode ser que lhe peçam para fazer algo que não se encaixa exatamente na descrição de suas atribuições.

— Isso não será um problema — digo.

— O que é que atrai você neste trabalho? — Nicole pergunta.

— Bem, na verdade muitas coisas. Naveguei um bom tempo pelo seu site e fiquei impressionada com o conteúdo, o *design*, a interface do usuário, o aspecto comunitário. Tenho muita experiência na área e estou animada para usar isso para montar seu produto. Tenho energia e motivação para exceder suas expectativas — digo a ela. E para encerrar: — Prometo que não vai se desapontar com meu trabalho — digo confiante, enquanto cruzo e descruzo as pernas, procurando no rosto dela algum indício do tipo de impressão que estou causando.

— Falando em trabalho, você trouxe o texto que eu pedi?

Entrego a ela o artigo e a lista de ideias, e fico observando seu rosto enquanto ela lê o que escrevi sobre meditação. Citei a pesquisa sobre os benefícios da meditação. Fiz uma lista das diversas práticas de meditação oferecidas pelas academias de yoga da região. Destaquei dois aplicativos para *smartphone* que fornecem orientação para meditação. E dei dicas de como incorporar a meditação num estilo de vida atarefado. Tudo em 312 palavras cuidadosamente escolhidas. Quando ela acaba de ler, vejo a sombra de um sorriso em seu rosto que acaba por se abrir por completo conforme ela olha a segunda página e lê minhas ideias.

— Bem, tenho que confessar, você fez um belo trabalho. É sobre um assunto importante, captura a nossa voz, e você o ligou muito bem à região.

— Obrigada — digo radiante. É por isso que preciso voltar a trabalhar. Não tenho essa sensação em casa. Nem mesmo quando James olha as fotos da Reese Witherspoon na *People* e me pergunta por que estou na revista.

— Você tem alguma pergunta que queira fazer? — ela acrescenta.

Tenho medo de criar um problema, mas não posso evitar a única coisa que espero não quebre o acordo.

— Qual seria o meu horário?

— Minha equipe trabalha das nove às cinco. Sou flexível quando alguém tem alguma hora marcada ou — ela ri — uma aula de yoga na sexta-feira, mas em geral é o que tenho em mente.

Sinto um peso no meu coração. O trabalho na *Weekly* teria me permitido sair por volta das três da tarde, para que eu pudesse pegar os meninos na chegada do ônibus. Se eu conseguir esse emprego, terei de arranjar alguém para cuidar das crianças três tardes por semana. Acho que meu rosto revela o que estou pensando.

— Esse horário seria ruim para você? — ela pergunta.

— Não tenho certeza — digo honestamente. — Acho que pensei que poderia sair por volta das três para poder ir para casa e pegar meus filhos na chegada do ônibus e ficar com eles pelo resto da tarde. — Hesito em pedir essas horas para ela porque o trabalho ainda não me foi oferecido e não quero pôr em risco minha chance, sabendo que ela está examinando outros candidatos, por isso acrescento rapidamente: — Mas tenho certeza de que poderia dar um jeito. — Sinto um peso no meu coração mais uma vez.

— Ótimo — ela diz e se levanta. — Foi bom conversar com você, Grace. Como lhe disse antes, estou falando com algumas outras pessoas, mas tenho a intenção de resolver isso até quinta-feira à tarde. Ligo para você para dizer o que decidi.

— Obrigada por me receber — digo também me levantando. — Fico muito feliz por Callie ter nos apresentado!

Falamos sobre assuntos do dia a dia enquanto ela me acompanha até a saída do escritório. Quando a porta se fecha atrás de mim, rezo para não ter estragado tudo.

Quando chego em casa, escrevo um bilhete de agradecimento a Nicole num dos meus cartões do fundo de arrecadação beneficente. Então percebo que fiquei tanto tempo longe do jogo de entrevistas que não sei se é apropriado enviar um agradecimento por e-mail ou pelo correio. Então faço as duas coisas.

Respondo aos e-mails de Darren e de Cameron, que me perguntam como foi a entrevista. Digo que foi ótimo, que acho que ela de fato gostou do meu texto, que penso que me saí parecendo qualificada para o emprego e interessada no trabalho, mas que as horas podiam afetar minhas chances. Eu lhes digo que ela talvez pense que não estou comprometida e não posso cumprir o horário por causa dos meninos. Ou, se eu conseguir o emprego, posso ser obrigada a desistir dele por não ter planejado contratar uma babá para o período da tarde. Ou, talvez, eu tenha de contratar a babá. Talvez, eu percebo, eu esteja me enganando e nem tenha sido levada a sério para o trabalho, e ela apenas passou pela proposta e pela entrevista em consideração à Callie. Penso que o mais fácil seria eu ter perguntado a ela se me cederia as horas se eu fosse capaz de fazer todo o trabalho num tempo mais curto. Bato a mão na testa e percebo o que esse é exatamente o tipo de excesso de raciocínio que Cameron está tentando que eu pare de ter. *Desligue o cérebro, Grace.* Mas ele não para.

Meu e-mail dá sinal. É Jake Doyle.

oi grace. ñ sei pq mas estou pensando em vc. loucura, né? só estou conferindo para ter certeza de que ñ precisa de mim para quebrar a cara de alguém. seja como for desde que batemos papo não tiro vc da cabeça. me desculpe provavelmente ñ deveria dizer coisas assim para uma mulher casada. droga eu realmente estraguei tudo no colégio ñ é? até mais, jake

Que diabos? Penso que esse e-mail definitivamente qualifica isso como um flerte. Talvez ele apenas esteja se sentindo solitário? E por que ele não consegue usar maiúsculas? Fico olhando para o e-mail e o releio várias vezes, angustiada por descobrir que o frio na barriga está de volta. Não posso negar que é gostoso flertar, mesmo que essa não fosse a intenção. Escrevo de volta.

Oi, Jake. É loucura, mas você sempre foi meio louco, não é verdade? Com certeza desperdiçar seus preciosos anos de colégio com a Stephanie Campbell já o qualificaria assim. Não sei por que você ficou com a impressão de que meu casamento está com problemas, nenhuma cara precisa ser quebrada por aqui. Mas obrigada por se preocupar comigo. E não é a primeira vez. Você se lembra daquela corrida de moto em que me levou depois que minha irmã morreu? Pela primeira vez na vida eu não estava com medo de nada. Não tenho certeza se lhe agradeci como devia. Eu estava entorpecida. Então, muito obrigada. Grace

Espero.

eu lembro que vc estava muito triste. mas acho que tb estava com medo. seus braços estavam tão apertados em volta de mim que eu mal conseguia respirar mas de certo modo gostei disso. acho que foi quando comecei a ter uma queda por vc

A troca de e-mails continua, um após o outro.

Eu: Por que você nunca me disse nada?

Jake: pq stephanie teria cortado minhas bolas fora. droga ela era a rainha do drama. além disso vc podia ter o cara que quisesse. especialmente aqueles que eram dez vezes mais inteligentes que eu. nunca pensei que fosse querer um surfista como eu

Eu: Eu mal conseguia qualquer cara! É hilário você pensar desse jeito. É sempre fascinante ouvir como as pessoas enxergam a gente. Passei aquele tempo todo desesperada por um namorado. Ah, como eu perdia o fôlego por você.

Jake: ainda perde?

Eu: Não. Sinto muito. Agora tenho um marido para me tirar o fôlego. Você perdeu sua chance.

Jake: e vou me arrepender disso para sempre. que tipo de trabalho vc faz?

Eu: Engraçado você me perguntar isso, tive uma entrevista hoje para um emprego como redatora para um site de saúde e bem-estar. Eu espero consegui-lo de verdade. Nos oito últimos anos tomei conta dos meus filhos. Henry está com 8 e James com 5. Eles são incríveis.

Jake: parece muito bom, gracie. de verdade. sua família tem sorte por ter você. eu sempre pensei em vc como muito madura por isso deve ser uma ótima mãe

Madura? Não é de espantar que ele não quisesse sair comigo no colégio. Que garoto de 16 anos vai escolher a madura em vez da gostosa e *sexy*? Duas coisas que nunca fui.

Eu: Acho que sou uma ótima mãe. Tento ser. Mas estou pronta para voltar a trabalhar e desafiar minha mente "madura" novamente. Como está indo com a sua pintura?

Jake: sempre na luta mas acabei de marcar uma exposição numa galeria em santa mônica que tem clientes de hollywood então seria superlegal se tudo corresse bem. tenho outra galeria muito interessada portanto as coisas podem estar melhorando cruze os dedos

Eu: Dedos, artelhos e globos oculares. Bem, tenho de ir. Bom falar com você. Cuide-se.

Jake: vc tb

Eu me endireito na cadeira e respiro fundo. Percebo que tenho um sorriso enorme e ridículo estampado no rosto. *Será que também estou flertando? Ou apenas recuperando um velho amigo?* Quando decido deletar toda a conversa porque vou ficar envergonhada se Darren alguma vez ler isso, percebo que estou fazendo a última alternativa. Pelo menos penso que estou, e é só isso que importa. Decido não começar nenhuma conversa por e-mail com Jake. Não decido o que farei se ele começar. O pensamento traz de volta o frio na barriga.

Capítulo doze

Cerca de dois anos atrás, eu estava na cozinha numa tarde de sexta-feira supervisionando uma das experiências feitas em casa por Henry, que ele costuma fazer com soda, bicarbonato de sódio, corante alimentício e outras matérias-primas domésticas, quando ouvi o som familiar de e-mail chegando no meu laptop. Era do Darren e dizia: "Quer ver se a Kimmy pode dormir em casa no sábado para podermos passar a noite em Nova York?"

Respondi imediatamente: "Quem está aí e por que roubou o computador do meu marido?"

Ele escreveu de volta: "Oi? Quem é que está aqui? É o seu marido romântico."

Eu não descreveria Darren como romântico. Ele é incrivelmente gentil, atencioso e amoroso. Mas não faz parte da natureza dele demonstrar isso. Aceito sua maneira de ser e na verdade não uso isso contra ele. Mas, quando surgem lampejos de romance, e eles se apresentam de vez em quando, fico realmente entusiasmada.

Kimmy não tinha nada programado, por isso aceitou vir no final da manhã de sábado e ficar por vinte e quatro horas. Darren reservou um quarto no The Stander, o superlegal hotel butique no Distrito de Meatpacking, em Nova York. Passamos o dia vagando por lá, entrando em galerias de arte e bebendo vinho durante o almoço no Pastis. Não tínhamos de ir a lugar nenhum, nada a fazer, a não ser aquilo que quiséssemos.

Darren me surpreendeu ao insistir que fôssemos ao Scoop para eu comprar algo para vestir no jantar. Eu já tinha ouvido falar de homens acompanhando as mulheres em butiques, ajudando-as a escolher vestidos e, então, sentarem-se pacientemente do lado de fora do provador enquanto elas se vestiam e vinham desfilar para eles cada uma das roupas. Mas nunca, jamais, pensei que Darren fosse capaz de propor uma coisa dessas. Um de seus colegas de trabalho deve ter sugerido isso para ele.

E, mesmo que pudéssemos pôr a culpa no vinho do Pastis por nos deixar num estado de espírito meio abobado, fazia muito tempo que não nos divertíamos tanto. Percorremos a loja escolhendo vestidos que nós dois gostamos e vestidos que eram horrorosos, e provei todos eles. Ele fazia *óóó* e *ááá*, e até perdia o fôlego. No final da nossa extravagância *fashion*, nos decidimos por um vestido preto justo sem mangas, com um decote V profundo, acinturado e saia reta. Era deslumbrante e eu me sentia incrivelmente *sexy* nele.

Depois da nossa farra de compras, voltamos ao hotel e fizemos o que dá fama ao The Stander: transar em frente às janelas enormes do quarto que vão do chão ao teto. Ainda estava claro, então podíamos nos considerar como verdadeiros exibicionistas; nós dois tínhamos ouvido histórias sobre pessoas acendendo as luzes e fazendo todo tipo de coisa enquanto os *voyeurs* se deleitavam. Mas o sexo estava quente, e eu me sentia livre por estar fora de casa. Fizemos coisas naquela tarde que havia muito tempo não fazíamos E, quando por fim nos sentimos satisfeitos, fomos para o chuveiro e começamos tudo de novo. Estou chocada com o que fizemos naquela noite, mas fizemos. Transamos mais duas vezes — uma depois do jantar e novamente quando acordamos no dia seguinte — e voltamos para casa felizes e renovados.

São ocasiões como essas que me fazem perceber que, embora Darren não seja do tipo romântico padrão, que leva flores para a mulher, capricha nos elogios ou puxa a cadeira para a esposa se sentar, eu prefiro o jeito dele. Imagino que os caras bajuladores são chatos e previsíveis, algo que Darren com certeza não é.

Então dou risada comigo mesma quando ele traz outro buquê de flores para mim à noite, coisa que tem feito algumas vezes desde que despejou sua traição sobre mim. É como se ele estivesse tirando todas as ferramentas de dentro da sua caixa de romance para consertar nosso casamento. É muito meigo, e eu na verdade aprecio seus esforços. Mas flores não restabelecem um casamento. São necessárias coisas menos concretas do que elas, como tempo, recuperação da confiança e minha capacidade de seguir em frente. Ainda estou tentando descobrir se há alguma coisa que eu seja capaz de fazer.

À noite, no jantar, brincamos de Polegares para Cima, Polegares para Baixo, um jogo em que todos têm de contar sobre o que de melhor e pior aconteceu no seu dia.

— Meu polegar sobe porque marquei dois gols no recreio, e desce porque Janie se sentou perto de mim no almoço e me disse que eu sou uma graça — diz Henry, franzindo o nariz de nojo.

— Isso foi muito gentil — digo. — Provavelmente ela gosta de você.

— Eu sei — diz Henry, com uma autoconfiança que invejo. — Mas ela não é uma das minhas namoradas.

De repente me vejo morando com o dono da Playboy cercado de suas coelhinhas.

— Certo, e você, James?

— Sei lá para que meu polegar sobe, e também não sei para que ele desce — diz James, voltando aos seus nuggets.

— Vamos lá, garotão. Tem de ter alguma coisa — diz Darren, encorajando o caçula.

— Hmmm. Está bem, nenhum ninguém na escola quis pular amarelinha no recreio, e para isso meu polegar desce, e meu polegar sobe porque tem nuggets no jantar.

— Excelente — digo, não querendo corrigir seu "nenhum ninguém" porque achei muito bonitinho. Nunca fui de corrigir meus garotos quando falam errado, como quando James troca "cansado" por "casado" e Henry diz "o coelhinho da Pesca" em vez de Páscoa. Sei que mais cedo ou mais tarde eles vão crescer, e esta é a minha maneira de vê-los sempre como crianças. Gramática eu corrijo, isso não consigo evitar.

— Sua vez, papai — diz o senhor Hefner.

— Vamos ver... Meu polegar desce para aquele executivo que decidiu não fazer negócio com minha empresa hoje, e meu polegar sobe porque tenho uma família maravilhosa, com uma mamãe tão linda e garotos legais — diz Darren, sorrindo para cada um de nós.

— Certo. Mamãe, é a sua vez — Henry diz, olhando para mim.

— Bom, meu polegar sobe porque penso que tudo correu bem na minha entrevista hoje, e estou muito feliz com isso. E meu polegar desce, hmmm, não consigo pensar em nada. — *Consigo pensar, sim, em algo muito triste, mas não vou falar para eles.*

O telefone toca. O identificador de chamadas mostra o número da casa de Cameron e de Jack. Eu não faço ideia, mas estou prestes a pôr meu polegar para baixo.

— Ei, Cam — digo animadamente.

Ela mal consegue falar meu nome em meio a uma crise de choro.

— Você está bem? — pergunto, já em pânico.

Mais choro.

— Chego aí num minuto — digo desligando o telefone. Explico para Darren e saio correndo. Cameron não é do tipo de exagerar nada. Só posso imaginar que seja algo com o bebê.

Infelizmente estou certa. Quando chego à casa dela, Jack abre a porta com uma expressão grave no rosto e me diz que ela está no banheiro. Subo rapidamente as escadas e a encontro na cama, as lágrimas escorrendo pelo rosto.

— O que aconteceu? — pergunto, pegando sua mão.

— Perdi o bebê — diz soluçando.

— Ah, Cameron. Sinto muito. — Começo a chorar também e me sento na cama com ela, e ali ficamos por um tempo.

— Quer conversar sobre isso?

Ela respira fundo e começa a falar:

— Senti uma dor no abdômen hoje de manhã, mas atribuí à comida mexicana que comemos ontem à noite. Mas a dor ficou mais forte, e senti a calcinha ficar úmida. Fui ao banheiro e... — ela começa a chorar de novo.

— Você foi ao médico?

— Sim — ela responde baixinho. — O bebê se foi. — E então ela começa a chorar mais uma vez.

Jack entra no quarto e me levanto para abraçá-lo.

— Sinto muito, Jack.

— Obrigada, Grace. Eu, também.

— Não sei o que há de errado comigo — Cameron diz com raiva. — Dessa vez eu realmente senti que seria diferente. Pensei mesmo que seria capaz de chegar ao final da gestação. O que há de errado comigo? — Cameron se enfia debaixo das cobertas e enterra o rosto no travesseiro. De repente, ela dá um pulo. — Tudo o que eu sei é que não quero fazer mais isso. Não consigo. E não consigo voltar ao consultório e cuidar de todos aqueles bebês.

— Tire uns dias de folga, Cam. O seu médico substituto pode assumir a clientela por um tempo.

— Imagino que não era para ser — Cameron diz em voz alta e olha para Jack.

Ele vem abraçá-la, e de repente sinto que é melhor eu ir embora, pois essa situação é muito íntima para eles. Percebo que na verdade corri para a casa dela sem nem ao menos perguntar se ela queria me ver. Mas é isso que eu e Cameron fazemos. Fiquei um pouco mais, consolando minha melhor amiga que tinha, praticamente, acabado de perder a segunda coisa mais importante da vida dela.

Jack me acompanha, e enquanto nos despedimos na porta, ele diz:

— Grace, sobre Darren. Ele me contou o que está acontecendo. Sinto muito pelo que vocês estão passando.

— Sim — digo. — É uma droga, mas estamos tentando encontrar um modo de passar por isso.

— Sei que não cabe a mim falar o que você deve fazer, mas eu não me perdoaria se não lhe contasse uma coisa. — Ele hesita e passa os dedos pelo cabelo.

— O quê, Jack?

— Cameron sabe disso, portanto não é segredo, mas estive numa situação parecida num congresso médico. Uma mulher estava dando em cima de mim com tudo. Felizmente, eu estava sóbrio o bastante para me afastar. Mas percebi que poderia ter acontecido, Grace. E vejo isso acontecendo com meus colegas o tempo todo, homens que são apaixonados por suas mulheres. Então, não estou tentando justificar o que Darren fez, só quero lhe dar a perspectiva de um homem. Nunca significa nada, Grace. Só uma fraqueza masculina.

— Mas você recuou, Jack. Não foi fraco. Darren foi.

— Como eu disse, só tive a sorte de não estar bêbado o bastante.

Dou um sorriso meio amargo e me viro para sair.

— Ele está arrasado, Grace. Falei com ele hoje. Por favor, só dê a ele a chance de lhe mostrar quanto está arrependido.

— Obrigada, Jack. Não pense que não aprecio o que está tentando fazer, mas no momento sinto como se estivesse à beira de um precipício, e aterrorizada com a possibilidade de alguém me empurrar.

— Aguente firme, Grace.

— Obrigada, Jack. Você também — digo e lhe dou um abraço.

Quando chego em casa, os meninos estão acordados e Darren está na cama, lendo jornal e assistindo televisão. Eu conto o que aconteceu e ele fica arrasado. Depois de escovar os dentes, percorro o corredor de cima, com a parede forrada com fotos emolduradas da família, para fazer minha ronda noturna. Vou primeiro ao quarto de Henry e o encontro dormindo com um *Harry Potter* aberto sobre o peito, a luzinha do abajur ainda acesa. Fecho o livro e apago a luz. Ele resmunga e vira de lado, e eu o cubro e lhe dou um beijo. Então vou ao quarto de James, do outro lado do corredor. Meu "bebê" está dormindo, totalmente descoberto, o cabelo grudado na testa com o suor. Deito junto dele e começo a chorar. Lágrimas pelo amor incondicional que sinto por esses meninos, lágrimas pelo medo que tenho do meu casamento não sobreviver, e lágrimas pela dor imensa que sinto pela minha melhor amiga.

No dia seguinte, depois de despachar os meninos para a escola, as lancheiras abastecidas com torradas e *smoothie* de morango com banana, ligo para Cameron para saber se ela quer sair para uma caminhada.

— Como está se sentindo — pergunto.

— Nunca estive melhor — Cameron responde de maneira sarcástica.

— Me desculpe, Cam — digo, sentindo-me insegura sobre como lidar com ela pela primeira vez depois de anos de amizade. Passamos por poucas e boas, e abortos anteriores, mas dessa vez sinto que estamos pisando num terreno novo.

— Não, me desculpe você, Grace. Estou num estado lastimável. Não consegui dormir à noite. Pedi a Marjorie que cancelasse todas as consultas de hoje, coisa que nunca fiz antes. Acho que dessa vez vou enfrentar um período difícil.

— Tem todo o direito de se sentir assim — digo. — Quer dar uma volta? Talvez o ar fresco faça bem.

— Não, mas obrigada. Vou ficar com o meu controle remoto e a Oprah o dia inteiro. Jack foi ao consultório, mas volta para casa depois do almoço, então ele ficará comigo.

— Não quer que eu te leve alguma coisa? Sopa de hambúrguer? — A mãe de Cameron inventou a receita de uma sopa substanciosa e deliciosa, uma panaceia para todas as crises de saúde ou emocionais. Cameron me apresentou a ela no colégio, quando preparou uma para mim depois que eu tirei uma nota péssima no exame de Inglês. Agora, temos até uma panela especial para preparar a sopa de hambúrguer — uma Le Creuset laranja. Acho que está na minha casa desde a primavera passada, quando meu pai teve seu ataque cardíaco mais recente e Cameron a trouxe com a sopa.

— Não, não estou com fome. E ainda tenho um pouco dela guardada no freezer. Mas obrigada, Grace. Obrigada por ser uma boa amiga.

Conversamos um pouco mais e nos despedimos. Embora eu queira sugerir que vá ao médico e se informe sobre outras opções, ou talvez procure adotar um bebê, sei que só fará isso quando estiver pronta.

Enquanto faço uma corrida acelerada pela vizinhança, decido abordar a situação da traição de Darren da mesma forma como abordei todas as outras situações difíceis ou incomuns em minha vida. Vou procurar uma saída para isso. Depois de uma chuveirada rápida e uma tigela de mingau de aveia, sigo para a maior base de dados local, Barnes & Noble, no City Center, em White Plains. No último minuto, decido pela loja de Yonkers, que é bem mais longe, porque é menos provável que eu seja vista por algum conhecido no corredor de autoajuda. Tudo o que me falta é encontrar a Lorna enquanto carrego uma porção de livros do tipo *Ele Traiu, Ele Mentiu*, na fila do caixa. Ela estará lá com o romance mais recente da premiada Jodi Picoult, me falando como são eruditas as discussões em seu clube do livro, enquanto olha as lombadas dos livros que estou segurando para, em seguida, espalhar para todo mundo com a rapidez de um raio que, sim, Darren May traiu a esposa.

Antes de sair de casa, procuro na Amazon por "infidelidade" e encontro 1.692 resultados. Quando reduzo a busca para publicações na seção de saúde, mente e corpo, aparecem 382 resultados. Espero que a Barnes & Noble só tenha os mais indispensáveis do lote.

Entro na loja e sinto o aroma calmante da Starbucks. Resolvo me fortalecer para essa missão incômoda. Com um grande copo de café com leite e baunilha sem espuma e bem quente na mão, estou pronta para enfrentar a tarefa. Acho o longo corredor de autoajuda — sua extensão um verdadeiro retrato da nossa sociedade — e depois a subseção de relacionamentos. Fico um pouco surpresa por existir uma subsubseção chamada infidelidade. Sinto como se tivessem uma sala especial nos fundos para assuntos vergonhosos, como a seção de pornografia nas locadoras de vídeos. Deveriam ter sacos de papel especiais da Barnes & Noble para usar sobre a cabeça com dois buracos recortados para os olhos, para ninguém ver seu rosto enquanto você vasculha os títulos sobre um assunto que não tem muita vontade de conversar nem com sua mãe, quanto mais chamar a atenção de alguém que acaba de entrar na loja.

Mas não tenho essa sorte na Barnes & Noble. Minha roupa suja está dependurada em plena vista de qualquer um que entre no corredor de autoajuda, onde a loirinha está prestes a cair no choro à medida que os dedos passam por lombadas com títulos como *Infidelidade: Um Guia de Sobrevivência* e *O Mito da Monogamia.* Já passei horas da minha vida nas lojas Barnes & Noble, mas nunca em corredores como este. Claro, eles me conhecem de literatura & ficção, tenho um monte de conhecidos em crianças

& manuais para os pais, e já fui até flagrada algumas vezes em dieta & saúde e casa & jardim. Mas o corredor de autoajuda é um pouco estranho para mim e, se não fosse pela Bandida, ainda seria virgem nesse assunto.

Respiro fundo, tomo um gole do meu café escaldante e me agacho. Deixo de lado os livros que parecem muito acadêmicos e em vez disso opto por aqueles que parecem ter sido programados para pessoas que querem se divertir um pouco enquanto estão analisando a possível dissolução do seu casamento. As capas mostram casais que parecem ter encerrado o período de lágrimas e chegado a alguma solução harmoniosa, quando na realidade ele escapa das consequências de dormir por aí, e ela apenas acaba pagando um terapeuta para lidar com sua vergonha e um *personal trainer* para lidar com seus pneuzinhos.

Eu alterno entre chorar, beber e folhear os livros enquanto uma pequena pilha vai se formando aos meus pés.

— Olá — diz uma mulher com sotaque sulista.

— Oh, olá — digo para aquela mulher de aparência familiar que eu nem havia notado que tinha entrado no meu corredor. Tentei piscar para eliminar as lágrimas e disse a ela que algum cisco vindo dos livros tinha entrado em meu olho.

— Sou Ainsley Covington, nós não nos conhecemos da reunião de orientação da Midland School?

— Isso mesmo. Eu sou Grace May. Como está indo seu garotinho no jardim de infância?

— Ah, sim, Grace. Fico contente de encontrar você de novo — ela parece sincera. — Cody está muito feliz, obrigada por perguntar. E minha filha, Hutton, está no segundo ano. Até agora, eles estão se adaptando muito bem. E o seu filho?

— Por enquanto, James está adorando. E meu Henry, que está no terceiro ano, também está indo bem. Vocês são novos na escola, não é? — pergunto, trocando meu peso de um pé para o outro, nervosamente, esperando que ela não perceba *Casos de Amor: Casamento e Infidelidade*, que praticamente está diante de seus olhos. Infelizmente, como estou com o café na outra mão, não posso deixar disfarçadamente minha seleção de leituras menos óbvia. Rezo para que ela conserve suas boas maneiras sulistas e não olhe.

Ainsley me conta que se mudou para Rye vindo de Dallas durante o verão porque se casou de novo recentemente e seu atual marido foi transferido para Nova York.

— Então, aqui estou eu — ela diz com sua voz melodiosa. Ainsley é escultural e bonita no estilo de rainha da beleza do Sul. Tem olhos castanhos sinceros e uma cabeleira castanha espessa que chega aos ombros. E, sendo do Sul (esse é o tipo de estereótipo em que a maioria das mulheres sulistas que se mudaram para o Norte e que conheci se encaixa), ela está vestida na moda, bem maquiada e uma volumosa bolsa combinando com as sapatilhas de couro conhaque, aparentemente caras. Ou Ainsley Covington tem olhar errático ou a curiosidade dela é muito forte, porque a próxima coisa de que me dou conta é que ela está olhando para o livro que estou segurando e, em seguida, dirige o olhar para baixo para a pequena pilha de livros. Eu a vejo registrar a situação, enquanto começo a chorar de novo.

— Ah, querida — ela diz me consolando e me envolvendo num abraço de urso enquanto tento não derrubar meu café no seu suéter caramelo de *cashmere*.

— Ah, isto? — digo com desdém. — Não, não são para mim! — e dou um sorriso, esperando parecer convincente. — Mas é uma vergonha, o marido da minha irmã a traiu. Ela está arrasada, enfurnada no seu quarto. Eu disse que levaria alguns livros para ela ler. Estou me sentindo muito mal por ela, caio no choro toda hora. Somos muito próximas — balanço a cabeça, os lábios cerrados. Rezo para que ela acredite na lorota.

— Ah, bom, diga à sua irmã que existe luz no fim do túnel. Eu sou a prova viva disso — ela diz, e posso jurar que não acreditou na minha história. Mas, pelo menos, atenuou sua manifestação calorosa de solidariedade. — Vejo que você já está com seu café, mas eu estava indo pegar um. Quer vir comigo?

— Claro — digo com um sorriso. — Quase terminei aqui, e um segundo a mais não vai atrapalhar.

Pego os livros que amontoei e os coloco numa daquelas cestas próprias para carregá-los. Viro para baixo a capa do livro que está em cima, assim, se eu encontrar mais algumas mães da Midland School, não preciso inventar mais mentiras. Melhor ainda, enquanto vamos em direção à Starbucks, pego um exemplar do livro mais recente de Jodi Picoult da ponta de um *display* e o coloco em cima da pilha. Quando nos sentamos, Ainsley me conta que ela é terapeuta familiar e conjugal.

— Nossa — digo —, vou falar com minha irmã a seu respeito, caso ela decida procurar ajuda profissional.

Ela me entrega um cartão, e enquanto eu o leio ela menciona que seu consultório fica em Yonkers. Ainda está formando sua clientela e, como tinha algum tempo livre entre as horas marcadas, veio buscar algum livro novo sobre comunicação em relacionamentos escrito por uma de suas colegas.

Eu me lembro de ter conhecido Ainsley na reunião de orientação para os pais do jardim de infância da Midland uma semana antes de as aulas começarem. Ela realmente se destacava. Em seu vestido da grife Milly e sandálias de salto alto, ela se elevava acima das loiríssimas mamães de Midland vestidas com bermudas J. Crew e polos Lacoste coloridas. Ela ficara em pé perto da caixa de areia conversando com um garotinho, enquanto a maioria das mães circulava entre os bancos. Sempre uma das que davam as boas-vindas às recém-chegadas, eu havia passado por cima da caixa de areia, onde James também estava brincando, e me apresentei. Percebi imediatamente que, apesar de exalar confiança, Ainsley tinha ficado aliviada por ter alguém com quem conversar. Mas só tivemos tempo para nos apresentar, porque Evan Castleton jogou areia nos olhos de James e eu precisei levá-lo ao banheiro para limpá-lo e acalmá-lo. Quando voltamos ao *playground*, não a vi mais.

Agora, por cima dos nossos cafés, a conversa flui facilmente. Falamos sobre a escola e a nossa cidade, e ela me pede indicações de padarias e barbeiros, pediatras e encanadores, alfaiates e lojas de brinquedo. Não voltamos ao assunto do infortúnio da minha irmã. Depois de uma hora, que passou voando, voltamos ao corredor de autoajuda onde ela localiza o livro novo da amiga e eu retomo minha busca. Quando nos despedimos, eu lhe digo que vou enviar um e-mail para que marquemos um almoço ou um dia para as crianças brincarem. Eu adorei conhecê-la e, sem dúvida, quero encontrá-la mais vezes.

Aquela pequena interrupção de certo modo tirou a emoção da minha missão e, depois de uma rápida espiada no resto dos títulos mais importantes, reduzo minha coleção a cinco deles que parecem mais promissores e me dirijo ao caixa. O rapaz que me atende tem espinhas e uns vinte e poucos anos e não parece se importar se meu marido está me traindo. Fico contente por não ter caído com a senhora do caixa ao lado. Sessentona e usando óculos na ponta do nariz, sei que ela teria visto os títulos, me olhado e feito algum som para demonstrar que isso não a surpreendia de modo algum.

Quando chego em casa, escondo os livros debaixo do colchão. Meus filhos adoram olhar nas gavetas do meu criado-mudo, na minha escrivaninha, em todos os lugares em que guardo material de escritório, na sua procura constante por fita adesiva, borracha e lápis. Até onde sei, nunca procuraram debaixo do colchão. Darren viajou a negócios até quarta à tarde, então tenho muito tempo depois de os meninos dormirem, hoje e amanhã, para consultar minha mais recente seleção da Liga Literária das Mulheres Desprezadas. E muito tempo para me preocupar com a possibilidade de ele arriscar sua sorte com outra garçonete. Como quando come mais um doce, mesmo sabendo que está saindo da dieta. Olho meus e-mails e vejo um da Nicole Winters. Meu estômago dá um pulo enquanto fico imaginando se ela já tomou uma decisão.

Capítulo treze

Infelizmente, ainda não. Ela estava apenas respondendo à minha mensagem "atenciosa" de agradecimento. Acho que me resta apenas esperar pacientemente até quinta-feira, quando ela vai me comunicar o que decidiu. Quanto mais penso nesse trabalho, mais eu percebo quanto eu o quero. E sei que é porque eu quero o *emprego*, não por querer vencer meus competidores. Isso não é um programa de televisão para ver quem fica com o noivo, em que as garotas com mais silicone e roupas vulgares só não querem que nenhuma das outras garotas com mais silicone e mais lantejoulas vença. Afinal de contas, quantas delas realmente desejam ficar com o "solteiro"? Neste caso, entretanto, eu quero de fato o "solteiro". Quero esse emprego.

É estranho não ter nada para fazer. Estou ignorando a lista que mantive lealmente durante anos intitulada "Coisas para fazer quando não tiver nada para fazer". Contém favoritos eternos, como "montar álbuns a partir de fotos digitais", "limpar os armários das crianças e doar as roupas que ficaram pequenas", "plantar bulbos", e o procrastinado por anos "escrever nos 'livros do bebê' dos garotos". A verdade é que, quando tenho tempo para fazer essas coisas, que não fiz até agora —, elas são as últimas coisas que quero fazer. Estou acostumada a ficar sempre muito, muito, muito ocupada. Esse tempo de inércia está me deixando exatamente assim, inerte.

Telefono para Cam e ela me diz que está passando bem, pensando muito e que vai tirar um cochilo. Sinto muita pena da Cam, mas espero que, assim que seu corpo se recuperar um pouco e o sentimento de perda tiver diminuído, ela pense em outras opções. Cameron algum dia será uma excelente mãe. Só espero que esse dia chegue logo.

Dou uma espiada nos meus e-mails e encontro um do Jake.

> oi gracie: o que é que acha de vocezinha voar até aqui neste fim de semana? uma leva do velho grupo incluindo suas garotas kiki e arden está organizando um jantar de noivado para o scotty e a abigail sáb à noite e pensamos que seria divertido se vc viesse. se quiser dormir por aqui será bem-vinda. serei um cavalheiro juro

Enquanto leio, me forço a passar por cima da falta de pontuação, que até meu filho de 8 anos já usa, para me concentrar no conteúdo do e-mail em si. E, meu Deus do céu, parece que fui convidada para ir a Los Angeles passar um fim de semana com meus velhos amigos. Eu me imagino no jantar, rindo com Kiki e Arden, tomando uns *shots* com Scotty e Jake, contando para Abigail partes da história de Scotty que só eu sei. Me sinto eufórica. É claro, ficaria com minha mãe. Jamais pensaria em ficar na casa do Jake. Esta realmente seria uma conversa interessante com Darren: "Ei, querido, a propósito, quando eu for para LA no fim de semana, vou ficar na casa de Jake Doyle. Pode me passar o ketchup?"

Mas vamos cair na real. Não posso ir para LA. Estou no meio de uma tentativa de recuperar meu casamento. Minha melhor amiga acabou de abortar e pode precisar de mim. Tenho filhos para cuidar. E, se eu receber a oferta para este trabalho na quinta, há uma infinidade de coisas para organizar, como contratar uma babá para depois da escola e comprar roupas apropriadas, antes de começar a trabalhar. Seria divertido, mas não vai acontecer. Respondo a Jake.

> Muito obrigada pelo convite. Parece que vai ser uma noite incrível. Sinto muito não poder ir, só que há muitas coisas acontecendo por aqui. Mas, muito obrigada, mais uma vez, por se lembrar de mim.

Decido não agradecer a oferta para me tornar sua colega de quarto piranha durante o fim de semana.

Esta noite, sirvo aos meus filhos macarrão laranja-néon com queijo, uma iguaria reservada para as noites especiais quando meu marido está fora faturando garçonetes. Faço para mim uma salada saudável, mas, é claro, acabo comendo os restos dos meninos e o que sobrou na tigela. Eu admitiria que realmente raspei os pedacinhos de queijo grudados nas laterais da tigela, mas isso seria patético.

Levo os meninos para cima e leio para eles *Bebês Corujas*, de Martin Waddell, um livro que é muito infantil para Henry e também quase muito infantil para James, mas foi o favorito de Henry por anos e desperta a meiguice nele, o que é algo que estou precisando hoje à noite. Além disso, adoro a forma como Waddell estrutura suas frases e como as palavras saem redondas da minha língua como se fossem música, "'Mamãe!', eles gritavam e batiam as asas e dançavam, e balançavam para cima e para baixo em seus galhos". É Shakespeare para crianças. Não escolhi este livro hoje com outras intenções, mas poderia. Trata-se de três corujas irmãs que acordam uma noite e descobrem que a mãe não está. Esperam pacientemente, supondo que ela esteja caçando, mas no final ficam chateadas pensando que ela talvez não volte nunca mais. É claro que a coruja mãe volta, bradando: "'Que gritaria é esta? Vocês sabiam que eu voltaria'". Porque as mães, humanas ou corujas, sempre fazem isso. Não há nenhuma menção a um pai.

Depois de alguns *rounds* de abraços e beijos, vou para a minha cama com meu novo material de leitura. Dou uma passada nos livros, tentando encontrar seções que tratem particularmente da situação pela qual estou passando no *meu* casamento. Sinto-me atraída pelos relatos de histórias, contados por pessoas — clientes, no caso dos livros escritos por terapeutas — que estão lidando com a infidelidade de um jeito ou de outro. Percebo que, embora esteja no mesmo barco dos sujeitos dos estudos de caso, estou usando óculos escuros e maiô e apreciando a vista enquanto eles vestem salva-vidas, fazem caretas e tentam jogar fora a água que ameaça afundá-los.

Tiro três conclusões principais a partir da leitura desses livros. A primeira é que, enquanto minha situação absorve muito tempo no contexto da minha relação com Darren, a maioria das pessoas passa por crises muito piores. Do canalha do marido que transou com a babá durante três anos quando a mulher dava a ela dias extras de folga para que a babá pudesse visitar o "pai" doente, ao canalha do marido que admitiu ter casos regulares com as secretárias para a mulher, todas essas situações pareceram muito piores que a minha. (Havia desproporcionalmente mais mulheres canalhas do que maridos canalhas nesses livros.) Em outras palavras, se houvesse um pronto-socorro para infidelidade, a enfermeira da triagem me deixaria na sala de espera por horas, talvez dias, enquanto outros pacientes receberiam o cuidado urgente de que estavam necessitando.

A segunda conclusão é que, apesar de páginas e mais páginas de conselhos, eu preciso fazer o que for "certo" para o meu casamento, devido à minha situação e meu marido canalha em particular. Não existe uma solução única para a infidelidade. Cada especialista tem um ponto de vista diferente, e percebo que não vou encontrar a resposta simples que eu esperava. É semelhante à frustração que encarei quando era mãe recente e me senti sobrecarregada pelas decisões que precisava tomar: Deixar o bebê chorar? Ou deixá-lo dormir comigo? Dou de mamar quando ele pedir? Ou sigo uma programação de mamadas? Cada livro tinha uma opinião diferente. E meu pediatra tinha a dele. Exatamente como naquela ocasião, tenho de confiar nos meus instintos e tentar formar a minha própria opinião. E também, como naquele momento, não tenho experiência para poder tomar uma decisão ponderada.

No final, os livros também me fizeram perceber que toda traição de uma mulher (ou de um homem) segue um processo diferente, dependendo do nível de estabilidade do casamento antes do acontecido, e dependendo da formação da "vítima", experiência de vida, religião, posturas diante da monogamia e outros fatores. Embora eu possa às vezes sentir compaixão por Darren por ter cedido a um momento de fraqueza que ocasionou consequências tão monumentais, outras mulheres podem apenas sentir raiva ou ressentimento pelos maridos e partir direto para o divórcio. E sei que há uma porção de mulheres que jamais pensariam em permitir que algo como uma escapada de uma noite pusesse fim ao seu casamento, por uma série de razões, entre elas o medo de ficarem sozinhas, as implicações financeiras do divórcio, porque não acham que isso seja uma grande coisa, ou porque desfaria a imagem construída com tanto cuidado em que elas querem desesperadamente que as outras pessoas acreditem.

Faz quase uma semana desde que Darren feriu meu coração, e estou passando por todas as emoções. Sinto cada uma delas num momento diferente do dia: tristeza quando acabo de aprontar os meninos para dormir. Choque quando olho para o nosso retrato de casamento emoldurado em prata de lei. Raiva quando estou fazendo o jantar. Confusão para decidir se uso ou não aliança. Medo quando estou tentando dormir. E desilusão na maior parte do tempo.

Foi maravilhoso na segunda-feira, quando minha mente estava ocupada com pensamentos agradáveis como o início das aulas, meu novo trabalho na *Weekly*, ou se devia servir hambúrgueres ou chili na nossa festa do Dia do Trabalho. É só quando passo por situações angustiantes, como o ataque cardíaco do meu pai, os abortos de Cameron, a traição de Darren, que percebo como não valorizo os momentos em que meu cérebro está livre para pensar sobre coisas banais.

Na quarta de manhã, faço uma receita dupla de sopa de hambúrguer e levo para o almoço de Cam. Ela não me parece ter melhorado muito desde que a vi segunda à noite. Ela me conta que um dos pediatras que divide com ela as chamadas de fim de semana a está ajudando com as consultas que não podem esperar.

— Não sei se algum dia vou conseguir voltar a trabalhar, Grace — Cameron diz, os olhos vazios voltados para a tela da televisão.

— Bem, você não precisa decidir isso agora — digo, puxando as cortinas e abrindo as janelas para arejar o quarto dela. — Concentre-se apenas em passar por esta semana. Você pode passear pelas redondezas, e no sábado vamos fazer uma caminhada. Na verdade, não tínhamos um jantar combinado com vocês no sábado à noite?

— Oh!, preciso lhe falar sobre sábado. Vou para o Maine. É aniversário da minha mãe e faz tempo que ela quer que eu fique por lá um tempinho. Quando contei a ela o que tinha acontecido, ela me convenceu que seria um fim de semana perfeito para visitá-la. Agora que toquei no assunto, acho que estou um pouco animada para ver minha família. Faz um bom tempo que não vou para lá.

— Isso é ótimo, Cam, de verdade. Acho que é o melhor que tem a fazer no momento. Você sempre volta revigorada depois de visitar sua família. É como se recebesse uma carga de energia — eu disse, pegando uma casca de banana já amarronzada e alguns potes vazios da mesinha de cabeceira para levar para a cozinha.

— Você tem razão — Cameron diz, e sorri enquanto vou em direção à escada.

Quando acabo de arrumar um pouco o quarto, ela me diz que foi capaz de analisar os primeiros abortos de modo profissional, que digeriu a perda sob o ponto de vista médico. Mas que, dessa vez, está analisando a situação do ponto de vista de uma mãe à espera, uma mulher desesperada por ter um filho.

— Nunca me lamentei por ter me dedicado à carreira enquanto tinha vinte ou trinta e poucos anos — Cameron diz, enquanto se senta na cama e abraça os joelhos dobrados. — Sempre achei que as mulheres que deixavam o trabalho de lado no auge de suas carreiras para ter bebês estavam desperdiçando a vida. Me desculpe, Grace, não estou falando de você. — Ela olha para mim para ver se estou ofendida. Não estou. Ela continua: — Adoro trabalhar.

Adoro o que faço. Mas agora penso que me pregaram uma peça e que fui aquela que escolheu o caminho errado. Porque agora estou velha, meus óvulos estão velhos, e as únicas crianças com quem tenho contato são aquelas que me chamam de doutora Stevens. Eu quero aquelas que me chamem de mãe. — Ela respira fundo, e vejo seus olhos se encherem de lágrimas.

— Oh, Cam. Nem sei o que dizer. Sinto tanto — digo, sentando-me na beirada da cama, perto dela.

— Obrigada, Grace. Estou feliz por você estar aqui — ela sorri para mim, e eu sei, porque a conheço, que ela quer mudar de assunto para não começar a chorar de novo.

— Então, você não vai adivinhar quem é que está me enviando e-mails — digo misteriosamente, obedecendo a seu pedido não verbalizado.

— Aquele pai assustador que fica em casa e não trabalha, da aula de natação de quando James era bebê?

— Não, graças a Deus. — Faço uma pausa para criar um clima. — Jake Doyle — digo, enquanto um sorriso involuntário toma conta do meu rosto.

— Rob Lowe Jake Doyle? — Cameron pergunta.

— O próprio — digo.

— Por que você está ficando vermelha, Grace?

— Não estou. É só o calor — digo, enquanto abro um pouco mais as janelas. Conto a ela sobre o noivado de Scotty, minha conversa com Jake pelo Face, e o convite dele para ir a LA neste fim de semana.

— Nossa, Grace, isso é tudo ou Rob Lowe Jake Doyle está com segundas intenções?

— Ele só está sendo ele mesmo. Acho. Não sei. É um pouco esquisito, mas não faz mal nenhum uma garota ser meio cantada.

Especialmente depois de ter sido rejeitada pelo marido. — Eu me sento na poltrona Barcelona de couro branco, em frente à cama de Cameron.

— Só não se torne uma daquelas garotas que vivem flertando pelo Face. Veja o que aconteceu com Elizabeth Bonder — diz Cameron, apontando para mim e me lançando um olhar de advertência.

— Eu sei. E não sou esse tipo de pessoa — digo com convicção. — Estou muito longe disso. Não precisa se preocupar comigo.

— E quanto ao Darren?

Eu lhe conto sobre nosso "encontro", meus sentimentos conflitantes, meu curso intensivo em Introdução à Infidelidade.

— Vou apenas seguindo com o casamento — digo. — Não acho que tenha outra escolha no momento. Eu me sinto andando sobre a grade de proteção de uma estrada nas montanhas. Se eu for para um lado, caio pela ribanceira. Se for para o outro, me vejo numa estrada muito sinuosa, com obstáculos a toda volta. Mas por quanto tempo eu consigo caminhar sobre essa grade estreita?

— Linda analogia, bem literária. Entendi. Acho que você só precisa tentar manter seu equilíbrio e ficar sobre a grade de proteção enquanto puder, até que a estrada fique mais desobstruída e você possa chegar a uma reta.

— Bela continuação da analogia, bem química orgânica — digo, rindo. — Acho que é isso mesmo que tenho de fazer.

À tarde, Darren me telefona durante um intervalo entre as reuniões.

— Como vão as coisas? — ele pergunta.

— Bem — digo de forma amigável. — Passei a manhã com Cameron. No que diz respeito às emoções ela ainda não está nada bem, e eu sinto por ela.

— Isso é uma droga — ele diz. — Talvez eu mande flores para ela.

— Você vai se tornar um florista compulsivo — digo, com certo sarcasmo.

Ele deixa passar e me pergunta:

— Ei, qual é a programação para o fim de semana?

— Não vai ser grande coisa — digo, abrindo minha agenda no laptop. — James tem uma festa de aniversário sábado de manhã. Os dois têm treino de futebol sábado à tarde. Iríamos sair com Cameron e Jack à noite, mas ela está indo para o Maine, então não temos nada para sábado à noite. E então outra festa de aniversário para levar o James no domingo.

— Certo. — Pausa. — O que você acha de eu levar os garotos ao jogo dos Yankees no sábado à noite? — Darren pergunta com cautela. Acho que ele sente como se estivesse pisando em ovos comigo. — Um dos advogados que trabalham conosco acabou de me oferecer três entradas. Eu pedi quatro, mas ele me disse que só consegue três.

— Isso parece excelente. Os meninos vão adorar. De qualquer modo, há um filme novo com a Rachel McAdams que eu quero assistir. Vou ficar bem. — Vou mesmo.

— Legal, obrigado, Grace. Acho que os meninos vão ficar muito felizes.

— Está se comportando nessa viagem de negócios? — Não consegui deixar de perguntar. Não quero ser esse tipo de mulher, mas acho que sou.

Darren fica em silêncio antes de responder.

— Sim.

— Ótimo — digo. Estou furiosa comigo mesma por agir dessa maneira, mas ainda mais zangada com ele por ter me colocado numa situação que me levou a ser assim.

— Imagino que vamos voltar sempre a esse assunto todas as vezes que eu viajar — ele diz com voz arrependida.

— Tenho lido alguns livros, e eles dizem que a parte mais difícil é recuperar a confiança. No fundo, eu confio em você, Darren. Mas eu confiava em você antes de tudo isso e veja o que aconteceu. Só não sei como não imaginar e não me preocupar.

— Eu sei. É que isso é uma droga. Existe algum meio de tranquilizá-la?

— Você pode me beliscar e dizer que tudo não passou de um sonho ruim? — pergunto calmamente.

— Bem que eu gostaria — Darren diz. — Te amo, Grace.

— Eu sei — respondo, incapaz de dizer a mesma coisa para ele.

— Alguma notícia sobre o trabalho? — ele pergunta, parecendo aliviado por mudar de assunto.

— Não. Ela disse "quinta-feira". Estou tentando me distrair e não pensar no assunto. O que vai acontecer se ela me aceitar e disser que terei de trabalhar em tempo integral os três dias?

— Bom, então, vamos dar um jeito. Os meninos ficarão bem com uma babá por algumas horas. Precisa fazer o que é melhor para você.

— Eu sei. Obrigada.

— Tudo bem. Agora preciso ir. Chegarei aí amanhã à noite, lá pelas 18h30. Você me espera para jantar?

— Claro.

— Obrigado. Eu telefono para vocês hoje à noite.

Desligamos e digito "Darren e os meninos Yankees" na minha agenda para sábado à noite. Depois consulto o filme a que quero assistir na televisão, e então tenho uma idea. *Cameron está indo para o Maine. Darren e os meninos vão ao futebol e depois ao jogo dos Yankees. Será que Grace poderia ir a LA?* Eu me sento e fico remoendo os detalhes. Então vou ao Travelocity e vejo quanto um voo de última hora vai me custar. Não é uma pechincha, mas também não é muito caro. Talvez essa viagem curta seja exatamente o que eu preciso. Telefono para mamãe.

— Oi, mamãe — digo, tentando decifrar os sons que ouço no fundo. — Onde você está?

— Estou tingindo meu cabelo — ela diz em alto e bom som. Posso até imaginar todas as outras senhoras com a cabeça coberta de tinta virando-se para ver por que Nina Roseman está gritando.

— Você vai estar aí no fim de semana? — pergunto.

— Acho que sim, por quê?

— Bem, a Kiki e a Arden estão organizando um pequeno jantar para o Scotty no sábado à noite só para o nosso velho grupo, elas me convidaram e pensei em ir. Darren estará ocupado com os meninos no fim de semana, com futebol de dia e o jogo dos Yankees à noite, então acho que tudo vai dar certo.

— Oh, Gracie! — ela grita. — Vai ser fabuloso! Espere até eu contar para a Eva. Ela me disse que tinha convidado você para vir aqui, e achei a ideia fabulosa. Vou cancelar todos os meus compromissos e serei toda sua no fim de semana.

— Obrigada, mamãe — digo. — Preciso resolver algumas coisas antes, por isso ainda não é cem por cento certo de que vou, mas até o fim do dia eu confirmo pra você.

— Como estão as coisas com Darren? — Ela abaixa um pouco a voz, e fico grata por não espalhar meu problema para todo o salão.

— Estamos caminhando. Nenhuma decisão radical.

— Ótimo. Falaremos sobre isso no fim de semana. Lembre-se apenas do que eu lhe disse no outro dia. Não há motivo para fazer nada tão extremo como pedir o divórcio ou qualquer outro absurdo — diz ela.

— Certo, mamãe. Eu telefono mais tarde.

Depois de desligar, ligo para a Kiki.

— Ei, Kiki — digo animada. Kiki e Arden eram as minhas melhores amigas no colégio. Nós nos comunicamos a cada poucos meses, mas, sempre que falo com qualquer uma delas, sinto como se o tempo não tivesse passado, sinal de uma velha e verdadeira amizade.

— Ei, garota! — ela diz. — *¿Cómo estás?*

— Estou ótima! E então, ouvi dizer que haverá um jantarzinho de noivado para o Scotty no sábado à noite.

— Sim! E é bom que você venha. Encontrei o Jake no Brentwood Country Mart, e ele me disse que tem trocado e-mails com você, e eu pedi para convidá-la. — Neste momento, sei que a Kiki está enrolando seu cabelo longo e crespo em torno do indicador.

— O que é que vocês planejaram?

— Não tenho bem certeza. Arden está encarregada de fazer as reservas. O que não é nenhuma surpresa. Acho que ela estava com medo de deixar isso por minha conta. Ah! Ela devia mesmo estar — ela ri. — Mas será muito divertido, e você tem de vir. Diga que sim, sim, sim.

— Noventa e nove por cento de que vou — digo.

— É isso aí! — Kiki grita.

— Só preciso resolver mais umas coisinhas, mas acho que vou conseguir. Vou mandar um e-mail para você e para a Arden mais tarde para confirmar. Espero que dê certo. Será ótimo nos encontrarmos.

— Combinado, vou dizer para a Arden fazer mais duas reservas para garantir.

— Apenas uma. Darren vai ficar com os meninos em casa. Eles têm futebol, festas de aniversário e tudo o mais.

— Melhor ainda. Não que eu não adore ver o Darren, é que eu e a Arden decidimos não levar o Andy e o Marco. Pensamos que seria mais divertido reunir apenas a velha galera. Exceto por Abigail, é lógico, que parece esnobe à primeira vista por causa daquele sotaque pomposo, mas você vai amá-la.

Kiki e eu nos conhecemos na décima série. Nós estávamos na mesma turma. Rodríguez e Roseman. Kiki entrou na sala no primeiro dia de aula como se fosse a Naomi Campbell numa passarela. Sem o rosnado. Nossa escola começava a partir da nona série, e ela era nova, mas agiu como se já fosse amiga de infância de todos os nossos colegas com sobrenomes iniciados com R. Candelária Luisa Alejandra Rodríguez (diz a lenda que, quando ela nasceu, os irmãos mais velhos queriam uma gata em vez de uma irmãzinha, então a apelidaram de KitKit, que virou Kiki e pegou) mudara-se recentemente do leste de LA para Encino. Mais tarde eu descobri que o pai dela, Alberto Rodríguez, tinha sido nomeado pela revista *Los Angeles* como o Empresário do Ano. Ele havia emigrado para LA vindo do México e começado sua carreira enxugando carros num lava-jato em Hollywood. Depois de anos dando duro e subindo de posto no McDonald's em Westwood, foi trabalhar por conta própria e fundou seu Rock O Taco, uma cadeia de *fast-food* popular e temática de comida mexicana. Alberto Rodríguez orgulhosamente levou sua família da moradia humilde dos primeiros tempos para uma casa sofisticada nas encostas de Encino, com pisos brilhantes de mármore no *hall* e um mosaico personalizado em formato de guitarra no fundo da piscina.

Quando vi Kiki mais tarde naquele primeiro dia, na minha aula de espanhol, ela se sentou ao meu lado e perguntou se eu queria sair com ela depois da escola. Eu tinha combinado ir com a Arden (que era minha melhor amiga desde a quinta série) ao Du-par's, um lugar popular no Ventura Boulevard, então convidei Kiki para ir junto. Nós três nos debruçamos sobre as famosas panquecas do Du-par's com calda de amora, e nos tornamos inseparáveis desde aquele dia. Kiki nos fez rir muito naquela tarde com suas imitações hilárias de toda a galera que tinha acabado de conhecer. E desde então tem nos entretido com suas roupas bizarras e malucas. Kiki e eu tivemos formações muito diferentes — ela e Arden ainda mais —, porém isso nunca pareceu importar. Às vezes eu até me sentia mais próxima da mãe da Kiki, Luisa, do que da minha. Luisa era tão simples, tão acolhedora, tão maternal. Ela sempre me fazia sentir segura, em especial depois da morte de Danielle.

A Arden, por outro lado, é basicamente da realeza de Hollywood. Seu pai é Dean Miller Standish, o brilhante diretor que revolucionou os efeitos especiais e a tecnologia usada nos filmes. Ele recebeu cinco Oscar de Melhor Diretor, mais do que qualquer outro na mesma categoria. A Arden cresceu nos *sets* de filmagem e jantou com todos os artistas, de Ryan O'Neal a Ryan Gosling, de Anne Bancroft a Anne Hathaway. Mas isso não a afetava do jeito que seria de se esperar. Aquilo era normal para ela. E seus pais não lhe deram nenhuma razão para que não se comportasse como uma típica garota do colegial. Portanto era assim que ela agia.

Mandei um e-mail para Darren.

Pensando em ir para LA neste fim de semana. Eu iria sexta de manhã depois que os meninos fossem para a escola e voltaria no domingo à noite. Kiki, Arden e todos os outros estão organizando uma festa de noivado para Scotty. E mamãe e Eva têm insistido para que eu vá para lá de qualquer jeito. Vou deixar combinadas umas atividades para os meninos na sexta depois da escola. O que você acha?

A resposta veio em seguida.

Parece ótimo. Vá. Vamos sentir sua falta, mas provavelmente é uma boa ideia você ter um tempo para pensar longe de nós.

Senti como se tivesse acabado de receber algo monumental, como ganhar na loteria com um bilhete achado na rua. E fiquei imaginando se ter "tempo para pensar", se é assim que ele quer chamar isso, vai salvar meu casamento ou vai resultar no oposto.

Capítulo catorze

Passei o resto da semana fazendo os preparativos finais para a viagem (transporte de ida e de volta do aeroporto JFK, poltrona do corredor, o último romance de Emily Giffin, geladeira abastecida para Darren e os meninos); decidindo minha roupa para o sábado à noite (*jeans* escuros, blusinha preta *sexy*, sapatos de salto alto pretos); trocando e-mails com um toque de flerte, mas não inadequados, com Jake; e aguardando o telefonema de Nicole Winter, que eu torço para que aconteça na quinta-feira cedo. Não aguento mais esperar. Fico surpresa em ver como estou totalmente despreparada quando ocorre tão esperada ligação, considerando quanto tempo levei pensando em todos os caminhos possíveis que ela poderia tomar. Eu acabo de pôr os meninos no ônibus na quinta de manhã, evitando qualquer pergunta de Lorna sobre a festinha de Halloween da vizinhança, quando ouço o telefone tocar. Sinto meu estômago dar uma cambalhota quando leio no identificador de chamadas "WELLINWESTCH".

— Aqui é a Grace — digo, sabendo que é a Nicole e tentando parecer profissional. Minha mãe sempre diz para incorporar quem você deseja ser. E eu de fato quero ser, novamente, alguém que se senta num cubículo e atende o telefone dizendo seu próprio nome.

— Grace. Nicole Winters — ela diz num tom de voz conciso cujo significado eu percebo imediatamente. Se ela estivesse me oferecendo o trabalho, pareceria feliz. Mas talvez apenas queira dar um tom profissional à conversa, considerando que será minha chefe. Afinal, quando a conheci no café depois do yoga, o tom era amigável, de acordo com as circunstâncias, então talvez esse seja apenas seu modo de demonstrar autoridade. É como prever a resposta de um pedido de admissão na faculdade com base na espessura do envelope. Um envelope fino pode ter uma única página contendo a recusa. Ou um envelope fino pode conter uma carta de uma página dando os parabéns e informando que o grosso dos papéis de admissão chegará até o fim da semana. Mas em geral os envelopes com a recusa são mais finos. Assim, nessa fração de segundo tentando interpretar a intenção de Nicole através de três palavras, não só eu suponho que consegui e que não consegui o trabalho, como volto à época estressante das admissões em faculdades. *Saia dessa, Grace. Pelo amor de Deus, descubra o que a mulher tem a dizer.*

— Ah, oi Nicole — digo informalmente, tentando não parecer que estou desesperada para saber o que ela vai dizer.

— Bem — ela diz e faz uma pausa. *Ah não, isso não parece bom.* — Eu com certeza estou muito feliz por Callie ter nos apresentado. Foi bom conhecer você e ouvir suas ideias para o nosso novo produto.

Mas.

— Mas sinto muito não poder dar a você o trabalho — Nicole diz se desculpando.

— Oh. — *Oh? É só isso que você consegue dizer, Grace?*

— Vou ser bem sincera com você. Eu a considero incrivelmente qualificada, mas a pessoa que contratei tem uma rede de contatos de saúde e bem-estar ampla e atualizada em Westchester, e acho que ela será mais indicada para nós. Eu sinto muito, de verdade.

Palavra-chave: atualizada. Cameron estava certa. Aquelas que deixam o mercado de trabalho para ter bebês são otárias. Quando tentamos voltar, ninguém nos quer. Somos mercadorias danificadas.

— Eu também — digo. *Aja com desenvoltura.* — Mas muito obrigada por ter me dado essa oportunidade. Acho que você tem uma empresa maravilhosa, e espero que a nova *newsletter* seja um grande sucesso. Eu com certeza vou me inscrever para recebê-la.

— Obrigada, Grace. Mais uma vez, sinto muito não ter dado certo, mas não vou me esquecer de você se aparecer outra coisa por aqui ou se souber de alguém que esteja procurando uma pessoa com a sua qualificação. — *Embalar salgadinhos, escrever as descrições dos itens do leilão beneficente da escola, evitar vizinhas superficiais.*

— Obrigada, Nicole. Eu entendo perfeitamente.

Estou cabisbaixa. Nunca tive a oportunidade de usar essa palavra na minha vida. Mas ela é bastante apropriada nesse momento. Quando imaginei que ia conseguir esse emprego, me vi numa prancha de surfe cavalgando a crista de uma onda que iria me tirar do imenso oceano — aquele que tinha engolido parte da minha identidade — para me deixar na praia do meu "eu". Em vez disso, a onda quebrou na areia prematuramente, não me deixando permanecer em pé, de cabeça erguida, na minha prancha longboard, deslizando até a praia. Cabisbaixa.

Pego uma xícara de café e me sento no sofá. Olho pela janela para as folhas que continuam a mudar de cor. Um passarinho vermelho pousa perto do seu parceiro num galho. Eles voam em direção ao próximo galho, depois para o seguinte. *Para tudo há uma estação.* Não posso evitar ir àquele lugar do meu cérebro onde eu interpreto a decisão de Nicole (o envelope mais fino) como um sinal de que não posso ter um emprego de verdade neste momento. Por outro lado, pode ser o universo tentando me desafiar a não desistir tão facilmente. Duas recusas de emprego não serão suficientes para impedir meu regresso ao mercado de trabalho. Mas, na verdade, estou muito decepcionada. Eu tinha colocado todas as minhas esperanças neste último.

Para ser honesta, senti certo alívio. Aliviada por não precisar arranjar babás três tardes por semana. Aliviada porque posso parar de acordar no meio da noite para rabiscar ideias para as *newsletters* no bloco de anotações ao lado da cama. E aliviada porque agora não preciso me preocupar em fazer um bom trabalho e me testar. Apesar de manter sempre altas expectativas em relação a mim mesma e me entregar de cabeça a cada projeto que nunca fiz antes, em essência, sou preguiçosa. A dicotomia não faz sentido. Eu só me esforço para ser produtiva, para ser realmente boa em tudo que estiver fazendo no momento porque ficaria muito decepcionada comigo mesma se não fizesse isso. Mas, na maior parte do tempo, fico sentada no sofá, tomando café e assistindo a programas de competição culinária. (*Eles serão capazes de mover a ponte de três metros feita inteiramente de açúcar da bancada da cozinha até onde os juízes estão instalados sem derrubá-la?*) Isso me leva a pensar no que eu quero de fato na vida. E embora eu tenha tido essa conversa comigo mesma um zilhão de vezes, não sei se tenho sido honesta ultimamente.

E, como o meu plano tinha sido sempre de voltar a trabalhar assim que James fosse para a escola, meu projeto criou vida própria, primeiro com a *Weekly* e depois com *Well in Westchester*. Nunca o examinei cuidadosamente. Era apenas o que eu ia fazer. Mas agora o momento chegou e, quem sabe, em vez de apenas deixar no piloto automático, eu devesse pensar em por que é importante para mim voltar a trabalhar. *Se* é importante para mim.

Pensando nisso, sempre segui no piloto automático, de acordo com as normas: o colégio leva à faculdade, a formatura na faculdade leva a um emprego, namorados firmes levam ao casamento, casamento leva a filhos. Nenhuma vez eu imaginei ter um ano livre para mim depois do colégio e viajar pela Europa, me mudar para o Colorado depois da faculdade para dar aulas de esqui durante um ano, ficar solteira e decidir não ter filhos. Ajustar-se é só o que a maioria das garotas faz. Algumas vezes invejo as rebeldes de cabelo frisado, roupas de algodão, sem filhos, sentadas em suas arejadas e iluminadas casas de pedra marrom na periferia, folheando ao lado de seus companheiros álbuns com as fotos de todas as suas maravilhosas aventuras, parando apenas para atender ao telefonema de seus agentes comunicando-lhes que seu romance de estreia acaba de entrar no primeiro lugar da lista dos livros mais vendidos.

Sim, existe uma sensação de realização e identidade que só consigo obter me envolvendo num trabalho produtivo e estimulante fora do mundo dos meus filhos e sua escola. E há algo de afirmação ligado ao fato de me vestir com roupas que só possam ser lavadas a seco e me sentar numa escrivaninha num escritório que não seja na minha casa. Alguma coisa que senti nitidamente depois de formada, na primeira vez em que fui trabalhar vestida com uma roupa de grife, carregando uma grande bolsa de couro que minha irmã me deu de presente de formatura. Claro, depois que esgotei o guarda-roupa novo e todas as suas combinações (blusa branca com saia azul-marinho, blusa branca com calça cáqui, saia azul-marinho com blazer cinza, vestido marfim com blazer cinza) e fiquei à vontade no meu emprego, a sensação inicial diminuiu e eu me tornei mais uma abelha-operária tentando lembrar se já tinha usado aquele conjunto de saia azul-marinho naquela semana, me apertando num vagão de metrô lotado, tentando ficar feliz com o pagamento que não correspondia nem de perto ao salário que fazia jus ao trabalho duro que eu desempenhava. Mas me sentia importante. E sentir-se importante é maravilhoso.

Quero me sentir importante outra vez. Infelizmente, não sei quantas crianças têm a capacidade de fazer com que suas mães se sintam assim. É claro que meus filhos conseguem me fazer sentir orgulhosa, amada e necessária de um modo que causa dor e me enche de amor ao mesmo tempo. Mas eles não fazem com que eu me sinta importante.

O que me leva a imaginar (excesso de pensamento em ação) por que é tão importante para mim me sentir importante. É o elogio que eu cobiço? É aquela palmadinha nas costas dada por um superior quando faço um bom trabalho? Bem, talvez em parte. Ou na maior parte? Sim. Se pudesse eu injetaria elogios na veia. Então talvez *não* seja o "solteiro" que eu deseje. Talvez apenas queira o "solteiro" para eu me achar a mais bonita, a mais legal, a mais inteligente, a mais desejável de todas as suas pretendentes, e então o libero para a segunda melhor e deixo que *ela* lide com todo o abacaxi que vem junto do fato de ter sido escolhida. Se eu conseguir dominar minha autoestima o bastante para perceber que *já* sou importante, caso um garoto de 8 anos ou um chefe respeitado me diga ou não isso em voz alta, então talvez eu finalmente possa relaxar pela primeira vez em 39 anos. Quem sabe eu possa enfim parar de tentar tanto fazer com que outras pessoas me digam como eu sou superespecial e apenas perceba que sou.

— Mãe, você quer ouvir o rap que eu escrevi ontem à noite? — Henry me pergunta entrando na cozinha na sexta de manhã enquanto tento quebrar alguns ovos dentro dos buracos feitos no meio das fatias de pão que estão na frigideira — o café da manhã preferido dos meninos. Vou para o aeroporto assim que eles entrarem no ônibus, por isso estou com muita pressa.

— Claro, filhão — digo. Henry ultimamente está ligado em escrever raps. Houve um que era sobre basquete (Não amola/nem enrola/mete a bola/na argola). Mas não estou preparada para a obra-prima que ele está prestes a soltar. Ele começa com a marcação da batida feita com a boca.

— Ó foda/ Você fodeu/ comeu/cagou / e rosas colheu/ó foda...

— Ei! Ei! Henry! — digo, e não consigo evitar cair na gargalhada. Bem quando eu deveria ser durona e impositiva, estou rindo tanto que começo a fazer xixi. — Você não pode dizer isso — digo, tentando recuperar a compostura enquanto agito a espátula freneticamente.

Henry sorri. Ele sabe exatamente o que está fazendo.

— O quê? Não vou cantar isso na escola.

— De verdade, Hen? — Fico feliz por não perder o controle naquele momento. Estou lidando com isso com calma, e ele está realmente me ouvindo. Ou pelo menos fingindo que está. — Por que você não escreve outro rap sobre basquete ou outra coisa? Ou sobre Lego? Você sabe que, se cantar esse aí na escola ou falar dele com os amigos, vai direto para a diretoria, e eu não vou poder resolver esse assunto, nem buscá-lo na escola porque estarei num avião. Por isso, por favor, não fale disso para ninguém. —

Então assumo um tom severo. — E tem mais, isso é totalmente inadequado. Você não deve usar palavrões em seus raps nem fora deles. Não é legal — digo, imaginando se ele andou fuçando no meu iPod para ouvir músicas "explícitas". Sei que estou parecendo aqueles pais metidos a santos que dizem: "Meu garotinho não conhece nenhum palavrão", mas honestamente eu não sabia que ele conhecia a palavra foda. Não é uma palavra que eu e o Darren usemos a torto e a direito. Pelo menos não na frente deles. Acho que é pra isso que serve o recreio.

Evitado o desastre e as orelhas do irmãozinho felizmente não corrompidas (James ainda estava no *hall* calçando os sapatos durante a *performance* do meu Eminem Jr.), continuo a preparar o café da manhã e imagino a cara de Darren quando eu lhe contar. Ele vai rir ainda mais do que eu. Por alguma razão desconhecida, os pais sentem uma ponta de orgulho quando os filhos praguejam, imitam um pum com o braço, ou arrotam o alfabeto. O treinamento masculino começou.

— Quando você vai voltar da Califórnia, mamãe? — James pergunta enquanto fura o ovo com o garfo e mergulha o pão na gema. Ele não está perguntando por estar triste, apenas gosta de saber o que vai acontecer em seguida e exatamente quando.

— Vou chegar tarde no domingo e vocês estarão dormindo, por isso vamos nos ver na segunda de manhã. O que vamos ter para o café de segunda? — pergunto, tentando distraí-lo da minha ausência iminente.

— Panquecas com gotas de chocolate! — Henry grita.

— Bom, eu estarei aqui para fazer as panquecas, mas quanto às gotas de chocolate... veremos. Vai depender de como vocês vão se comportar no fim de semana com o papai. — Quem é que eu estou enganando? Eles serão uns anjos. As crianças reservam seu melhor comportamento para o pai. É sempre a mãe que tem de aguentar as birras e as bagunças dos filhos. Parte de mim espera que Darren tenha de lidar ao menos com a recusa de algum alimento ou um ataque de raiva. Já ficarei feliz com uma batida de porta. É apenas uma questão de justiça.

Assim que os meninos pegam os agasalhos e as mochilas, não lhes digo como vou sentir falta deles e que ficarei triste durante a viagem, porque acho que nenhuma das duas coisas é verdade. Amo meus filhos do fundo do coração, mas posso ficar um tempinho afastada deles sem entrar em autocombustão. Na verdade, estou muito animada por ficar alguns dias longe. Isso torna a recepção na volta para casa muito carinhosa e alegre. Exatamente como a que os pais que trabalham têm todas as noites quando chegam em casa e os filhos correm para a porta e os abraçam como se tivessem ficado fora por um ano, lutando em alguma guerra e não no centro de Manhattan por doze horas. Estou ansiosa para ter a mesma sensação. O sentimento despertado por um presente inesperado, pelos primeiros botões de um pé de magnólia em abril, o final com as cartolas douradas de *A Chorus Line*.

— Mais um abraço — digo aos dois, apertando-os com força antes que eles corram para pegar o ônibus. Sinto neles o cheiro de sabonete, pasta de dente e sono, e digo que os amo. Fico acenando até o ônibus sumir de vista, corro para dentro, pego minha bagagem e entro no táxi que está esperando em frente de casa para me levar ao aeroporto.

Admito que isso parece meio bobo e constrangedor, mas, quando entro no avião, num esforço para usar meu tempo de maneira inteligente, faço uma lista de tópicos para refletir durante o voo: Darren (com um subtópico para Jake Doyle), trabalho, objetivo de vida e como ajudar Cameron. Conforme o planejado, assim que o avião atinge a altitude de cruzeiro, me ocupo pensando em Darren. Sou ótima para ligar trilhas sonoras às minhas experiências de vida, então ponho para tocar minha *playlist* "reflexiva", que contém tudo, de "Fix You", do Coldplay (choro quando penso em como Chris Martin a compôs para Gwyneth Paltrow quando o pai dela morreu), a "Lovely Day", de Bill Withers (um cara com quem trabalhei milênios atrás me apresentou este *soul* clássico), de "Unwritten", da Natasha Bedingfield (totalmente clichê, mas as palavras são inspiradoras), a "Superman", de Five for Fighting, e "Superwoman", da Alicia Keys (ambas autoexplicativas).

Faz quase duas semanas desde a grande revelação, e percebo que a emoção que agora está estreando no meu sistema límbico é a raiva. Raiva que toma todo o meu corpo como seu eu a tivesse vestido. Nos últimos dias, eu estava estranhamente ambivalente em relação à coisa toda, uma posição beirando o consentimento. Eu me sentia cansada demais para lutar contra isso. Os fatos básicos eram: ele gostava de mim, tínhamos um casamento sólido e uma família ótima, ele fez algo idiota, e eu precisava seguir em frente. Simples. Feito. Seguir com a minha vida.

Houve momentos em que até me esquecia do que tinha acontecido. Como quando estava numa conversa com Darren e tudo parecia normal, até eu sentir um espasmo estranho perto de onde imagino que esteja minha vesícula, e então eu me lembrava da sujeira que ele tinha feito com outra mulher. Mas aqueles momentos de felicidade anteriores me faziam pensar que talvez os espasmos fossem temporários e, quando sumissem, eu ficaria apenas com as partes que não doem. E, algum dia, as lembranças da Bandida surgiriam apenas esporadicamente, como quando estivéssemos nos registrando num hotel, em nossas férias familiares, e eu olhasse para o bar do saguão, ou quando estivéssemos longe, só nós dois, e voltássemos para o nosso quarto do hotel depois de alguns drinques, rindo no corredor, tentando não acordar os hóspedes. Então, enquanto Darren deslizasse o cartão-chave na porta, eu imaginaria a expressão dele quando a levou a este quarto em vez de mim.

Mas aqui, avançando velozmente pelo éter, os espasmos voltaram, talvez até multiplicados, e estou com mais raiva agora do que já estive desde o momento em que ele me contou. Parece que saí de dentro de mim e estou vendo a situação como se estivesse acontecendo com uma amiga. Não é mais uma afronta pessoal, em vários tons de cinza. Agora, minha amiga está sendo atacada, está tudo preto e branco, e estou louca da vida.

O fato de Darren ter tido um lapso momentâneo e dormido com uma estranha não está certo. Como não estaria certo se eu tivesse feito isso. *Então*, não está certo. E daí espera-se que sua admissão de culpa leve tranquilamente ao perdão? Como o sorriso de um bebê leva a mãe a sorrir, apesar do jato de vômito espalhado pelas cortinas da sala? *Me desculpe, Grace, porque eu pequei, mas usei um preservativo e não significou nada para mim e me sinto realmente mal e estou lhe contando para que possa me perdoar?*

Não estou dizendo que o advogado especializado em divórcio entrou na minha lista de discagem rápida. O que quero dizer é que o choque inicial passou, e agora estou zangada. Muito zangada. Como se recebesse uma convocação para ser jurada. Zangada como se tivesse de tratar um canal. E não sei o que fazer com esse sentimento, exceto deixá-lo emergir por um tempo e depois tentar deixá-lo de lado, para que eu amadureça e tente imaginar o que fazer em seguida.

Também sinto Darren tornando-se um pouco complacente em função disso tudo e aceitando minha ambivalência. Não estou mais interessada em receber flores, elogios ou jantares em restaurantes chiques. Estou interessada em expressões de remorso, talvez um pouco de humilhação. Talvez algum reconhecimento por eu não ter chegado à violência física.

Quando "Your Song", do Elton John, começa a tocar, penso em Jake. Quando Danielle morreu, de algum modo todos nós decidimos que esta seria a música da sua cerimônia fúnebre. Raramente escuto essa canção no rádio, mas quando ouço penso de imediato em Danielle, e sorrio porque sei que ela está comigo. Agora, penso naquela corrida de moto com Jake. Meu cabelo (pelo menos a parte que ficava de fora do capacete) soprado pelo vento, meus braços em torno de um corpo que eu tinha ansiado tanto por tocar, meus nervos em geral tensos completamente amortecidos, sem medo da velocidade, sem medo da possibilidade real de que o garoto de 16 anos que estava no comando daquela peça de aço pudesse a qualquer momento perder o controle e fazer minha mãe chorar e se lamentar mais uma vez. A perda de duas filhas na mesma semana reduzindo-a ao nada absoluto.

Sinto voltarem as lembranças dos meus sentimentos por Jake. Percebo como é fácil até mesmo legitimar esses sentimentos. Eu era criança. Era um desejo não correspondido. Não havia nada maduro, significativo ou duradouro naqueles sentimentos. Mas aqui estão eles, alojados no meu estômago, e tenho a impressão de que vão permanecer aí pelos próximos dias. Eu não tinha percebido que sentia falta desse sentimento de ser adorada até que Darren começou a me adorar de novo duas semanas atrás na esperança de me ter de volta. E por parecer tão forçado com Darren, as recentes, genuínas e, creio, inocentes (*estou sendo in-*

gênua?) interações com Jake me fazem sentir jovem e sem compromissos. Não sou tola. Não acredito que Jake queira começar algum romance comigo. Está apenas se divertindo, e eu, dane-se, também.

Essas não são emoções de que me orgulho quando provocadas por outro homem, mas acho que tenho um pouco de direito a elas, especialmente porque ninguém precisa saber disso, e não vou agir levada por elas. Se Darren não tivesse me traído, nem passaria pela minha cabeça deixar que outro homem me fizesse sentir assim. Não estou interessada em começar um relacionamento com Jake ou com qualquer outro homem. Só de pensar nisso, estremeço.

Sou incapaz de fazer ao meu marido o que ele fez comigo. Incapaz de fazer isso com meus filhos. Mas sou capaz de pôr o pé na água, só para ver qual será a sensação, porque sei que sou capaz de recolher o pé e resistir à tentação de mergulhar por inteiro na água azul cintilante e convidativa da piscina. E possivelmente, se eu tiver o ego inflado pelo Jake, isso pode me fazer sentir quite com Darren; posso ficar mais inclinada a aceitá-lo de volta. Então estou me dando permissão para flertar inocentemente com Jake este fim de semana, para sorrir e me ruborizar quando ele me disser que estou bonita (e é bom que ele diga) e para me sentir um pouco em perigo — como se estivesse de volta na garupa daquela moto, mas dessa vez sem o capacete.

Quando o piloto anuncia que chegaremos em trinta minutos, acordo sobressaltada. Não tinha imaginado que dormiria num voo diurno, mas o balanço faz isso comigo. Lamento não ter tido tempo para tratar dos outros itens da minha lista. Pelo menos terei assunto para conversar com minha mãe na hora do almoço.

Enquanto junto minha bagagem e me preparo para sair do avião, eu me sinto tomada pela excitação (de ver meus velhos amigos); pela calma (por ser abraçada e cuidada e amada por minha mãe e por minha irmã, apesar do fato de que, de quebra, haverá um considerável volume de coisas enervantes); pela liberdade (por ter um fim de semana só meu sem precisar cuidar dos meus filhos); e uma sensação embriagante de antecipação só de pensar em ver Jake Doyle.

Dou uma espiada no celular enquanto caminho pelo terminal. E-mails de Darren e Cameron perguntando sobre o voo, um e-mail de Eva com um itinerário tentador para nosso dia "fabuloso" amanhã, e uma mensagem da mamãe dizendo que está me esperando junto da esteira de bagagem. Meu celular vibra quando chega um e-mail de Jake.

Capítulo quinze

não consigo acreditar que vc está vindo. muito legal. amanhã à noite será ótimo. não me apareça muito bonita. vai ser uma tortura para mim.

Fico vermelha e sorrio enquanto sigo a multidão descendo a escada rolante. Vejo que as pessoas olham em torno. E essa deve ser a principal diferença entre LA e Nova York. Em LA, as pessoas estão constantemente dando mau jeito no pescoço tentando achar uma celebridade ou ver quem está olhando para elas. Em Nova York, as pessoas mantêm a cabeça baixa para evitar contato visual com alguém que potencialmente possa ficar com uma ideia equivocada.

Paro, e enquanto me apoio numa bancada com todas as minhas coisas, tento imaginar as intenções de Jake. Conhecendo a figura, não deve haver um grande plano. Ele é do tipo "aquilo que você está vendo é tudo o que vai ter". Não que ele seja bobo. Na verdade não é. Mas age por instinto. O gene da caverna ainda está bem intacto em Jake.

Se acho que ele quer um relacionamento comigo? Bem, se eu não fosse casada, se morasse em LA, se gostasse de surfar, e se eu fosse realmente livre, então tenho certeza de que Jake poderia pensar nisso. Mas não sou nenhuma dessas coisas. É que Jake está solitário, teve uma quedinha por mim há muito tempo, gosta da minha foto no Face, e Jake simplesmente está sendo Jake. Eu não devo ler nas entrelinhas, não devo fazer suposições, não devo fazer aquelas coisas todas que me ocorrem naturalmente quando eu analiso uma situação. Uma vez, ao menos, vou tentar apenas deixar fluir.

— Gracie! — ouço minha mãe gritar e vejo sua mão muito bem cuidada acenando para mim.

— Oi, mãe! — digo. Estou realmente animada por vê-la. Não nos vemos há alguns meses. Quando as coisas estão estáveis na minha vida, conversas telefônicas periódicas com minha mãe são todo o contato de que preciso com ela. Mas, quando estão instáveis, como agora, eu volto, e estar sob a proteção da minha mãe é, na verdade, muito reconfortante. Enquanto caminho na sua direção, fico impressionada em ver como ela está bonita e saudável. Tenho certeza de que as luzes do seu cabelo e o bronzeado delicado do rosto contribuem de algum modo com sua aparência. Mas ela está com um ar vibrante, e isso me deixa feliz. E orgulhosa. Ela está vestindo uma blusa de um amarelo intenso e calça capri branca. O rosto, é claro, está perfeitamente maquiado e os lábios têm um brilho rosa-claro. Essa é outra razão por que as mulheres em LA parecem mais saudáveis do que as nova-iorquinas. Não se vestem o tempo todo de preto.

Dou um abraço apertado em minha mãe, e ela me afasta para dar uma boa olhada em mim. E, embora eu não tenha retocado o brilho dos lábios (já há alguns anos) e esteja usando agasalho esportivo e tênis, ela me dá um grande sorriso e me diz que estou bonita. Coisa de mãe.

Não precisamos esperar pela bagagem porque trouxe tudo comigo, então vamos até o carro dela e depois para o condomínio onde mora. Depois que fui para a faculdade, minha mãe fez uma grande mudança em sua vida. Vendeu sua casa modesta em Encino e mudou-se para o "alto da colina", em Westwood, num condomínio chique, com pé-direito alto e prédio com porteiro, no Wilshire Boulevard. O seu apartamento de luxo no céu. Eu me acomodo no quarto de hóspedes e troco o agasalho por um vestido de verão para irmos almoçar. É estranho eu não ter um quarto de criança em algum lugar. Nenhum lugar onde meus troféus, os livros de Judy Blume e os pôsteres do Rob Lowe se cubram de poeira. Agora, eu durmo num mar de tecido azul: azul na colcha da cama, na poltrona, nas cortinas, nas almofadas espalhadas. Na droga do porta-lenços. Como se o decorador premiado de Beverly Hills tivesse comido um jantar de cinco pratos de tecido azul e tivesse vomitado tudo no inocente quarto de hóspedes da minha mãe.

Ao chegar ao Il Cielo, percebo que almoçar com minha mãe é como ir a um casamento da alta sociedade: os frequentadores são selecionados previamente por suas linhagens, há muitos beijinhos dados no ar, sem que lábios e rostos se encostem, e você sabe que a comida é deliciosa. Il Cielo é um dos meus restaurantes favoritos em Beverly Hills. Gosto dele pela comida e pelo ambiente. Minha mãe o ama porque sabe que todas as pessoas certas estarão ali usando as roupas certas e lhe dando todos os sinais certos de respeito. Quando entramos no restaurante, que mais parece um belo lar, mamãe dá dois beijos no maître, que a cumprimenta pelo nome e logo nos conduz para uma mesa ao ar livre no jardim na parte de trás, lindamente decorado com flores exuberantes e senhoras vestidas em tons pastel. Em geral as mulheres de LA tendem a mostrar mais coxas e decote do que suas irmãs de Nova York, mas aqui, no refinado Il Cielo, parecem fazer parte de uma propaganda de perfume da Estée Lauder, sem vestidos de noiva. E bonecas.

— Olá, Guillaume — minha mãe diz para o garçom que se aproxima da mesa. — Quero o de sempre, querido. — Ele sorri e anota alguma coisa. Acho que o único lugar em que arrisco "o de sempre" é na Starbucks, mas os baristas nunca lembram.

— Por favor, você pode me servir sopa de tomate e risoto de vegetais?

— Excelente escolha — o garçom responde. Pedimos duas taças de Riesling e uma garrafa de água Pellegrino, e então Guillaume apressa-se com o propósito de cuidar com carinho do pedido da adorável Nina Roseman. E daquela sua filha passável. Mamãe acena para uma mulher bem penteada com uma roupa rosa "algodão-doce" na outra ponta do pátio.

— O que é o seu "de sempre"? — pergunto.

— A sopa de tomate. É divina. Fiquei contente por você se lembrar de pedi-la também. E a salada de lulas grelhadas. É fabulosa. — E um beijo é soprado para uma loira com uma roupa cinza-pólvora.

— Então me conte, Gracie, como está a Cameron? — minha mãe me pergunta preocupada enquanto arruma o colar de duas voltas de grandes pedras âmbar que se destacam contra seu *trench dress* cáqui da Burberry. (Às vezes ela muda de roupa três, quatro vezes num dia.)

— Ela está bem. Acho. Quando se trata de Cameron, às vezes é difícil saber. Ela criou uma couraça, mas sei que este aborto realmente acabou com ela. Não sei o que vai fazer. Ela nem sabe se quer voltar a trabalhar — digo enquanto tomo um gole do meu vinho e então paro. — Quero falar sobre a Cameron, mas antes proponho um brinde.

Mamãe pega a taça e sorri para mim.

Eu continuo:

— Estou muito feliz por estar aqui, em LA, neste jardim maravilhoso, com você. Muito obrigada por estar aqui comigo e quero que saiba que te amo. Tocamos as taças e, antes que eu possa tomar um gole, mamãe me interrompe.

— E um brinde a você, minha linda Gracie. Gostaria de brindar à sua felicidade e somente a coisas boas para você e o Darren — ela diz, enquanto bate sua taça mais uma vez na minha.

Estremeço, mas ela não percebe porque está sorrindo para uma mulher vestida de azul-violáceo que acaba de passar. Tomo um gole do vinho e rezo silenciosamente pedindo uma reserva extra de força para suportar as próximas quarenta e oito horas.

— Quanto à Cameron — digo —, só espero que ela não desista, que procure por fertilização *in vitro*, adoção ou algo parecido.

— Bem, provavelmente ela não deveria ter esperado tanto para ter um bebê — ela comenta.

— Mãe! — digo com uma ponta de raiva.

— O quê? É verdade. Vocês, moças, você não Gracie, mas as filhas das minhas amigas estão de tal maneira concentradas em ter uma carreira que perdem seu período de fertilidade. É muito triste. Minha amiga Melinda Waters tem quatro filhos e *ainda* está esperando por um neto.

— Não é tão simples assim. E são pessoas como você e Melinda Waters que nos disseram para encontrar uma carreira que nos fizesse felizes, que poderíamos fazer tudo, poderíamos ser mães *e* mulheres trabalhadoras.

— Bem, talvez estivéssemos erradas — ela diz, resignadamente, empurrando o pão com o dedo para o lado do prato.

— Talvez devêssemos viver descalças e grávidas. Com certeza assim tudo seria mais fácil.

— Do que você está falando?

— Não estou brincando. Sinto-me tão dividida entre ter um emprego ou ficar em casa com os garotos, tornando-me voluntária na escola deles, aprendendo a jogar *mahjong*. Há tantas mensagens confusas em relação ao que se espera que as mulheres façam. Isso faz minha cabeça entrar em parafuso — digo, enquanto espalho manteiga no pão de azeitona.

— Bem, este sempre foi o seu problema, Gracie — ela diz com um gesto de mão significativo.

— O quê? — murmuro, com a boca cheia de pão.

— Você se preocupa com o que se *espera* que você faça, em vez de fazer o que *quer* fazer. — Ela olha do alto para mim. Eu me sinto como se tivesse 7 anos. — Desde criança, você se preocupou com tudo. Tentou ser a melhor bailarina porque pensou que era o que se esperava de você, tentou tirar as melhores notas porque achava que era o que eu e seu pai queríamos, fez de tudo para entrar na melhor faculdade porque pensou que precisava disso por alguma razão. Não conseguimos que você apenas relaxasse um pouco e fizesse o que *queria* fazer. Lembra-se da fazenda de pôneis?

— Não.

— Você tinha uns 5 anos. Eu tinha levado vocês a uma fazenda de pôneis em Canoga Park. Eva e Danielle odiaram o passeio. Eva não gostava de se sujar, e Danielle disse que andar de pônei doía. Mas você amou. Disse que gostava do vento nos cabelos. Seu pai perguntou se você queria fazer aulas de equitação. Você pôs as mãos nos quadris e disse algo assim: "Meninas bonitas estudam balé, não montam em pôneis cobertos de poeira". Você tinha 5 anos e já estava preocupada com o que se supunha que devesse fazer, quando tudo o que queria era vestir *jeans* e cavalgar. Tentamos convencê-la a experimentar uma ou duas aulas, mas você não queria desistir do balé. E nem mesmo gostava tanto assim de balé quando era pequena.

— Não gostava? — estou chocada. — O que me lembro é de fazer balé o tempo todo.

— Isso porque a senhorita Natalya nos disse que você tinha potencial e que era muito graciosa. Você ouviu isso e pediu para se inscrever em mais aulas. Então nós concordamos. Você não se lembra de chorar porque achava que a malha dava coceira e de ter dor de cabeça por causa do cabelo preso num coque apertado?

— Não. De verdade?

— Sim. Provavelmente eu deveria ter tirado você do balé e encaminhado para as aulas de equitação.

Ficamos em silêncio por um instante, e me sinto emocionada. Esta mulher me conhece. Sabe todos os momentos que coletivamente conspiraram para fazer de mim a mulher que sou hoje. Ela estava presente nas pequenas decisões que deram margem às grandes. E me deixa tonta (ou é o vinho?) pensar que minha personalidade tenha sido definida há tanto tempo. Será que foi?

Percebo que a personalidade na qual eu investi tanto tinha sido orquestrada por uma garotinha de 5 anos. E é ela ainda que está tomando as decisões, me dizendo com o que *supostamente* devo me preocupar e o que *se espera* que devo fazer. Sempre justifiquei minha personalidade dizendo "isso é tudo o que eu sou". Mas é só isso mesmo? Se tivesse trocado as sapatilhas de balé e os *pas de bourrées* por *jeans* e aulas de equitação, eu seria hoje uma pessoa diferente? O "eu" que sou é apenas uma peça de fabricação? Só a criação de uma criança? Sei que não posso reescrever o passado, mas posso fazê-lo parar de influenciar o presente e o futuro?

— Você acha que é possível alguém mudar drasticamente seu modo de ser? — pergunto para minha mãe enquanto Guillaume serve nossa sopa com um floreio.

— O que você quer dizer?

— O que eu quero dizer é que, tendo sido por tanto tempo *esta* pessoa — digo movendo minhas mãos ao longo do meu corpo. — Esta pessoa que anseia por elogios e reconhecimento, que se preocupa com o que os outros pensam, que venera a obrigação acima do desejo, que analisa tudo na esperança de que o excesso de reflexão possa neutralizar o medo e a incerteza de fazer algo "errado". Você acha que consigo me livrar de todos esses bloqueios? Acha que posso simplesmente desligar o botão e começar a acreditar nos meus instintos mais do que nas minhas racionalizações? Que finalmente conseguiria relaxar um pouco e parar de alimentar tanta expectativa em relação a mim mesma? — Antes que possa evitar, eu caio no choro. Mamãe abre sua bolsa Fendi, me estende um lenço de papel e me sorri carinhosamente.

Ah, Gracie. Acredito que você poderia tentar. Mas por que não tenta apenas praticar? Não se comprometa totalmente com isso ou então vai enlouquecer tentando superar as expectativas mais uma vez. Meu agente de cura gosta de me dizer para "me debruçar sobre as coisas". Por que não tenta, querida? Só quero que seja feliz.

— Eu sei, mamãe — digo enquanto sacudo a cabeça, sorrio para ela e mergulho na minha sopa de tomate. Enquanto saboreio a delícia aveludada, um pensamento me ocorre, talvez eu possa parar de pôr a culpa das minhas falhas de personalidade em alguns marcadores de DNA. E se eu me tornasse uma folha em branco e começasse de novo? À vontade em minha própria pele, confiante nas minhas decisões e feliz fazendo o que me dá prazer, em vez de fazer o que parece bom. Estou tonta com a possibilidade de ter acabado de fazer uma grande ruptura na minha vida, bem aqui no Il Cielo.

Conversamos um pouco sobre os interesses mais recentes dela: yogalates,* meditação caminhando no labirinto, suco de grama, e depois, enquanto os pratos principais são servidos, novamente com um floreio de Guillaume, ela me pergunta sobre Darren.

— Então, o que está acontecendo?

Respiro fundo.

— Para ser honesta, não sei direito. Meus sentimentos vão e voltam. Algumas vezes me sinto ambivalente, outras, fico realmente zangada. Algumas vezes acho que vamos superar, e outras não consigo imaginar como poderia confiar nesse homem de novo. E o que é o casamento sem confiança?

— Não é bom — minha mãe diz e baixa o olhar para o prato. — Não estou dizendo para perdoá-lo, Gracie. Só acho que o perdão é supervalorizado. Acredito que de algum modo você deveria absorver a dor e deixar que ela a impulsione para a frente. Use-a como energia.

— O que você quer dizer com isso? — Eu me interesso pela espiritualidade, e posso pensar em aceitar os conselhos televisivos da Oprah que a Cameron me dá, mas às vezes acho que mamãe exagera.

* Método que combina yoga com o pilates. (N.T.)

— Você não deveria se sentir tão superior e poderosa diante do erro do seu marido. Se ele acrescentasse um zero em alguma operação no trabalho e fosse demitido, você se divorciaria dele por ter cometido esse erro?

— Mamãe, superior e poderosa? Tenha dó, não sou superior e poderosa. E acho que nós duas sabemos que a sua analogia não é boa. O lápis dele não escorregou. Foi seu pênis. Ele transou com outra mulher — digo lentamente para dar mais ênfase. — Ele mentiu para mim. Ele fez com que eu me sentisse uma merda.

— Eu sei, querida.

— Não, você não sabe. Você na verdade não sabe o que é se sentir desse jeito porque papai nunca a traiu. Algum homem já a traiu? — pergunto, já ficando zangada. E talvez um pouco superior e poderosa.

— Não, não que eu saiba — ela diz baixinho.

— Bom, aprecio sua preocupação com o meu casamento e com o que vou fazer, mas não acho justo que seja tão radical sobre o que eu deveria sentir quando nunca esteve na minha pele.

Ela estende a mão para mim por cima da mesa.

— Você tem razão. Não sei ao certo o que está sentindo. Me desculpe por ter sido tão dura com você, só não quero que sua família se desfaça como a nossa. Eu lamento demais isso, Gracie. Do fundo do coração, não quero que passe pela mesma coisa.

— Eu sei, mamãe. Mas você sabe que não a culpo por isso. E você sempre me disse para não culpar o papai, mas não consigo evitar isso.

— Não, Gracie. Não foi uma decisão do seu pai. — Ela fez uma pausa. — Chegamos a essa decisão juntos. As coisas não estavam mais funcionando — sua voz treme, e ela desvia o olhar.

Posso jurar que a lembrança do divórcio ainda é dolorosa para ela. Mamãe amava meu pai, e talvez ainda o ame.

— Bem, nunca fui uma mãe separada e você foi, então deve ter algum crédito no assunto — digo, tentando aliviar o clima. — Não quero me divorciar, não quero ser uma mãe separada. Não quero ficar longe dos meninos num fim de semana sim outro não e deixá-los ir para a cobertura chique de Darren na cidade, onde sua namorada de 25 anos chamada Britney, que provavelmente não usa nenhum modelador para ficar mais esbelta, fará panquecas no formato do Mickey Mouse que eles sempre pedem, mas eu nunca tenho tempo para fazer. Não quero isso. Então imagino que só preciso pensar em como fazer isso funcionar. Mas também sinto, pela primeira vez, que poderia ser forte o bastante para fazer isso sozinha. Que não preciso de um homem que me fez sentir tão mal em relação a mim mesma perto de mim o tempo todo me lembrando disso. Não sei. Estou muito confusa.

— Eu sei, querida, mas você vai encontrar uma solução — ela diz, dando umas palmadinhas na minha mão.

Terminamos o almoço e conversamos sobre os planos para o resto do fim de semana. Depois, voltamos para o condomínio da mamãe por algum tempo. Vou ler na varanda ou tirar um cochilo. À noite, vamos jantar na casa da Eva. Eu estou mesmo querendo ver minhas sobrinhas e o adorável marido de Eva, o Sam. Mamãe decidiu não se juntar a Eva e a mim no nosso giro de amanhã por LA. Ela diz que nos quer ver unidas. Um dos objetivos dela sempre foi que eu e Eva fôssemos muito amigas. Isso é uma coisa que jamais vai acontecer, mas sempre deixo mamãe pensar que é possível.

— Qual é seu plano para amanhã à noite? — ela me pergunta tomando um gole de cappuccino.

— Kiki e Arden vêm me buscar às 19h00. Vamos encontrar Scotty e Abigail e algumas outras pessoas no Koi às 19h30.

— Quem são as outras pessoas? — Mamãe sempre se orgulhou de conhecer todos os meus amigos.

— Penso que só o Tommy Martin, Jake Doyle e a Sara Shaffer. Não sei bem se virá mais gente, mas sei que eles queriam manter o encontro só para o grupo do colegial. Imagino que haverá alguma festa de noivado oficial em algumas semanas, com todos os amigos de Scotty e Abigail.

— Ah, eu me lembro do Jake Doyle. Você tinha uma queda por ele. O que é que ele faz agora?

— Não tenho muita certeza, mas acho que é artista. Eu o vi na reunião da turma, mas não tenho tido contato com ele.

Não quero que mamãe saiba sobre Jake. Não há nenhuma razão para que ela saiba sobre ele.

— Parece ótimo. Por favor, diga para o Tommy que mando um abraço para a mãe dele. Vejo Sara de vez em quando. Ela está sempre empurrando um carrinho na San Vicente. Parece que está sempre com um bebê novo.

— Sim, acho que tem quatro agora — eu digo.

— Creio que fica mais fácil com seu pai fora este fim de semana — ela diz.

— Tem razão, seria difícil encaixar uma visita para vê-lo, então assim é melhor. Ele vai para Nova York na semana que vem e vamos jantar juntos na cidade.

Meu pai, Reed Roseman, é um poderoso advogado corporativo. Ele defendeu o caso Denihan nos anos 1980. Quando você fala para qualquer pessoa em LA que esteve envolvido no caso Denihan, é sempre olhado de forma diferenciada. É assim que meu pai tem sido tratado todos esses anos. É o que o define. Ele é um bom homem, e eu gosto muito dele, mas não posso dizer que tem sido o melhor pai do mundo. Os pais dele morreram quando ele era bebê e ele foi criado por uma tia distante, por isso quando se tornou pai não sabia muito como agir. Ele sabe do ponto de vista intelectual o que se espera dele no departamento paternal, então ele me pergunta se está tudo bem comigo e diz que me ama, mas nunca está emocionalmente presente. Penso que ele acha mais fácil se relacionar comigo agora que sou adulta. Eu sei que para mim está sendo mais fácil me relacionar com ele.

Ele está de férias em sua casa em Kona, no Havaí, com a mulher, Amanda. Meu pai e Amanda se casaram quando eu tinha 10 anos. Naquela época, Amanda era uma moça de 26 anos, doze anos mais nova que papai. Ela tinha vindo do Nebraska para LA alguns anos antes, para se tornar atriz, mas o mais longe que conseguiu chegar foi segurar uma bandeja de sanduíche vestida com um shortinho em frente ao lava-rápido exótico onde meu pai a conheceu. Agora ela tem 55 anos e é viciada em cirurgias plásticas porque tem medo que meu pai *a* deixe por uma mulher mais nova. Eu a considero uma interesseira insípida principalmente porque, bem, ela *é* uma interesseira insípida. Eva tolera Amanda melhor do que eu. Na verdade, elas vão fazer pé e mão regularmente porque Amanda paga para as duas. Além dos cappuccinos depois.

O resto do dia é lindo e relaxante. E o jantar na casa da minha irmã é maravilhoso, embora previsível. Eva só cozinha seguindo os livros de culinária *Barefoot Contessa*, de Ina Garten, porque acredita que são as únicas receitas que ficam perfeitamente deliciosas vezes sem conta. E ela está certa. Mas os cardápios de Eva não variam muito. Isso não me incomoda porque vou à casa dela raramente, mas Sam, seu marido, a chama de Condessa Opressora porque se sente privado de alguma variedade. Eu saboreio nosso jantar de frango grelhado com tequila limão, salada de milho fresco e arroz basmati com ervas, e é ótimo ter outra pessoa cozinhando e lavando a louça para variar.

Mas passo a noite inteira distraída. Jake Doyle está na minha cabeça, na minha mente, em todo lugar. Tem algo a ver com estar em LA, de volta ao lugar onde a minha infância se desfez e meus sonhos desabrocharam. Então, infelizmente, enquanto minhas sobrinhas adoráveis me contam sobre suas fantasias de Halloween (Hermione Granger, a amiga do Harry Potter, e joaninha), eu fico imaginando qual será a expressão de Jake quando me encontrar no Koi. Enquanto minha irmã revisa nossa programação para amanhã, fico pensando como seria beijá-lo. Meu doce cunhado empunha sua guitarra e começa a tocar Van Morrison — música que nos aproximou quando ele e Eva se conheceram porque, como seus dotes culinários, o repertório musical da minha irmã resume-se basicamente a uma mulher de algum modo "opulenta", mas talentosa: Mariah Carey. Mas enquanto ouço Sam tocar, tentando me concentrar, imagino se eu *conseguiria* alguma vez ir até onde Darren foi. Se eu deixaria Jake me levar para sua casa em Venice, tirar minhas roupas, me acariciar, enquanto ouvimos as ondas quebrando ao longo da praia, do lado de fora da janela. E deixar o nó no estômago desatar.

Capítulo dezesseis

No sábado de manhã, acordo confusa e sob o efeito da mudança de fuso horário. Levo uns segundos para perceber onde estou e mais outros para verificar como estou me sentindo. Eu me lembro de que hoje é o dia em que vou ver Jake, o ponto alto da interação que tivemos nas duas últimas semanas e que me deixaria mortificada se algum dia Darren viesse a saber. Não sinto como se tivesse traído Darren, mas escondi dele algumas coisas, o que é a mesma coisa que mentir, e qual a distância entre isso e a traição? Tenho sido muito boa em encontrar justificativas ultimamente, e então é isso que vou fazer agora. Além disso, é culpa dele eu ter me ligado a Jake.

Alguma coisa mudou em minha mente no almoço de ontem. Senti uma força renovada, como se talvez eu pudesse fazer isso sozinha. Como uma criança deve se sentir na primeira vez que dá um passo e percebe que a mãe não a está segurando mais. O sentimento de orgulho e independência de que pode fazer isso sozinha. Claro, a criança normalmente cai. Mas se continuar levantando e tentando, continuar ficando em pé, chegará uma hora em que ela conseguirá. E é só uma questão de tempo até que descubra que pode caminhar sozinha.

Mamãe ainda está dormindo, então saio para correr. Ainda está frio, mas o ar está perfeito. Enquanto corro pelo *campus* da Universidade da Califórnia, eu exercito apenas ser, não pensar. Presto atenção à sensação do meu corpo enquanto meu coração bate mais rápido e minhas pernas trabalham para manter o ritmo da música da minha *playlist* de "corrida". Olho para as árvores e me sinto maravilhada diante do conceito extraordinariamente irracional de um grosso pedaço de madeira saindo da terra e explodindo em brotos verdes. Observo o céu sem nuvens, varrido por pássaros acrobáticos, e penso sobre a força (eu alterno entre chamá-la de Deus e de O Universo) que já decidiu o que o futuro me reserva.

Depois da corrida, paro numa cafeteria em Westwood Village e pego um café da manhã para mim e para mamãe: iogurte grego, salada de frutas e dois cappuccinos grandes. Quando volto ao condomínio, mamãe está na varanda lendo jornal.

— Leu meu bilhete? — pergunto, entregando-lhe o cappuccino.

— Li, obrigada. E obrigada por este café da manhã fabuloso — ela diz, batendo palmas, enquanto coloco o conteúdo da sacola na mesinha. Comemos em silêncio, perdidas nos nossos pensamentos, olhando para as árvores, o céu, O Universo.

Em seguida, me arrumo para passar o dia com minha irmã e vou ao encontro de mamãe na varanda novamente.

— Tem alguém em casa? — Eva cantarola enquanto abre a porta com sua própria chave.

— Estamos aqui fora! — mamãe responde.

— Oi, Gracie! Estou tão feliz por você estar aqui — Eva diz, me abraçando.

— Eu também.

— Pronta? — Eva pergunta. Está vestida com uma elegante regata cinza, uma echarpe preta envolvendo o pescoço, calça *jeans skinny* branca, uma porção de pulseiras e sandálias bem altas. Eu estou com uma regata branca da Old Navy, *não elegante*, calça *jeans* azul normal e, nos pés, rasteirinhas. Estou bem eu mesma. E, percebo, completamente à vontade. Imagino que a aproximação dos 40 é que esteja fazendo isso por mim. Não acho mais que minha irmã está certa e eu, errada. Penso que minha irmã é minha irmã, e eu me sinto perfeitamente bem, feliz e confortável sendo eu.

Seu Audi vermelho conversível está estacionado do lado de fora, e respiro fundo, ansiosa enquanto prendo o cinto de segurança. Minha irmã é péssima motorista, mas se acha a Danica Patrick* e que está no controle de tudo, e sempre comete o erro de supor o que os outros motoristas vão fazer. Não deixa espaço para o acaso. Nem espaço para outro motorista decidir repentinamente mudar de pista, enquanto ela acelera por trás e o corta.

— Ei, Eva, você se importaria em ir mais devagar e não costurar muito hoje? — Peço delicadamente, tentando não resmungar e ser boazinha.

— Sem problema — ela diz, enquanto dá uma guinada para a frente.

Quinze minutos aterradores depois, estamos entrando na Fred Segal, em Santa Mônica. Eu amo a Fred Segal desde que descobri o que era quando estava no ensino médio. A maioria das pessoas que nunca esteve nela pensa que é uma única loja, mas na verdade são diversas butiques exclusivas e fantásticas. É tão bom ter o dia todo diante de nós. Rimos e experimentamos as roupas,

* Piloto norte-americana de automobilismo, compete nas séries da Nascar. (N.T.)

pegando peças uma da outra no provador como as irmãs fazem, trocando roupas que sabemos vão ficar melhor na outra. Percorro meu caminho pelas bolsas, *jeans*, óculos de sol e roupas esportivas, pegando aquilo que me faz sorrir.

Não sou muito consumista onde eu moro, por isso me rendo à experiência e aproveito a variedade e a elegância que vejo diante de mim. Duas horas depois, voltamos ao estacionamento sobrecarregadas de sacolas. Acabo com um delicado colar de ouro com berloques de ferradura, estrela-do-mar e símbolo da paz; *jeans skinny* J. Brand (porque pretendo ficar esbelta); uma malha branca curta recortada; e um par de sandálias bem altas (para usar em LA).

Eva tinha tentado me convencer a ir ao The Ivy, no Robertson Boulevard, para almoçarmos, mas sempre que estou em LA preciso ir ao Chin Chin, o café chinês californiano que está por aqui desde 1983. Fico ansiando por seus bolinhos sichuan, bolinhos com carne de porco e salada chinesa de frango quando estou em Nova York, então nada de avistar a Jennifer Aniston no Ivy, vou ao Chin Chin. Seguimos para Brentwood e nos enfiamos no estacionamento do centro comercial onde o Chin Chin sempre esteve. Eu era tão fã da comida quando era jovem que até trabalhei no Studio City local durante um verão só para conseguir o desconto de empregado.

Depois de fazermos nosso pedido (Eva também quis a salada de frango, mas sem frango), nos acomodamos e falamos sobre o trabalho dela. Ela trabalha com publicidade desde a faculdade, estagiando na respeitável Rogers & Cowan todos os verões em que vinha da Universidade de Santa Bárbara para casa. E ela está muito bem colocada. A maioria das pessoas na indústria do entretenimento percebe que seus trabalhos, embora vitais para a economia e incrivelmente valiosos para nossa cultura, não chegam a se comparar a uma cirurgia no cérebro. Mas Eva não. Ela acredita que o mundo *vai* parar se a cliente dela não aparecer na capa da *Cosmo* no mesmo mês em que seu novo filme com Matt Damon for lançado. Que sua cliente pode *realmente* morrer se não houver água alcalina no camarim. Isso a faz parecer um tanto maluca, mas também faz dela uma excelente publicitária. Seu privilegiado escritório de canto na esquina da Farrar com a Frank e uma longa lista de clientes classe A dizem tudo.

— Você teve notícias daquela moça do website sobre o emprego? — Eva pergunta, espetando o garfo no meu bolinho de porco cozido no vapor. Ela diz que é vegetariana, mas isso nunca a impede de comer carne.

— Sim, não consegui o trabalho.

— Ah, Gracie, sinto muito.

— Eu também. Já tinha me convencido de que iria conseguir aquele emprego, mas ela contratou alguém que não ficou fora do mercado de trabalho durante os oito últimos anos.

— Compreendo por que você quer trabalhar e todo o resto, mas não sei por que está pondo tanta pressão sobre si mesma para conseguir um emprego imediatamente. Quero dizer, *eu* jamais conseguiria ficar em casa, mas você é muito boa nisso.

— Verdade, Eva? — eu digo. — Por que você tem de ser tão irritante? — E é por isso que Eva e eu jamais seremos do tipo irmãs melhores amigas. Ela diz tudo que lhe vem à cabeça, sem filtrar nada. Então eu vou adiante e interpreto tudo da forma errada.

— O que quer dizer? Eu apenas disse que você é a boa mãe que acho que é — ela diz, tomando um gole do seu chá gelado adoçado artificialmente.

— Bom, você diz isso como se nunca pudesse fazer algo tão aborrecido e sem sentido como ficar em casa com os filhos o dia inteiro. Você disse isso anos a fio, como não conseguiria nunca ficar em casa. Como um insulto. Como sou mais simples do que você ou como você é tão importante.

— Calma lá, Grace. Se isso incomodou você durante anos, por que nunca disse nada? E, além disso, não é exatamente o que eu quero dizer. Deus! Você sempre distorce as minhas palavras.

Olho para ela, imaginando, mais uma vez, como saímos do mesmo útero, e então eu tomo um bom gole da minha Coca Diet.

— Nunca disse nada porque nunca quis ir fundo numa discussão com você. Mas agora decidi deixar minha mente se expressar mais e estou praticando com você. Como me saí? — pergunto, rindo. Esta é a principal diferença entre irmãs e amigas. Irmãs podem interromper uma briga para fazer uma piada. Amigas só brigam.

— Saiu-se muito bem — diz ela sarcasticamente, espiando o prato de costeletas de porco defumadas na mesa vizinha à nossa.

— Obrigada.

— Mas não considero um insulto dizer a você que não conseguiria ficar em casa — Eva diz. — Significa apenas que tenho menos paciência com minhas filhas, que sou pior do que você no papel de mãe. Sempre quis ser tão boa com elas quanto você é com seus filhos. Só consigo ficar frustrada e aborrecida e acabo gritando com elas. Vou trabalhar, assim não preciso passar tanto tempo ao lado delas. É isso aí, agora falei. Agora fica provado que sou uma péssima mãe — Eva diz e cruza os braços diante do peito.

— Bom, eu também fico frustrada e aborrecida. E gostaria de dar uma fugida todos os dias e trabalhar num emprego incrível, num escritório legal, com colegas de trabalho reais e pipoca de micro-ondas às quatro da tarde, voltar para casa e ser recebida pelos meninos com tanto entusiasmo quanto eles demonstram para o Darren. Mas não consigo pensar em deixar meus filhos o dia inteiro com uma babá. Você pelo menos tem a mamãe para ficar com as meninas de vez em quando.

— Antes de qualquer coisa, Grace, mamãe raramente fica com as meninas. Ela é muito ocupada com sua própria vida. Em segundo lugar, você poderia deixar os meninos com uma babá se encontrasse a pessoa certa. E pare de ser tão crítica.

— Não estou sendo crítica, estou sendo apenas honesta. Se a minha opinião é diferente da sua isso não significa que sou crítica. Odeio essa palavra. — Agradeço ao garçom enquanto ele retira os pratos de aperitivos.

— Droga, garota, você está cheia de ideias superiores e poderosas de como o mundo deve funcionar, não está?

— Você e mamãe andaram falando de mim pelas costas e me chamando de superior e poderosa? Porque ela despejou isso no nosso almoço de ontem. Não sou superior e poderosa. Estou apenas um pouco tensa, mas é que há muitas coisas acontecendo na minha vida e estou tentando encontrar um meio de resolver.

— Eu sei, me desculpe. E talvez nós chamemos mesmo você de superior e poderosa, mas dizemos isso com o mais profundo respeito — ela diz e cai na risada. — Eu e a mamãe só queremos que você se acalme um pouco, pare de levar as coisas tão a sério, pare de pensar que toda decisão que toma é tão importante.

— Estou calma — eu protesto.

Eva solta uma risada gutural. Os vizinhos das costeletas de porco olham para ela.

— Falando sério — eu digo. — Você duas não me conhecem mais. Encontram comigo algumas vezes por ano, conversamos por telefone, mas não veem a minha vida, meu dia a dia, com meus filhos, meu marido e meus amigos. Sou um pouco mais calma do que vocês imaginam. E superior e poderosa, isso eu não sou, muito obrigada!

O garçom traz nossas saladas, e eu fecho os olhos e sinto o cheiro delicioso antes de pegar com os dedos alguns macarrõezinhos crocantes e comê-los com satisfação.

— De qualquer jeito, vamos voltar ao ponto principal — digo, remexendo minha salada. — Gostaria de achar um trabalho, porque sei que é o que eu preciso para me sentir realizada por completo. Amo os meninos, mas isso não é o bastante para mim. E já estou farta de ser rotulada como dona de casa. Gostaria de me orgulhar do que faço.

— Certo, Grace. Mas vou dizer só mais uma coisa. Você deveria orgulhar-se de ser uma mãe que fica em casa. Lembre-se de que há mulheres como eu que gostariam de estar nessa posição. Algumas que não podem fazer isso por razões financeiras, e outras, como eu, que simplesmente não podem porque são incapazes disso. Assim, não dê a isso uma conotação tão negativa. Talvez você precise abordar essa condição de forma diferente e vê-la como um serviço que está prestando à sociedade, criando dois cidadãos maravilhosos para o mundo.

— Humm — digo, enquanto digiro o que ela está falando. Meu coração para quando olho para cima e vejo Jake Doyle aproximar-se da nossa mesa.

— O quê? — Eva pergunta quando vê meu rosto enrubescer de pânico e se vira na direção em que estou olhando.

— Olá, Grace! — Jake diz, um sorriso enorme em seu rosto absurdamente bonito.

— Olá, Jake — murmuro enquanto tento mastigar delicadamente a comida que está na minha boca, ao mesmo tempo que sorrio e tento agir com calma e de maneira relaxada. Não está funcionando. Minha irmã estende a mão e retira um pedaço de alface da minha bochecha.

— Estava em Brentwood fazendo umas compras e liguei para o número que você me deu da casa da sua mãe para ver se queria almoçar ou fazer alguma coisa. Ela me disse que você estava aqui com sua irmã, então resolvi dar uma passada e dar um oi — diz Jake. Ele está de moletom e *jeans* e um gorro de tricô descolado. A aparência dele, tão diferente da de Darren, é de matar. Fico toda confusa.

— Ah, eu não sabia que a mamãe sabia que estávamos aqui — digo. Recupero minha compostura e fecho os dedos contra as palmas das mãos por baixo do guardanapo enquanto grito para mim mesma internamente para me acalmar. *Por que estou agindo como uma garotinha apaixonada?*

— Mandei uma mensagem para ela — minha irmã diz, dando de ombros.

— Ah, Jake, me desculpe, esta é a irmã mais velha, Eva. Eva, Jake. — Eu ainda digo *é a irmã mais velha,* embora seja na verdade *a minha irmã mais velha.* Esqueço muitas vezes de reduzir a irmandade a nós duas. Ainda penso em nós como três. Jake não conhece Eva porque ela era veterana no ginásio quando éramos calouros.

— Então, que bom ver você! — Jake diz enquanto se inclina desajeitadamente para me dar um beijo no rosto. Ele pega uma cadeira de uma mesa vazia próxima de nós, vira-a ao contrário, e senta-se com as pernas abertas. Estou olhando fixamente para ele. Então me lembro de que minha irmã está aqui e me viro para olhar para ela. Ela me olha de um modo que diz ao mesmo tempo, *Que diabo significa isso?* e *Quem é esse cara gostosão?* Então eu explico.

— Jake é um velho amigo do ginásio. Ele é o melhor amigo do Scotty e faz parte do grupo que vai se reunir hoje à noite.

— Certo, já entendi — Eva diz.

E é por isso que você está olhando para ele como se quisesse jogar no chão as embalagens de shoyu e açúcar da mesa ao lado e dar para ele bem aqui no meio do Chin Chin?

Eu não estou!

Você está sim!

— Não quero interromper o almoço de vocês — ele diz, com as mãos abertas como se estivesse segurando uma bola de basquete imaginária. — Uau, você está ótima, Grace. Nos vemos hoje à noite. — Ele dá um salto, empurra a cadeira e me dá outro beijo no rosto.

Antes que eu consiga pensar em alguma coisa espirituosa e não incriminadora para dizer, que seja ao mesmo tempo agradável para Jake e o convença de que estou feliz por vê-lo e não dê a Eva nenhuma razão para acreditar que haja qualquer coisa acontecendo entre mim e Jake, *e* que me permita manter minha sensação de que não estou cruzando nenhuma linha proibida, ele vai embora. Enquanto ele se afasta, vejo as costas musculosas às quais me segurei tantos anos atrás.

— Que diabo foi isso? — Eva me pergunta acusadoramente.

— *Isso* foi Jake Doyle — digo, enfiando um bocado de salada na boca para não sorrir. Infelizmente, o rubor subindo aos poucos pelo meu pescoço me entrega.

— E por que esse Jake Doyle está fazendo você ficar vermelha desse jeito, maninha?

— Está bem, eu conto. — Decido deixar a história a limpo, mais ou menos, apenas para tirar minha irmã do caminho. — Eu tinha uma queda enorme por ele no colégio. Ele descobriu que eu vinha para o encontro de hoje à noite (mentira), pegou meu e-mail com a Kiki (mentira) e me mandou uma mensagem. Respondi e lhe disse que ia ficar na casa da mamãe e dei o número do telefone caso ele precisasse entrar em contato comigo se houvesse alguma mudança de plano (mentira). Por isso fiquei vermelha quando o vi. Grande coisa. É paixão antiga, Eva.

— Bom, eu entendo perfeitamente por que você corou daquele jeito. Ele é um gato.

— É mesmo, né? — pergunto, aliviada por ela ter comprado a mentira.

Enquanto terminamos de almoçar, peço a Eva que me conte fofocas sensacionais sobre seus clientes. Ela é boa para despejar historinhas suculentas. Está sempre morrendo de vontade de compartilhá-las com alguém, mas não acredita que haja uma pessoa sequer em Hollywood que não vá correndo a um tabloide para passar a informação. Mas sabe que eu não farei isso, por isso guarda as coisas interessantes para mim.

Ela me conta a longa e escandalosa história sobre uma de suas clientes, certa estrela loira que vai permanecer anônima, que foi descoberta no escritório de um diretor famoso advogando sua causa em favor de um papel que já tinha sido oferecido a ScarJo.* O sistema de comunicação do mencionado diretor estava por um descuido ligado, de modo que tudo o que foi dito em

* Scarlett Johansson, atriz norte-americana. (N.T.)

sua sala foi transmitido pelo telefone da sua assistente, que por sua vez estava localizado próximo à máquina de cappuccino onde outros funcionários estavam reunidos. A certa altura, as súplicas da atriz, em seu tom de voz inconfundivelmente alto, pararam, e gemidos e chupadas começaram. Quando saiu do escritório do diretor vinte minutos depois, percebeu que todos a olhavam e na mesma hora desviavam os olhos. Ela chamou Eva com a intuição de que alguém sabia de alguma coisa e pediu-lhe para garantir que nada chegasse à imprensa. Então Eva teve de consertar os danos: convocou uma coletiva de imprensa, fez a estrela anunciar uma doação generosa para um abrigo de mulheres vítimas de violência doméstica, e afastou de modo eficaz todos os rumores de que o pedido para estrelar o filme tivesse descambado para sexo selvagem.

Depois do almoço, decidimos voltar para a casa dela e olhar as garotas nadarem. Adormeço na espreguiçadeira de teca acolchoada enquanto minha mente rodopia com imagens de Jake e Darren. Acordo suada e inquieta e peço a Eva que me leve de volta, para eu poder me arrumar para o jantar.

Quando chego à casa de mamãe, sento-me no terraço e vou dar uma olhada nos meus e-mails. Há um de Cameron informando que chegou ao Maine. Ela explica que foi uma ótima ideia ir para lá — está sendo muito bem cuidada. Estou sempre pensando nela e fico feliz por saber que está conseguindo um pouco de paz e tranquilidade.

Paro num e-mail de Darren que não especifica o assunto e clico para abri-lo. É longo. O mais longo que Darren já me enviou. Provavelmente o texto mais longo que Darren escreveu desde as provas da faculdade. Eu me recosto na cadeira, respiro fundo e leio.

Grace,

Espero que esteja se divertindo com sua família e os colegas do ginásio. Acho que este afastamento talvez tenha sido uma boa ideia. Os meninos estão bem. Eles têm falado em você. Acho que sentem sua falta. James chorou ontem à noite quando foi para a cama porque disse que estava com saudade. Deixei que ele dormisse comigo. Eu também sinto sua falta. Mas não consegui dormir. Além de James estar fungando, eu tinha coisas demais passando pela minha cabeça. Cheguei à conclusão de que o pior de tudo é a minha desonestidade. Então, decidi ser totalmente honesto com você, esperando que considere isso um esforço para mostrar quanto sinto pelo que fiz e que não posso suportar a ideia de não ficar com você.

Você me perguntou algum tempo atrás por que eu tinha feito aquilo e eu respondi que não sabia. Sei que parece idiota e horrível, mas vou lhe contar a verdade, é a verdade. Me senti bem por ter uma mulher atraente flertando comigo e por ela me desejar. Acrescente o álcool e não fui forte o bastante para resistir. Sei que o que fiz é terrível, mas isso não faz de mim uma pessoa horrível, e é isso que preciso que perceba. Tentei imaginar como estou em relação a isso tudo, e o que me veio foi que me sinto constrangido, envergonhado, triste, decepcionado e idiota. Penso que uma porção de sujeitos faz o que eu fiz e a maioria se sente orgulhosa como se tivesse passado por algum teste de masculinidade. Grace, não me sinto assim de jeito nenhum. Sei que é difícil para você acreditar que fiz o que fiz, mas não significou nada. Não significou nada, mas sei que isso não faz você se sentir melhor.

Sei que não consegue imaginar como não pensei em você quando fiz aquilo. Não é que eu não a ame e não respeite nosso casamento e que por isso não pensei em você. Eu apenas não estava pensando. Eu fui um idiota e o estereótipo do homem cretino. Nunca tinha pensado que pudesse ser assim. Acho que estava errado. Espero que você entenda que aquela mulher e aquela noite não significaram nada para mim. Infelizmente, sei que significaram muito para você.

Não tenho certeza se estou pedindo desculpas do modo certo. Você sabe que sou melhor com números do que com palavras. Mas não posso deixar que nenhum obstáculo me impeça de fazer você entender quanto a amo, quanto valorizo nosso casamento e nossa família, e quanto estou arrependido. Espero que perceba que o que fiz não é o que eu sou e que NUNCA MAIS VAI ACONTECER! Peço que continue a deixar que o tempo trabalhe a nosso favor e permita que a ferida cicatrize. Por favor, me dê a chance de lhe mostrar quanto você significa para mim. Não precisa responder. Só espero que pense no que eu disse e que isso ajude um pouco. Me conhecendo e conhecendo meu modo de escrever, espero ter sido capaz de convencê-la do que sinto e espero que perceba que eu a amo muito.

Com todo o amor, Darren.

Começo a chorar mais ou menos na parte em que ele escreveu que mesmo que o que tivesse feito fosse terrível, isso não fazia dele uma pessoa horrível. Este é, de fato, o ponto crucial da questão. Sinto-me grata por ele ter escrito isso para mim. Darren não tem dificuldade para demonstrar seus sentimentos, mas é difícil para ele expressá-los em palavras. E dou valor ao seu esforço.

De repente me sinto exausta. Cansada de sempre tentar resolver as coisas. Cansada de sempre procurar na minha mente o que eu *devo* fazer, quando devo fazer. Devo trabalhar? Devo ficar com Darren? Devo flertar com Jake? Mais uma vez, eu me repreendo, dizendo a mim mesma para apenas ser. Para parar de analisar por um tempo. Hoje à noite terei uma boa oportunidade de parar de pensar em tudo isso. Estarei com meus amigos, tomarei alguns drinques e darei muitas risadas. E, embora a raiva que sinto do Darren tenha se acalmado um pouco, não consigo evitar minha reação puramente psicológica a Jake Doyle, a quem verei exatamente daqui a uma hora e vinte e oito minutos.

Capítulo dezessete

Às 18h58, enquanto tento enfiar dinheiro, RG e celular numa bolsa minúscula, ouço a campainha e depois uma enxurrada de cumprimentos animados. Minha mãe não via a Kiki nem a Arden há anos. Minhas amigas adoram minha mãe e gostam dela pelo que ela é. Kiki sempre disse que gostaria que a mãe dela fosse menos a *mamasita* de roupão e mais tipo Nina Roseman vestindo Gucci. Todos nós queremos o que não temos (*ou não podemos ter?*).

Corro para a porta da frente, e os cumprimentos animados recomeçam. Nós nos abraçamos, e Arden dá um daqueles pulinhos dela batendo os calcanhares — sua marca registrada para expressar alegria. É quase uma ilusão de óptica olhar as mulheres de 39 anos que conheço desde a adolescência. Na minha mente são garotas de 15 anos. Mas se eu mudar o foco e fingir que essas mulheres são estranhas passando por mim no *shopping*, elas de repente se tornam as mulheres de quase 40 anos que são. E é espantoso perceber que somos tão velhas quanto nossas mães eram quando estávamos no ginásio. Nossas mães pareciam velhas, como mães. E agiam como se tudo estivesse em ordem em suas vidas.

Kiki está toda arrumada e exuberante num vestido branco de uma alça só, com um imenso hibisco azul no corpete que parece uma coisa que a Carrie Bradshaw* vestiria. Arden é o seu oposto, com suas calças largas (Quem veste calças largas? Arden) e um conjuntinho de *cashmere*. O estilo de cabelo loiro e liso não mudou desde a quinta série. Ela tem uma beleza clássica, pele da Clinic e lábios Laura Mercier. Ela e Kiki são atraentes de modos totalmente diferentes.

Nós nos esprememos no Denali de Kiki e partimos para o Koi em West Hollywood. Eu nunca tinha ido a esse restaurante japonês excitante e na moda, mas tinha ouvido muito falar dele por minha irmã e a revista *Us*. Kiki põe para tocar o álbum *Like a Virgin*, da Madonna para nos levar de volta a 1984, à época em que nos tornamos melhores amigas. Estamos cantando "Material Girl", com a cabeça para fora dos vidros abertos, seguindo pelo Boulevard Santa Monica em direção ao Boulevard La Cienega, fofocando e rindo. Minha cabeça está a quilômetros de distância dos meus problemas conjugais e da minha vida acomodada em Rye, Nova York.

Sinto como se alguém estivesse socando meu estômago, como um padeiro faz com a massa, e estou excitada com a perspectiva de ver Jake. A tensão foi se formando desde a nossa primeira troca de mensagens pelo Facebook algumas semanas atrás. E desde o momento que decidi viajar, e de quando eu lhe disse que estava vindo, sinto uma antecipação que não posso negar. Por mais que tente. Talvez tenha sido bom tê-lo encontrado no almoço; diminuiu um pouco a ansiedade. Diminuiu o bastante.

---

* Personagem da série de televisão norte-americana *Sex in the City*, interpretada pela atriz Sarah Jessica Parker. (N.T.)

Repasso mentalmente minhas regras. Vou me permitir flertar, me sentir bonita, deixar minha vida de lado por uma noite. Não vou me permitir tocar ou ser tocada, entrar em qualquer tipo de retaliação a Darren, fazer qualquer coisa que me faça sentir envergonhada se a Kiki ou a Arden perceberem. Apenas velhos amigos se divertindo. *Claro, um velho amigo por quem tinha a maior queda, que ainda tem algum tipo de poder sobre o meu coração e outras regiões mais abaixo. Aja com graça, Grace. Aja com graça.* Não é como se estivesse usando uma roupa íntima especial ou qualquer coisa assim. E minha depilação de virilha, feita há um bom tempo, está mais para estilo africano do que brasileiro. O que prova que não estou interessada em que aconteça qualquer coisa.

Entregamos o carro para o manobrista do estacionamento às 19h45 e percorremos nosso caminho através da multidão de *paparazzi* plantados para fotografar algum astro famoso que tenha decidido jantar hoje no Koi, local famoso por sua agitação. Kiki dá nosso nome à recepcionista, que nos leva a um reservado no pátio de trás. Temos a nossa explicação para os *paparazzi* quando passamos por Leonardo DiCaprio numa mesa com mulheres lindíssimas e sujeitos com cara de agentes de Hollywood. Riam todos de uma piada que não ouvimos, mas nos sentimos contaminadas pela alegria.

O restaurante é muito interessante, com muita madeira e bambu, folhagens luxuriantes e a suave luz das velas. Exatamente o tipo de ambiente que eu esperava. Fico animada. O resto da nossa turma já está lá, e ouvem-se gritinhos e exclamações quando veem que estamos chegando. Todos se levantam para nos cumprimentar. Scotty está na ponta, então chega até mim primeiro e me beija no rosto e me dá um abraço de urso. Scotty mede um metro e noventa e pesa uns noventa quilos. Nada melhor do que um abraço de Scotty. Ele se afasta, segura as minhas mãos e me olha de cima a baixo.

— Gracie Roseman May, você está fenomenal! — ele diz, sorrindo para mim.

— Por que devo agradecer o elogio, Scotty Alden Reynolds, se você também está fenomenal? — digo, rindo, enquanto lhe dou outro abraço. Há algo especial quando se está na companhia de velhos amigos. E há algo mais especial ao estar com Scotty. É como ficar de pijama, numa noite fria diante da lareira, comendo infindáveis M&Ms.

— Gostaria de te apresentar minha linda e talentosa noiva, Abigail Marlow. Abigail, esta é a Grace — Scotty diz, passando o braço sobre os ombros de Abigail.

— Fico muito feliz em conhecê-la — digo a ela, sem saber se aperto sua mão ou lhe dou um beijo. Durante essa fração de segundo de indecisão, ela se inclina para mim e me dá dois beijos no rosto, seguindo o costume inglês.

— Grace, ouvi tanto falar de você. É muito bom finalmente conhecê-la — Abigail diz afetuosamente em seu chique sotaque britânico. Ela chama muito a atenção. Tão alta quanto Scotty, mas com um corpo esguio de bailarina, seu cabelo castanho-aloirado é repicado bem curto, e ela parece a Natalie Portman. Deslumbrante, absolutamente deslumbrante. Ela olha para Scotty, e eles sorriem e se beijam. Sinto uma onda de carinho pelo meu amigo. E alegria por ele ter encontrado uma companheira.

— Chega de abraçar a forasteira — Jake diz, batendo no ombro de Scotty e chegando perto de mim.

— Ei, Jake — digo, sorrindo, o batuque na minha barriga ficando um pouco mais frenético.

— Oi, Gracie — ele diz, rindo também, e me dá um beijo e um abraço apertado.

Neste instante, chegam Tommy e Sara, e uma nova rodada de beijos e abraços começa.

Sara era a quarta do grupo Kiki/Arden/Grace. Mas também era a terceira do grupo Stacy/Samantha (elas gostavam de chamar a si mesmas de as SaSSy Sisters, até mandaram fazer camisetas com ombros de fora — tão brega, mas eram os anos 1980!), por isso nunca fui tão amiga dela quanto de Kiki e Arden. Sara é uma dessas garotas que não se parecem nem um pouco com aquelas do ginásio. Ela passou de Tracey Gold para Cameron Diaz. O cabelo castanho bem encaracolado, o nariz feio, as espinhas, o peito chato e a gordura infantil foram substituídos por cabelo loiro alisado quimicamente, o nariz de Cameron Diaz (Kiki me contou que Sara levou uma foto para o consultório do cirurgião plástico e pediu uma cópia exata), *peeling* facial, silicone nos seios e braços tonificados. A garota está bem. Um pouco artificial. Mas estamos em LA, e a garota está bem.

Depois de esgotados os cumprimentos, deslizamos para o nosso reservado em forma de U. Numa ponta está sentada Sara e em seguida Abigail, Scotty, eu, Jake, Kiki, Tommy e Arden. É como se fosse o primeiro dia de aula quando o professor indica o lugar em que deve se sentar pelo resto do semestre. O seu lugar pode ser chato ou a garantia de que ficará perto do garoto que você acha uma gracinha ou da menina de quem você pode colar, sejam lá quais forem suas prioridades. Tirei a sorte grande na disposição dos lugares esta noite.

O reservado é um pouco pequeno para oito, por isso estamos sentados bem juntinhos uns dos outros. Minhas pernas estão pressionadas contra Scotty à direita e Jake à esquerda. Mas só minha perna esquerda está formigando um pouco. Tinha jurado não tocar em Jake, mas não tenho escolha.

Pedimos uma rodada de saketínis* do Koi e edamame. Kiki não bebe, por isso foi escalada para ser nossa motorista. Ela pede um virginal Koi Chai Tea. O restaurante está barulhento, por isso é difícil manter uma conversa com o grupo todo na mesa. Começo pela direita perguntando a Scotty e Abigail sobre o casamento.

— Decidimos ir ao Havaí, só nós dois, e nos casarmos num *resort* pequenininho em Kauai — diz Scotty.

— Que romântico. E como a Rosalie Reynolds se sente em relação a isso?

— Bem — Scotty continua. — Rosalie Reynolds não está nem um pouco entusiasmada, porque ela queria que fosse o casamento do século. Mas estamos deixando que ela faça uma festa pequena e refinada para os amigos dela quando voltarmos. Infelizmente, pequena e refinada no mundo de Rosalie Reynolds significa duzentas pessoas vestidas a rigor no Beverly Hills Hotel. Enfim, tudo bem. Abigail até está um pouco animada com isso, não é, querida? — Scotty pergunta e se vira para Abigail enquanto entrelaça seus dedos nos dela.

Abigail inclina-se sobre Scotty, assim consigo ouvir.

— Minha mãe morreu quando eu era criança e adoro Rosalie, então estamos nos divertindo de verdade com isso. Sou a filha que ela não teve, e ela está exercendo o papel de mãe da noiva para mim. Ela tem sido adorável — Abigail diz e sorri para Scotty.

— Bem, estou muito feliz por vocês dois — digo.

* Drinque feito com saquê, suco de lichia e xarope de flor de sabugueiro. (N.T.)

— Obrigado, Gracie. Só existe um punhado de pessoas que eu gostaria que me vissem casar, e você sem dúvida é uma delas — Scotty diz, os olhos se enchendo de lágrimas.

— Fico muito honrada com isso. Então não deixe de tirar uma porção de fotos e me mandá-las por e-mail.

— Combinado — diz Scotty.

Nossos drinques chegam, e Jake bate com um *hashi* no copo, propondo um brinde aos nossos convidados de honra. Ele fala alto para que todos possam ouvir.

— Quero um instante da atenção de vocês para fazer um brinde a Scotty e Abigail. Scotty, nós dois temos sido como irmãos desde moleques, caçando umas gatas, com grandes sonhos pela frente, tentando desesperadamente apressar a vida para chegarmos aos 16, tirar nossas cartas de motorista e pegar estrada numa viagem sem rumo, o que afinal acabamos não fazendo. Mas você fez uma viagem até melhor. Uma carreira bem-sucedida e encontrou agora uma linda mulher com quem vai se casar. Abigail, eu não teria escolhido uma mulher mais perfeita para o meu melhor amigo. Desejo a vocês toda a felicidade do mundo. Um brinde!

— Um brinde! — gritamos todos juntos, batendo nossos copos, rindo, usufruindo nossa boa sorte, nossos laços profundos, o sentimento bom que nos envolve. Eu me vejo presa no meio de um abraço entre Jake e Scotty. Um deles tem um cheiro muito bom, de Drakkar Noir, a colônia chique de adolescente que sempre adorei.

— Isso foi muito bonito — digo a Jake quando o papo entre as pessoas recomeça. Quando ele olha nos meus olhos, sinto um baque por dentro e o calor sobe pelo meu pescoço. *Não fique vermelha, Grace. Mantenha a compostura.*

— Obrigado. Não achava que eu me sentia assim? — Jake pergunta, batendo o copo dele no meu. Tomamos um gole dos nossos saketínis.

— Não é isso. Acho que nunca pensei em você como sendo do tipo sentimental, e isso foi realmente... carinhoso. — Preciso me desviar dele e me concentrar no edamame porque toda vez que olho nos olhos de Jake eu sorrio.

— Eu? Eu sou o Sr. Sentimental! — Jake declara.

— Verdade? Bem, tenho de confessar que realmente não conheço você, nem a maioria das pessoas nesta mesa, como adulto. Para mim, todos são garotos de 16 anos congelados no tempo, mas com pés de galinha e relógios caros — digo, tirando alguns edamames da casca e jogando a vagem vazia na tigela no meio da mesa.

— É verdade — ele ri. — Algumas vezes preciso lembrar a mim mesmo que não vamos todos nos encontrar para tomar cerveja na casa de Jason Pontrose no sábado à noite. Isso foi há muito tempo.

— Jason Pontrose — digo, me lembrando dele. — O que aconteceu com ele? — dou uma espiada em Jake. Ele está olhando para mim. Eu sorrio.

— Ele mora em Tarzana e cuida de uma loja de *smoothies*.

— Legal.

— É. Passo por lá sempre que estou no Valley, e ele me serve *smoothies* de graça. Falando em congelados no tempo, ele ainda usa *shorts* Op e tênis quadriculado preto e branco.

— Nossa! — Tomo um gole e olho o fogo dançando nas velas votivas. — Penso que algumas pessoas sentem necessidade de ver o mundo e expandir seus horizontes, e outras ficam muito felizes vivendo a vida toda no mesmo lugar. Não estou dizendo que umas são melhores do que as outras, apenas são diferentes.

— Alguém falou em Jason Pontrose? — Sara pergunta.

— Estávamos falando das cervejadas que ele costumava dar o tempo todo. Onde diabos estavam os pais dele? — pergunto, rindo.

— Sara, se lembra de quando ficou na casa dele e seus pais deram queixa do seu desaparecimento porque não voltou para casa naquela noite? — Kiki pergunta.

— Ah, meu Deus. Eu tinha bloqueado isso por completo da minha memória. Foi horrível. A vida de uma adolescente antes dos celulares. Eu me lembro de acordar na cama de Jason, junto de um Jason completamente nu. Eu totalmente vestida, é claro — ela diz —, mas fiquei muito envergonhada. Juro que não aconteceu nada. Eca!

Caímos todos na risada. Eu poderia falar durante horas sobre as lembranças do ginásio. Não sei se isso me torna sentimental ou patética. Provavelmente um pouco dos dois. O garçom chega, e Jake pede uma enorme quantidade de aperitivos sem nem mesmo consultar o cardápio.

— Vem aqui sempre? — pergunto.

— Uma vez ou outra — ele diz modestamente. — O escritório da minha agente é nesta rua, então ela marca uma porção de almoços aqui com clientes em potencial.

— Você está meio que me surpreendendo — digo.

— Por quê? Porque ainda pensa em mim como um surfista sem noção que dizia "legal" o tempo todo e faltava às aulas quando havia ondas grandes em Zuma? — Jake pergunta, afastando o cabelo do rosto. Ele está novamente com aquela aparência moderna e casual esta noite. *Jeans* desbotado, uma camisa de linho branca abotoada até embaixo e uma corrente de prata com um tipo de pingente zen em volta do pescoço. Ele está com um brilho de frescor no rosto, como se tivesse passado a tarde na praia.

— Bem, para ser honesta, acho que sim.

— Então vou precisar mudar sua percepção de mim — ele sorriu.

— Fale-me sobre a sua arte — digo, tentando levar a conversa para assuntos neutros.

— Estou meio que fazendo uma transição no meu estilo. Faço isso todos os anos mais ou menos quando coisas diferentes me inspiram, como lugares que visito, pessoas que conheço, desafios que venço, questões sociais a que me dedico ativamente, músicas que ouço, livros que leio. Quando a minha percepção muda em relação às coisas e abro meus olhos para novas interpretações, parece que isso se manifesta na minha arte — ele diz. À medida que vai falando, a voz vai ficando séria e ele faz gestos significativos com as mãos.

Estou tão emocionada com o que ele acabou de dizer, que percebo que estava prendendo a respiração. Darren jamais falaria desse jeito. Ele não é nem um pouco evocativo. Não é o tipo de cara que gosta de literatura ou tem um poema favorito. Jake é muito diferente de Darren. Sinto o efeito do álcool e tiro meu suéter porque estou com calor. Fico meio entalada ao tentar fazer isso no espaço tão apertado que me foi destinado no reservado.

— Espere, deixe-me ajudá-la — Jake diz enquanto meus ombros roçam contra o peito dele. Nisso, encontro seus olhos. Ele está sorrindo para mim.

— Obrigada — digo, voltando-me para outro edamame. Eu nem gosto de edamame. É só para ocupar as mãos.

— Jake, você está monopolizando a Grace? — Arden pergunta na sua voz de tomei-apenas-um-drinque-mas-já-estou-com-voz-de-bêbada. Arden era a garota do ginásio que bebia um copo de bebida com baixo teor alcoólico e já era o suficiente para aquela noite.

— Prima, é que ela tá tão danada de bonita — Jake diz imitando um caubói.

— Você de fato está muito bonita — diz Tommy. — Eu pisei na bola quando te deixei escapar na oitava série, não foi?

— Vocês namoraram? — Abigail pergunta surpresa.

— Ah, Abigail, você não vai querer saber sobre todos os dramas de amor que aconteceram há tanto tempo entre as pessoas desta mesa — diz Kiki, sorrindo para Tommy.

— Verdade? Mas mesmo que sejam histórias antigas, tenho certeza que me farão rir, então acho que quero — Abigail diz, correndo os olhos por nós, como se tentando imaginar quais eram as partes culpadas.

— Está bem, lá vai — começa a embriagada Arden. — Todos pensavam que Grace e Scotty tinham alguma coisa porque eram muito bons amigos, mas nunca tinham tido até que Scotty beijou-a uma vez no ginásio, mas ela tinha um namorado e isso foi tudo — ela brinda a mim e ao Scotty. — Grace e Tommy tiveram uma ligação ligeira na sétima ou na oitava série, não consigo me lembrar em qual.

— Oitava — Tommy e eu dissemos numa só voz, rindo e brindando com nossos copos.

— Certo, oitava — Arden diz. — Mas Tommy deu o fora nela num *bar mitzvah* porque Eliza Jandry tinha prometido fazer sexo oral nele no banheiro.

— Ops! — Tommy diz.

— Sério? — pergunto, voltando-me para Tommy com as sobrancelhas franzidas.

— Culpado — Tommy diz, encolhendo os ombros.

— Aquela vaca! — digo batendo meu copo contra o de Tommy.

— Isso está ficando bom — diz Abigail.

— Então Kiki apareceu na escola, e ela e Tommy eram almas gêmeas, numa pegação por toda a escola todos os dias, e isso durou por alguns anos, até que entraram na faculdade e Kiki decidiu que não queria nada que a prendesse.

Kiki e Tommy brindam.

— E Sara teve aquele namorado chato, o Todd — diz Arden.

— Todd! — alguns de nós exclamam.

— Ele *era* chato — Sara diz e ri, brindando com Abigail, que está sentada ao lado dela e é boa o bastante para substituir o chato do Todd.

— E quanto a você, Arden? — Abigail pergunta.

— Digamos que tive uma série de pretendentes na adolescência, mas não encontrei o verdadeiro amor até entrar em Berkeley. Nenhum dos estúpidos desta mesa jamais teve nada comigo — diz Arden.

— Aos estúpidos! — os rapazes gritam e brindam uns com os outros.

— Bem, então, só sobra você, Jake — Abigail diz olhando para ele.

— Desperdicei o ginásio com uma garota chamada Stephanie Campbell. Ela era legal, mas eu secretamente estava a fim da nossa garota aqui, a Gracie. — Jake diz, voltando-se para mim. Sinto meu rosto ficar vermelho na mesma hora.

— Verdade? — Kiki pergunta, com voz furtiva. — Nunca soube disso! E eu sabia de tudo! Como não sabia *disso*?

Minha guarda está baixa, então sou eu que continuo.

— Para ser honesta, tive uma queda enorme por Jake durante anos. Mas infelizmente não era correspondida, e nunca soube que nossos sentimentos eram mútuos. Não até nossa vigésima reunião no ano passado.

— Bom, apenas pense como o ginásio poderia ter sido diferente para vocês dois — Tommy comenta.

— Apenas pense — Jake diz, olhando para mim e levantando seu copo na minha direção.

— A Jake e Grace! — Arden exclama.

— A Jake e Grace! — todos gritam, batendo os copos uns nos dos outros.

A essa altura estou rindo, corada e me sentindo bem. Jake e eu brindamos, olhos nos olhos, e terminamos nossos drinques virando de um gole só, num pacto silencioso. Ele me beija no rosto, e sinto como se fosse vomitar borboletas por toda a mesa.

— Está tudo muito bom e divertido, mas, agora que está casada, preciso ser cavalheiro — Jake diz enquanto levanta os braços acima da cabeça, abaixando o direito em volta do ombro de Scotty e o esquerdo em volta do meu. — Me desculpe, mas preciso esticar meus braços por um minuto. Este reservado é um pouco apertado.

— Não tem problema. Mas por que você nunca encontrou a garota perfeita para casar? — pergunto.

— Não foi por falta de tentar — diz Jake rindo.

— O que quer dizer?

— Sinto como se tivesse namorado todas as mulheres solteiras de LA, incluindo o Valley — levanta uma sobrancelha e ri. — Só não encontrei a certa até agora. Quem sabe, talvez nunca encontre.

— Talvez seja melhor ficar livre — eu digo.

— Lá vem você de novo falando negativamente do casamento. O que está acontecendo?

Com o álcool derrubando minhas inibições, eu me abro e conto a ele toda a história de Darren. Ele escuta em silêncio, com acenos de cabeça e "humms" nos momentos certos. Quando acabo, ele apenas olha para mim. Percebo que não me arrependo de ter contado; estou realmente interessada no que ele tem a dizer. Mas neste momento o jantar chega, e Scotty começa a conversar com Jake sobre uma viagem para surfar que planejaram para a próxima semana. Mergulho no mais delicioso peixe-carvão-do-pacífico com camarões-tigre que já comi e converso com a Kiki e a Arden enquanto tento ignorar o corpo de Jake contra o meu.

Capítulo dezoito

Chega um ponto durante o jantar em que sinto como se tivesse saído do meu corpo e estivesse assistindo a cena de fora. Vejo pessoas felizes, rindo e sorrindo. Uma abundância de pratos brilhando com uma comida deliciosa. Gestos e expressões de amizade. É o tipo de cena pela qual em geral eu passaria e ficaria com inveja. Mas eu estou aqui, no meio dela, uma das pessoas que está alegre, rindo e sorrindo, saboreando uma comida deliciosa, recebendo gestos carinhosos de amor e amizade. Estou mergulhada na cena. Estou presente. Só estou sendo.

O jantar transcorre com mais rodadas de drinques e mais conversas sobre as viagens para esquiar que todos nós fizemos, festas de que nos lembramos, as crianças que éramos. Jake não menciona a bomba que deixei cair. A certa altura, ele se vira para mim e por um segundo pega minhas mãos e começa a dizer alguma coisa, mas para. Sinto que ele está triste por mim, mas há muita gente à nossa volta e muito barulho para ter certeza.

Quase no final do jantar, peço licença e vou ao banheiro. Sinto como se estivesse flutuando pelo restaurante. Sinto a vibração perfeita — do tipo em que ainda estou completamente consciente do que estou fazendo, mas não tenho medo, nem vergonha, nem inibições. O tipo de vibração que me permite olhar para o espelho no banheiro e ver uma mulher realmente bonita, jovem e alegre sorrindo para mim.

Quando saio do banheiro, Jake está lá esperando por mim encostado na parede.

— Grace, preciso falar com você — ele diz.

— Tudo bem — meu sorriso se desfazendo.

Ele respira fundo e olha em volta para se certificar de que estamos sozinhos.

— Pensei bastante no que você me contou, e acho que o homem que a desrespeitou traindo-a talvez não seja o homem certo para você.

— Tudo é muito confuso. Nada está claro — digo em voz baixa.

— Posso imaginar. Só quero que saiba que estou aqui para você quando precisar de um amigo. Eu me importo com você — ele diz e deixa escapar uma risadinha.

— O que é tão engraçado? — pergunto.

— É que faz bastante tempo que não me preocupo com uma mulher. E, de algum modo, me vejo realmente preocupado com você. Na verdade, eu jamais deveria ter deixado você me escapar no ginásio, Gracie. Acho que teríamos sido ótimos juntos. Eu só precisava de um pouco mais de tempo para amadurecer — diz Jake, procurando minhas mãos. Ficamos lá, no corredor próximo aos banheiros, de mãos dadas, olhos nos olhos, completamente surdos aos barulhos que vêm do restaurante. Não estou pensando. Só estou sendo. Estou vencida. A comoção no meu estômago engole quaisquer palavras que eu pensasse em dizer.

— Eu seria louco se perdesse você duas vezes — ele diz, olhando nos meus olhos. Num movimento único ele solta a mão direita da minha e envolve minha nuca com ela. E conforme se inclina e seus lábios se aproximam dos meus, meu estômago se contrai e fecho meus olhos aceitando o que está prestes a acontecer.

Os lábios dele parecem tão macios ao pressionarem os meus... Sinto meu corpo se render e minha mente ficar em branco quando seus lábios vagarosamente se separam e os meus correspondem intuitivamente. No princípio é lento. Hesitante. Então ele me beija com um pouco mais de intensidade, mais apaixonadamente. Meu corpo, minha boca, respondem, procurando, achando uma ligação. Ele se aproxima ainda mais de mim, e sinto nossos corpos apertados um contra o outro. Ouço um gemido fraco escapando da boca de Jake — ou foi da minha? — e de repente estou de volta à Terra. Fora do banheiro. Beijando Jake.

— Não posso fazer isso — ouço uma voz muito parecida com a minha dizer lentamente. Olho para Jake e volto rápido para a mesa, sentando-me ao lado da Arden, na ponta.

Meu coração está disparado, e tento processar o que acaba de acontecer. Penso no que Jack, o marido de Cameron, me contou quando esteve numa situação em que poderia tê-la traído numa convenção de médicos, mas como estava sóbrio o bastante conseguiu se afastar. Percebo que o aconteceu hoje é mais ou menos isso. Estava sóbria apenas o bastante. Mas ainda assim o beijei. Mas só por alguns segundos. Será que isso conta? Será que sou igual ao Darren? Verdade, eu estava sóbria apenas o bastante para parar, mas deixei que alguma coisa acontecesse.

Quando Jake volta alguns minutos depois, quem estava ao meu lado levanta-se para deixá-lo voltar ao reservado. Ele sussurra "Me desculpe" no meu ouvido enquanto passa por mim e escorrega até seu lugar. Eu permaneço ao lado da Arden. Não quero voltar para o meu lugar e conversar com Jake sobre o que aconteceu. Não agora. Não aqui.

— Quero fazer um brinde — digo, batendo a colherzinha de café da Arden no seu copo de água. O jantar já está acabando e há algumas coisas que quero dizer antes que se passem outros cinco ou dez anos. Estou um pouco abalada com o que acaba de acontecer entre mim e Jake, mas continuo. — Estou muito feliz por ter podido me juntar a vocês hoje para homenagear Scotty e Abigail. Scotty, passamos por tantas coisas juntos, durante tantos anos, mas nunca vi você tão feliz, e sei que é porque encontrou seu verdadeiro amor em Abigail. Estou emocionada por vocês dois que estão embarcando numa nova vida, num novo amor, juntos. O casamento não é sempre simples, e muitas vezes fazemos coisas que ferem aquele a quem mais amamos. Mas existe uma coisa que sempre devemos manter ou sempre tentar manter, a imagem de quem amamos em nossa mente ao fazermos qualquer coisa — olho para Jake —, o que nos permite honrar nosso companheiro e manter o casamento verdadeiro. Sei que vocês dois vão ter um casamento muito bem-sucedido, amoroso e verdadeiro. Quero também agradecer a vocês todos por serem amigos tão maravilhosos ao longo dos anos. Vou chorar — digo.

— Aguenta aí, Gracie! — Kiki diz, rindo.

— Tudo bem, Grace — Jake diz, estendendo-me um guardanapo por cima da mesa.

— Somos o que somos hoje por uma série de razões diferentes. O tipo de família em que crescemos, o tipo de pais que tivemos, uma porção de coisas. Mas muito do que somos é por causa dos nossos amigos. Há algo de precioso em relação a velhos amigos. Só quero que todos saibam quanto adoro cada um de vocês e nossas histórias individuais e compartilhadas. Sei que estou ficando um pouco sentimental, mas por morar longe fico afastada desses sentimentos, então, quando me sinto em casa, eles surgem novamente. De qualquer modo, já estou dizendo coisas sem sentido. Só quero que saibam que amo muito todos vocês.

Arden se vira para mim e me abraça, enquanto o resto da mesa irrompe em gritos de "Oooo" e "Gracie!" dou uma espiada em Jake, mas ele já voltou a conversar com Scotty. Não estou zangada com ele por aquilo que fez. Nem um pouquinho. Sinto-me lisonjeada por ele ter me beijado. Até mesmo arrebatada. Como no e-mail de Darren quando ele escreveu: "Me senti bem por ter uma mulher atraente flertando comigo e por ela me desejar". Entendo. Não interessa a sua idade, nem como se sente à vontade no seu relacionamento, ainda é bom saber que é atraente para outra pessoa. Em especial para alguém por quem se sente atraída. O ponto crucial é o que fazer em seguida.

"Bem-vinda mamãe!!!" dizem os cartazes colados na porta do *hall* de entrada. As novíssimas letras vazadas perfeitas de Henry combinadas com os rabiscos verdes de James (ele está na fase verde) me dão as boas-vindas a uma casa escura e quieta, mas não vazia. Eu me sinto como se tivesse estado fora semanas, e a casa parece diferente. Como se, enquanto eu viajava, outra família tivesse se mudado para cá com seus pertences, seu sotaque, seus ritmos. Há bastões de lacrosse e chuteiras novas espalhados pelo chão do *hall* e malhas novas enfiadas nos armários, provas da passagem de Darren pela loja de artigos esportivos com os meninos. Coisas dos meus filhos, novas para mim, preciosas e familiares para eles. Em silêncio ponho minha bagagem no chão e decido não acender as luzes da cozinha. A limpeza-Darren, como chamamos, que exige grande esforço dele e recebe interjeições de admiração acompanhadas de zombaria silenciosa de minha parte, eu posso resolver amanhã de manhã.

Subo as escadas de trás para ir ao quarto dos garotos. Este ritual, minha ronda noturna, é normalmente um encerramento do dia, como escovar os dentes e retirar as almofadas de cima da cama, uma coisa a mais que *apenas* faço antes de deitar. Sempre me traz uma felicidade enorme ver os garotos dormindo calmamente. E isso não é só porque assim estão incapacitados de me pedir por mais um arremesso de beisebol, um livro a mais ou um copo de água, mas por vê-los em segurança e saber que fui eu a maior responsável por devolvê-los à cama sãos e salvos para mais uma noite de sono. Que fui eu quem cuidou deles durante mais um dia aparentemente sem fim. Mas fazer a ronda noturna, bem, diariamente, tira um pouco da doçura da rotina e a torna... rotineira. Por ter ficado duas noites longe dos meninos, hoje estou animada para a minha ronda.

Abro a porta de Henry e acendo a luz pressionando para baixo o controlador de intensidade da lâmpada. Ele está dormindo com o *Lacrosse Face-Off*, de Matt Christopher, aberto sobre o peito. Aparentemente, enquanto eu estava longe explorando o mundo da infidelidade em LA, minha família estava se ocupando com lacrosse. Fecho o livro, coloco na mesinha de cabeceira, dou-lhe um beijo na testa e saio, apagando a luz. Percebo uma luz saindo por baixo da porta de James, e o encontro dormindo agarrado a seu novo bastão de lacrosse, o bichinho de pelúcia favorito relegado aos pés da cama. Sinto a necessidade, que satisfaço em seguida, de tirar os sapatos e me enrolar pertinho do James na cama dele. Passo a mão em seus cabelos e aspiro seu cheiro inocente de menino. Percebo que estou trilhando o caminho de volta para me ligar à minha família beijando Henry e abraçando James. Felizmente, quando chegar ao meu quarto, onde meu marido estará me esperando na cama (segundo o texto dele quando aterrissei, avisando que a porta estaria destrancada e ele ainda estaria acordado), vou me sentir à vontade o bastante na condição de mãe para assumir meu papel de esposa.

O jantar de ontem à noite acabou num anticlímax. O beijo abortado entre mim e Jake, o clímax dramático do fim de semana, deu lugar a uma comparação tediosa com o fim do Segundo Ato. Jake me lançou alguns olhares por cima da mesa, que poderiam significar tanto que sentia por ter avançado o sinal como que estava ressentido com a aparição da mãe leoa superprotetora no momento mais inoportuno. Correspondi aos olhares, tentando transmitir com um olhar de esguelha e um esboço de sorriso que o que ele tinha feito estava certo, que eu estava bem. Que, se eu não estivesse tão presa à minha vida em Nova York, apesar de estar muito feliz eu estava amarrada, então eu teria explorado aquele beijo do lado de fora do banheiro. Eu até teria ido adiante com um pedido para deixar o restaurante naquele momento a fim de poder passar as próximas abençoadas horas fazendo coisas com ele que, com certeza, nos deixariam sem fôlego e apaixonados. Mas, sendo homem, Jake ao que tudo indica ficou frustrado com a minha comunicação telepática e mais provavelmente ainda imaginou que eu estava com um cisco no olho.

Ficamos nos abraçando e papagueando no estacionamento, nos despedindo, rindo, fazendo planos otimistas para futuros encontros, enquanto eu tentava despreocupadamente chegar mais perto de Jake para falar com ele.

— Não precisa se sentir culpado — eu disse, respondendo por fim ao rápido pedido de desculpas que ele fez quando voltou à mesa depois que eu o havia deixado na frente do banheiro. —

Está tudo bem. Eu estou bem — falei, decidindo se era melhor deixar de fora a parte que, se as coisas tivessem sido diferentes na minha vida, eu teria levado aquele beijo adiante independentemente do que estivesse por trás das portas um, dois *e* três.

— Sei que não deveria ter feito aquilo — ele disse baixinho. — Só não quero me sentir culpado e arrependido por coisas que não fiz na vida.

— Acho que vou voltar para o Darren — eu disse, pela primeira vez e até mesmo acreditando nisso.

— Eu acho uma ótima ideia — Jake comentou sorrindo e olhando fundo nos meus olhos.

— Espero que você esteja certo — eu disse, e fui capaz de sustentar seu olhar sem ficar vermelha, percebendo que a antecipação do mergulho de tirolesa pela floresta é muito mais emocionante que o próprio passeio. Desembarquei no fim da linha e percebi que estava mais forte por ter tido essa experiência e estava pronta para seguir com o resto da minha vida.

— De verdade, Gracie, foi muito bom te ver.

— Eu também, Jake — disse e lhe dei um beijo no rosto e um longo abraço. Então Scotty me agarrou e me cobriu de abraços e de palavras sentimentais, e antes que eu percebesse, Arden e eu estávamos de volta ao carro de Kiki, o "Over and Over" da Madonna dando lugar ao "Love Don't Live Here Anymore".

Minha mãe e minha irmã me acordaram às dez da manhã no domingo, alojando-se em minha cama com cappuccinos grandes que Eva tinha trazido do The Coffee Bean e uma bandeja com pilhas de bolinhos de morango da Barefoot Contessa, que ela levantara bem cedo para fazer. Elas me perguntaram como tinha sido a noite, e eu lhes contei tudo sobre o jantar, e o relatório de Arden para Abigail de quem-era-apaixonado-por-quem no nosso grupo, e o que Scotty estava planejando para o casamento. Não mencionei nada a respeito de Jake, especialmente a parte em que quase traí meu marido, ainda tentando me convencer — às vezes sem sucesso — de que eu na verdade não o traí, que nem cheguei perto. Conversamos e comemos, e antes que eu me desse conta estava no chuveiro, fazendo as malas e seguindo pela 405 com minha mãe até o LAX, o aeroporto de Los Angeles, para pegar o voo de volta para o JFK.

Tomei uma taça de vinho no voo, enrolada numa manta e ouvindo a trilha sonora de *Apenas uma vez* repetidamente. As músicas eram melancólicas, mas minha mente estava, pela primeira vez nos últimos tempos, clara como cristal. Deixei-me carregar pelas lembranças do meu relacionamento com Darren, desde quando nos conhecemos até os primeiros dias em que nos apaixonamos, através de todos os dias sem com quem nos preocupar enquanto construíamos nossas carreiras na cidade, ao longo daqueles dias emocionantes e terrivelmente exaustivos quando os bebês nasceram, até nossa passagem para uma vida suburbana. Não queria chegar à noite em que ele me contou que tinha me traído. Eu me demorei nos sentimentos e no clima da nossa vida antes da Bandida. Como ficar zanzando no quarto antes do casamento, sabendo que além daquela porta algo um pouco assustador estava à minha espera e que, assim que eu saísse, a vida nunca mais seria a mesma. E embora a experiência do meu casamento e o pensamento de Darren transando com a Bandida serem, sem dúvida, duas coisas totalmente diferentes, ambas mudaram as coisas para sempre.

Na minha cabeça, tudo o que eu queria era que fôssemos Grace e Darren de novo. O Darren sem o qualificativo "infiel" ao lado do nome. Só Grace e Darren. O casal que poderia ainda confiar um no outro, cujas viagens não tivessem segundas intenções. Eu me deliciei com as lembranças dos olhares que ele costumava me lançar, as conversas que tínhamos, o sexo que poderia se esticar por todo um fim de semana. Passei muito tempo daquele voo perigosamente à beira do delito de Darren, mas sem chegar lá. Eu precisava me lembrar por que valia a pena voltar para ele. Então, se eu acabasse por tomar a decisão de *realmente* voltar para ele, ficaria entusiasmada em me lançar de novo na relação, ou talvez, mais apropriadamente, voltar de novo ao ponto em que estava meu casamento antes de ficar sabendo sobre a Bandida.

E decidi que não tinha chegado perto de fazer o que ele tinha feito. Sim, flertei com Jake. Sim, alimentei pensamentos envolvendo eu e o Jake. E, sim, eu o beijei. Mas parei em seguida. Bem, quase em seguida. Eu não conseguia me livrar de um aperto no estômago por sentir que tinha feito alguma coisa errada. Mas, o que era mais importante, eu não tinha ido adiante. Atribuí esses sentimentos ao meu cérebro exageradamente analítico e, no final, tomei uma decisão. Um momento de clareza quando a comissária de bordo me entregou a bandeja com frutas secas, biscoitos, queijo em pasta e fatias de salame. Depois das últimas semanas de confusão, indecisão e humilhação e todo tipo de "e se", percebi que uma noite infeliz não tornava o meu casamento infeliz. Não simplificaria o que ele fez, chamando aquilo de erro, mas em essência tinha sido isso. Um erro muito grave. E vi pessoalmente, com Jake, como era fácil cometer um erro como esse. Percebi também que precisava dar a Darren um pouco de crédito por ter me contado. Eu, com certeza, não iria contar a ele sobre Jake. Talvez nós dois precisássemos de um estímulo, uma xícara de café expresso para nos impulsionar pelo resto do nosso casamento.

— Olá — Darren diz, quando entro no quarto. — Bem-vinda ao lar.

Ando até o lado dele na cama, sento na beirada e enterro a cabeça no seu pescoço, abraçando-o e começando a chorar. Darren corresponde ao meu abraço, mas, quando o choro fica mais intenso, ele se afasta.

— Ei, ei, o que houve? — ele me pergunta, limpando delicadamente as lágrimas do meu rosto.

— Só estou feliz por estar em casa e com você, não quero me separar de você — digo, soluçando ainda mais forte enquanto enterro minha cabeça em seu pescoço de novo. — Ah, Gracie, estou tão feliz por ouvir você me dizer isso.

Eu me afasto e olho bem dentro dos olhos dele.

— Mas *nunca* mais faça isso.

— Não vou — ele diz, me abraçando. — Não vou. Eu te amo tanto.

— Eu sei — digo com tristeza na voz.

— Você ainda não consegue dizer isso para mim? — ele pergunta.

Olho para ele. Seus olhos sorriem para mim. Sinto como se eu o estivesse vendo pela primeira vez.

— Temos muito trabalho pela frente para atravessarmos esta crise — digo. — Mas pela primeira vez desde que você me contou, posso dizer com certeza que estou disposta a fazer esse trabalho. Não quero a alternativa.

Depois de um tempo estendidos em silêncio um ao lado do outro, vou ao banheiro e depois volto para a cama.

— Então, como foi a viagem? — Darren pergunta, sorrindo para mim e permanecendo do seu lado da cama. Sinto que ele está aliviado por estarmos caminhando, por tê-lo deixado voltar.

Sua personalidade descontraída tinha desaparecido desde que ele havia me contado, na verdade desde que tinha me traído, e estou feliz por ter o velho Darren de volta.

— Foi ótima. Me diverti com a mamãe e a Eva e passei momentos maravilhosos com meus amigos ontem à noite. — Conto-lhe mais sobre o fim de semana e o jantar, deixando de fora qualquer menção a Jake, sua aparição no almoço e no jantar completamente deletada de toda a história.

— E o que a levou a me perdoar?

— Não o perdoei — digo sarcasticamente com um meio sorriso.

— Está bem. Vou refazer a perguntar. O que a fez se decidir a me deixar manter a condição de ser seu afortunado marido? — ele pergunta, devolvendo o sorriso torto.

— Não sei. Uma porção de coisas, eu acho. Só percebi que posso aceitar que o que fez é pequeno demais para arruinar nosso amor. Decidi não deixar que o seu erro — que de fato acredito que não tenha significado nada, apesar de machucar — nos destrua. Tudo o que é bom sobre nós dois, nossa história, nosso relacionamento, nossa família, é muito maior do que aquela noite. Pode não ser maior do que mais outra noite, então nem pense nisso! — digo, beliscando-o de leve no braço.

— Nem pensar. Nunca mais.

— É como uma rachadura num vaso bem grande. A rachadura não some, mas você pode girar o vaso e depois de algum tempo esquece que a rachadura está lá. E vale a pena tentar esquecer a rachadura, porque o vaso é muito bonito.

Darren me beija com delicadeza, meio hesitante.

— E — continuo, já que não sou de poucas palavras quando se trata de explicar como me sinto — também gostei do fato de você ter me contado. Você poderia ter mantido tudo em segredo. Se não tivesse me contado, penso que isso mostraria que você não achou isso muito grave, que poderia viver com isso. Mas, quando me contou, quase chego a pensar que demonstrou mais respeito por mim. Que nosso casamento merecia honestidade.

— Foi por isso que te contei — ele diz, segurando minhas mãos nas dele. — Não consigo entender como os homens fazem essas coisas e as mantêm em segredo. Não sei como conseguem viver consigo mesmos. Fui infiel e percebi que o único modo de compensar você era sendo honesto e lhe contando. Mas quando lhe contei não tinha tanta certeza de que havia tomado a decisão certa. Agora que vejo como todo esse processo nos deixou mais fortes, sei que precisava ter lhe contado. Estou feliz por ter falado. Sem segredos, Grace. Juro, sem segredos.

— De minha parte também — eu digo. — Sem segredos.

Darren me puxa e me beija, ainda segurando minhas mãos. Meu estômago se contorce. A princípio, penso que é porque o beijo de Darren é muito puro e me lembra de como ele costumava me beijar quando beijava por beijar, antes que os beijos se tornassem apenas um pré-requisito para o sexo. Mas então percebo que meu estômago está se contorcendo por Jake. Como posso dar todo esse peso para a honestidade e dizer a Darren para não ter segredos quando fiz o que fiz em LA com Jake? Não, não fiz sexo com Jake, mal o beijei. Mas eu quis. E troquei e-mails secretamente com ele. E flertei com ele. E agi de todos os modos que teriam me deixado furiosa se fosse o Darren a agir assim. "Nosso casamento merece honestidade", repito a frase enquanto seus beijos se tornam mais intensos, mais ávidos. *Sem segredos, Grace? Verdade?*

— Preciso lhe contar uma coisa — digo, soltando-me do seu abraço. Não consigo acreditar que vou fazer isso, mas algo tomou conta da minha mente e eu começo a falar. — Sem segredos, certo?

— Certo — Darren diz, um pouco preocupado. — O que está acontecendo, Grace?

Eu me sento apoiada à cabeceira da cama e começo.

— Na época em que me contou sobre a garçonete, recebi um e-mail de um velho amigo (*sem segredos*), bem, na verdade, alguém por quem eu tinha uma queda no ginásio, chamado Jake. Nas últimas semanas, trocamos e-mails, e foi um flertezinho. Não que eu estivesse interessada nele ou coisa desse tipo, só porque éramos velhos amigos e costumávamos gostar um do outro. Ele estava no jantar de sábado. — Percebo que estou transpirando e Darren se mexeu e agora está sentado ereto como eu. Olho para a frente. Ele olha diretamente para mim.

— Você contou a ele sobre nós? — Darren pergunta, franzindo violentamente a testa.

— Bem, sim, contei — digo, tentando parecer calma, mas na verdade soando um pouco na defensiva. — Somos amigos.

— Se são tão bons amigos, como eu não o conheço? Você contou para a Kiki e a Arden?

— Bem, não. Não tive oportunidade.

— Certo, então você não conta para as suas melhores amigas, mas conta para um sujeito chamado Jake? Jake? Sério, Grace? — Darren pergunta parecendo muito bravo.

— Não foi assim, Darren — digo, e começo a chorar porque não consigo acreditar no caminho tenebroso que isso está tomando e quanto Darren está entendendo errado o que aconteceu.

— Você dormiu com ele? — Darren pergunta, agora em pé, no chão, ao lado da cama.

— Não! Eu não dormi com ele — digo com raiva.

— Você fez alguma coisa com ele?

— Poderia — digo, ficando mais brava porque foi ele quem dormiu com a desgraçada da garçonete. — Ele começou a me beijar, mas eu o interrompi. E, ao contrário de você, não baixei minhas calças.

— Então você o beijou? — Darren pergunta furioso.

— Não!

— Mas você acabou de dizer que ele começou a beijá-la, então evidentemente houve um beijo!

— Não. (*Sem segredos.*) Bem, sim, por um segundo, mas então percebi o que estava fazendo e o fiz parar — digo, começando a me sentir desesperada.

— Você estava sozinha com ele?

— Não.

— Então quando ele tentou beijá-la? — Darren pergunta, gesticulando selvagemente, o rosto ficando vermelho. — Na mesa do jantar, com todos os seus amigos?

— Não. Foi do lado de fora do banheiro — digo, enquanto a história assume uma proporção exagerada.

— Ele foi ao banheiro com você? — Darren pergunta incrédulo.

— Não! Pare. Darren, por favor, pare. Me deixe contar o que aconteceu — eu imploro. Ele se senta novamente na cama.

— Não consigo acreditar que você ficou com um cara qualquer — ele diz, balançando a cabeça.

— Não era um cara qualquer. Tudo o que fiz foi conversar com um amigo — digo calma e friamente.

— Se tudo o que você fez foi conversar com um amigo, por que então está transformando isso em algo tão importante a ponto de me contar? — ele pergunta amargamente, olhando para mim pela primeira vez desde o momento que passei a falar sobre o que tinha acontecido.

— Não sei — digo, encolhendo as pernas e pondo um travesseiro no colo.

— Na verdade você sabe, Grace.

— Acho que é porque eu percebi que escondi isso de você. Que não queria que soubesse que eu estava flertando, mesmo que por e-mail, com outro homem. Que não queria que soubesse que, embora tenha interrompido o beijo dele, deixei que acontecesse por um segundo — digo, decidindo que não tenho mais nada a perder agora. Preciso ser honesta. Sem segredos.

— Quando aquela sua amiga, eu esqueci o nome dela, teve um relacionamento com um cara pelo Facebook, você disse que achava que uma mulher casada ter um relacionamento emocional com outro homem era pior do que um homem casado ter uma relação sexual com outra mulher. Mas não foi exatamente o que você fez? — ele pergunta, de pé novamente.

— É claro que não. Isso não foi de modo algum um relacionamento!

— Não posso acreditar que você fez isso, Grace. Não acredito que consiga ser tão hipócrita. Que pôde dizer as coisas que me disse enquanto tentávamos entender o que eu fiz e, ao mesmo tempo, você estava fazendo a mesma coisa. O quê? Esse Jake decidiu que não queria uma mulher de 40 anos com dois filhos e então isso a fez decidir voltar correndo para mim?

— Darren! Pare! — digo com firmeza. — Você está distorcendo minhas palavras, isso está totalmente fora de questão. — Darren vai rapidamente até seu *closet* e começa a pegar coisas.

— O que está fazendo? — pergunto, ligeiramente em pânico.

— Vou para a cidade.

— Agora?

— De qualquer modo tenho uma reunião amanhã cedo. Vou dormir num hotel.

— Está falando sério? Não vá, precisamos conversar.

Darren olha para mim com uma expressão que nunca vi antes. Percebo que está enojado. A cara que faz quando um vagabundo se exibe para você no metrô. A expressão com que você olha para um garoto cheio da grana que vem com uma paquera muito ofensiva num bar. O olhar que alguém dá à esposa quando pensa que ela pode ser capaz de ser pior do que ele.

Capítulo dezenove

A perspectiva é um fator importante. Quando Danielle morreu, eu era muito jovem para ter uma perspectiva realista. Minha irmã estava morta, meus pais destruídos, todo o sentido de normalidade completamente eliminado. Dito isso, se eu tivesse tido a capacidade de pôr em perspectiva aquele acontecimento quando ele ocorreu, provavelmente o teria situado exatamente como fiz mais tarde. Há algumas coisas piores do que perder a irmã num trágico acidente de carro.

Agora, enquanto escovo os dentes, tento pôr em perspectiva o que aconteceu comigo e Darren ontem à noite — o que tem acontecido comigo e Darren nos últimos treze dias. E o que surge é ainda uma situação muito ruim, mas que, argumento comigo mesma silenciosamente diante do espelho, poderia ser bem pior. Apesar do nó no estômago e a lembrança assustadora da expressão de Darren na noite passada, eu na verdade acredito, em algum cantinho do meu cérebro, que vamos ficar bem.

Não me arrependo de ter contado a Darren sobre Jake. Não me arrependo por ter estado com Jake. Surpreendentemente, não me arrependo de nada. Ontem à noite, depois que Darren saiu, durante as horas em que sofri e procurei dormir para fugir de mim mesma, cheguei à conclusão de que o que havia acontecido com Jake, inclusive o fato de ter admitido isso para Darren, era necessário para que eu e Darren no final ficássemos bem. E, se eu realmente cavasse fundo, conseguiria até mesmo me convencer de que a garçonete precisava acontecer para que eu e Darren ficássemos bem. Algumas vezes, o casamento precisa ser posto numa coqueteleira com pedras de gelo pontiagudas, limões azedos e alguma bebida barata (em sapatos pretos de salto não tão macios) para misturar tudo e sair inteiro do outro lado. Adicione algumas desculpas doces ao drinque e uma ótima transa de reconciliação e o casamento será mantido.

Sei que muita gente pode dizer que eu jamais deveria ter contado a ele, que deveria ter guardado aquela pequena joia para mim, que ele nunca deveria ter descoberto, que não ganhamos nada com a minha confissão. Mas, naquele momento, no meio de toda aquela conversa sobre honestidade, pareceu a coisa certa a fazer. Só não tinha ideia de que ele reagiria como reagiu. E se fôssemos seguir em frente num relacionamento saudável e honesto, então eu precisava, para a minha própria paz de espírito, ter lhe contado. Então, que se danem os outros e suas opiniões.

Darren gosta de pensar que é um pouco rebelde. De vez em quando ele até desenterra sua jaqueta preta de motociclista dos tempos de faculdade ou as velhas botas de caubói e se imagina o cara. Ele gosta de pensar que me mantém sempre na expectativa, que eu o acho um tanto imprevisível, livre, leve e solto. Na realidade, Darren é mais como um camaleão num tanque de zoológico: pode mudar de aparência de vez em quando, mas, quando você for embora, ele vai continuar passando o tempo sob a mesma pedra, esperando pela comida. Sei que Darren precisa ficar um tempo afastado de mim para entender o que eu fiz e recuperar seu ego ferido. Não o culpo. Mas também sei que ele vai me perdoar, que voltará para casa, que finalmente a jaqueta de couro e as botas de caubói acharão seu caminho de volta até um cantinho do *closet* para que mais uma vez ele possa se enroscar no sofá comigo no seu agasalho Under Armour e sua camiseta da faculdade de administração.

E, como sei que vamos ficar bem, não me deixo abalar muito pelo que está acontecendo. No final sinto-me livre da raiva que estava sentindo de Darren, porque agora estou num lugar com a perspectiva certa. Minha família está viva e saudável e, na verdade, é isso que interessa. Quando você vivencia a morte de um ente querido, como aconteceu comigo com a morte de Danielle, a maioria das coisas tende a perder importância.

Enquanto me visto e preparo para levar os garotos até o ônibus, eu sorrio, sabendo que a minha família está intacta, meu casamento vai sobreviver e o mundo seguirá em frente. São precisos poucos dias para que Darren chegue a um acordo comigo.

— Bom dia, luz do sol — eu cantarolo enquanto abro a persiana do quarto de Henry.

— Mamãe! Você voltou! — ele diz com voz sonolenta, e o "mamãe" vindo de um garoto que tinha mudado para "mãe" alguns meses atrás não passa despercebido.

— Você sabia que eu voltaria — digo rindo, pensando nos *Bebês Corujas.*

— Sua viagem foi legal? — ele pergunta, levantando e esfregando os olhos.

— Foi ótima, Hen, obrigada por perguntar — digo, pegando do chão mais roupas sujas do que ele teria conseguido usar no fim de semana. Fico agradavelmente surpresa por não ficar chateada com o fato de as roupas não estarem no cesto. Acho que o tempo que fiquei fora recarregou de fato minhas baterias. É tudo uma questão de perspectiva.

— Certo, amigão, vista-se, escove os dentes e desça. Papai disse que vocês mereceram aquelas panquecas com gotas de chocolate, então é melhor eu fazê-las — digo para ele.

— Viva! Panquecas com gotas de chocolate! Panqueca na minha boquinha/rá, rá/muito gostosinha/como amo minha mamãezinha! — ele faz seu *rap* cantando e dançando até o banheiro.

Eu me sento na cama de James e digo para ele se levantar.

— Henry disse panquecas com gotas de chocolate? — ele me pergunta, arregalando os olhos.

— Sim, senhor. Quer algumas? — pergunto.

Ele acena com a cabeça e estica os braços para me abraçar.

— Senti sua falta — digo, meus olhos começando a se encher de lágrimas. — Senti falta da nossa família.

— A gente também sentiu sua falta, mamãe — ele diz, me abraçando com força.

— Tudo bem — digo, respirando fundo e me soltando do seu abraço. — Dia de escola — digo bem alto para os dois ouvirem. — Vistam-se e desçam, *rápido, rápido*!

Depois que eles se empanturram de panquecas, eu os levo até o ônibus. Telefono para Darren. Ele não atende. Deixo uma mensagem de voz. Telefono para Cameron para saber como foi em Maine, para saber como está indo e para atualizá-la com o último capítulo da saga Darren-Grace. Ela não atende. Deixo novamente uma mensagem de voz. Depois de uma rápida corrida ao supermercado para abastecer a despensa, passo as próximas horas desfazendo a mala, limpando a casa e pondo a cabeça no lugar. Percebo que, desde o momento em que fui comunicada que não havia conseguido o trabalho no *Well in Westchester*, eu oficialmente não tenho nada para fazer. Pego uma xícara de café e me sento com um bloco de papel para começar a fazer uma lista das minhas opções quando o celular toca e vejo que é o número de Cameron.

— Ei — digo alegremente, dobrando as pernas por baixo de mim no sofá. — Como foi lá no Maine?

— Ah, Grace — Cameron diz com voz triste.

— Tão ruim assim? O que aconteceu? — pergunto.

— Não, no Maine foi tudo bem — ela diz com voz fraca. — Na verdade, excelente. Mas... — ela para e respira fundo. — Não consigo acreditar nisso que vou te contar. — A voz dela soa distorcida.

— O quê? — pergunto, sem saber para onde essa conversa está indo, sentindo meu estômago se contrair.

— Ah, Grace.

— O quê, Cam? Me diga. O que está acontecendo? Onde você está? Parece que está numa rua, na cidade.

— E estou. — Ela respira fundo mais uma vez. — Certo. Fui ao obstetra esta manhã para ver se já tinha passado por todos os exames e se existe algum outro que ele recomende. Ele estava me examinando e... — ela se interrompe. Percebo uma mudança na sua voz e ela continua, mais como doutora Stevens do que como Cameron. — Ele sentiu um caroço no meu seio esquerdo.

— Ah, Cam — digo, soltando por fim a respiração.

— Sim, ele disse que provavelmente não é grande coisa, mas não quer se arriscar e me sugeriu marcar uma mamografia. Enquanto isso fico meio transtornada porque "não é grande coisa" pode ser uma grande coisa, e por que eu deveria esperar e ficar pensando nisso? Então telefonei para a Shannon Kramer, aquela minha amiga da faculdade de medicina, lembra-se dela? Enfim, ela é radiologista no Mount Sinai. Ela respondeu na mesma hora e disse para eu ir ao hospital pois arranjaria um encaixe para mim. Fui e, para encurtar a história, a mamografia mostrou uma massa espiculada. Ela pediu um ultrassom, que mostrou um nódulo de bordas irregulares, que é basicamente o jargão médico para câncer de mama. Assim, devo estar com câncer de mama. — Sua voz pareceu resignada, mas profundamente triste. — Ela vai fazer uma punção para colher material para biópsia hoje à tarde e tentará conseguir o resultado amanhã.

— Meu Deus, Cam. Você está bem? — Eu não sabia o que dizer.

— Não sei — e a voz voltou a ficar distorcida. — Estou bem agora porque me sinto muito bem. Como posso ter câncer se me sinto tão bem? Mas sou médica e, sim, eu posso ter câncer e me sentir muito bem. Também sei que, pelos exames que fiz até agora, é muito provável que eu esteja com câncer de mama. Shannon não amenizou nada. Ela me disse que não gostou da aparência da cintilografia. Então sei que devo ser muito objetiva em relação a isso, porque deveria estar abordando o problema de uma perspectiva clínica, mas então me sinto revoltada, pensando como isso pode estar acontecendo comigo? Grace, tive uma droga de um aborto na semana passada e hoje estou sendo diagnosticada com câncer de mama? Isso é justo?

Cameron está chorando agora e posso imaginá-la gesticulando de maneira frenética, o que ela faz muito de vez em quando. Só quando as coisas estão de fato muito ruins. Cameron também não é daquelas que choram à toa. De repente entro em pânico, mas percebo que, se ela não está conseguindo manter o controle, eu preciso fazer isso.

— Ah, Cam. Vou até aí. Vou à consulta com você. Posso imaginar quanto está assustada.

— Não estou assustada, Grace — ela interrompe com voz raivosa. — Estou furiosa. Furiosa por não conseguir ter um filho, furiosa porque estou com câncer. Isso tudo é desgraçadamente irreal.

— Eu sei, Cam — tento parecer calma. Ando de um lado para o outro da sala, tentando conter o choro.

— Não, Grace. Você não sabe — ela diz enfaticamente, depois respira fundo. — Desculpe. Não sei por que estou descontando em você — ela diz, chorando baixinho.

— Está tudo bem, Cameron — digo, e está. — Sei que não consigo entender o que você está sentindo, mas quero acompanhar você no exame. Não precisa ir sozinha.

— Está tudo bem — ela diz calmamente. — Jack está vindo. Na verdade, já chegou. Preciso ir, Grace. Telefono quando o exame acabar. Desculpe por ter ficado zangada com você.

— Não tem a menor importância. Por favor, me ligue. Estou preocupada com você e quero saber o que está acontecendo. Não se esqueça de me telefonar.

— Não esqueço, pode deixar — ela diz e desliga.

De repente, as lágrimas escorrem dos meus olhos e a respiração fica acelerada. Não consigo acreditar que isso está acontecendo. Cameron está certa: um aborto e a possibilidade — ela talvez esteja certa sobre a doença, mas só vou me convencer com o diagnóstico definitivo — de um câncer numa única semana. É inimaginável. Não sei o que fazer. Tenho vontade de ir ao Mount Sinai e ficar com ela durante o exame, mas também não quero impor minha presença. E Jack está lá. Não consigo imaginar o que deve estar passando pela cabeça de Cameron. Na verdade, consigo.

Toda vez que falo a Cameron sobre meu medo de que algo horrível possa acontecer comigo porque minha vida tem sido incrivelmente boa, ela ri. Minha amiga realista, cínica e decididamente não sentimental pensa que isso é um completo disparate. Ela acredita que o que tem que acontecer... acontece, e não vale a pena se preocupar com problemas desconhecidos ou emprestados de outra pessoa. Tudo chega na sua hora e no tempo certo. Então eu *posso* imaginar o que está passando pela cabeça dela. Provavelmente algo assim: "É chato, mas vou lidar com isso". Sei que o choque inicial a tirou dos eixos, mas sabendo como ela é, tudo indica que vai descobrir seu próprio diagnóstico, e se de fato estiver com câncer, vai lidar com ele. Embora não possa ter certeza de que vai conseguir lidar com a doença como lida com as outras coisas. Afinal, câncer é câncer.

O que me perturba é o número de pessoas da minha idade que está adoecendo. Eu estava acostumada a ouvir que amigos dos meus pais estavam com câncer, e ficava muito triste, é claro, mas eles estavam na casa dos 70 a 80 anos, e é comum isso acontecer. Mas aos 39 ou 40 anos? A história é totalmente diferente. E ficar imaginando como e por que ela adquiriu essa doença é inútil a essa altura dos acontecimentos. O que importa é que a minha melhor amiga pode estar com câncer e eu estarei ao seu lado o tempo todo. Estou petrificada. Minha mente, é claro, vai direto para o pior dos cenários, mas estremeço e não deixo meus pensamentos seguirem por esse caminho. Estou muito chocada com o que acabo de saber e quero conversar com Darren.

Infelizmente ele não quer falar comigo como fica evidente quando ele não retorna minhas ligações e não responde a três e-mails que lhe enviei. Basicamente, eu disse a mesma coisa em todos eles: que ele não tinha o direito de ficar zangado comigo. Resolvo tentar de novo. Mas dessa vez mudo de estratégia e reconheço os seus sentimentos para que a gente possa seguir adiante.

Querido Darren,

Estou passando por momentos difíceis tentando compreender por que você está tão zangado comigo, e acho que, se você entendesse o que aconteceu de fato, não teria se comportado dessa maneira. Então quero esclarecer algumas coisas.

Primeiro, nunca tive a intenção de ter qualquer tipo de relacionamento com Jake. Ele entrou em contato comigo como amigo. Infelizmente, isso aconteceu num momento em que eu estava vulnerável e zangada por você ter me traído com a garçonete. A atenção com que me tratou me fez bem. Como eu estava me sentindo mal com tudo o que você fez, a delicadeza dele foi como um bálsamo para uma ferida aberta. E então eu continuei a justificar minhas ações porque era uma forma de me vingar de você. Segundo, em momento algum eu dei a Jake qualquer impressão de estar interessada em ter algum tipo de relacionamento com ele, além de amizade. Terceiro, não pretendo manter contato com ele no futuro. Nosso casamento é mais importante para mim do que me reaproximar de alguém do passado.

O que preciso que você entenda é que não sei se teria conseguido chegar aonde cheguei com você agora — querendo que o nosso casamento funcione — se não tivesse passado pela experiência com Jake. Você disse num longo e-mail que me escreveu quando eu estava em LA que tinha se sentido bem por uma mulher atraente o ter desejado. Bem, acho que me senti da mesma maneira. Mas percebi também que não queria o Jake, da mesma forma que você não queria a garçonete. Eu quero você, Darren. Quero nossa família. Ao descobrir que, embora a grama de lá parecesse um pouco mais verde do aquela onde eu estava, assim que cheguei mais perto, percebi que não passava de um pobre substituto para o meu gramado. Seja lá o que possa pensar, repito, acho que sua reação foi exagerada, eu não premeditei punir você falando com Jake e me encontrando com ele em LA (o que, quero que fique mais uma vez registrado, aconteceu num grupo grande; não saímos sozinhos). Eu fui de verdade lá para a festa de Scotty, para ver minha mãe e minha irmã e para ter algum tempo para pensar. Mas acho que o que aconteceu talvez possa ser a salvação do nosso casamento. Ainda estou muito zangada com o que você fez, mas acho que agora podemos entender melhor um ao outro, entender melhor a nós mesmos, e usar o que aprendemos para passar para o outro estágio do nosso casamento. E me sinto confiante de que, tendo passado por tudo o que passamos, poderemos evitar que qualquer coisa semelhante se repita. Vamos voltar a ser nós mesmos.

Há outra coisa sobre a qual quero conversar com você, mas gostaria que fosse por telefone, por isso, por favor, você pode me ligar? Eu te amo.

E enviei a mensagem.

Não quis contar a ele sobre Cameron por e-mail porque só de pensar em registrar em palavras a suspeita de um câncer me senti mal, mas precisava falar disso com ele. Fiquei sentada por alguns minutos imaginando o que deveria fazer em seguida. Soa o alarme da caixa de entrada. E-mail do Darren.

Grace,

Compreendo que, para você, isso possa parecer justo, "olho por olho", mas não vejo as coisas dessa maneira. Pode parecer uma inversão de papéis, mas estou tendo dificuldade em aceitar que o que fez foi certo.

Você sabe que o que eu fiz não significou nada para mim, mas você tem um relacionamento pessoal com esse cara, e isso não está certo para mim. Estou, de verdade, tendo dificuldade para entender como você pôde fazer isso comigo, como pode pensar que seu beijo não teve importância, e como pode agir como se errado mais errado seja igual a vivermos felizes para sempre depois de tudo isso. Não é tão simples.

Fico atônita. Estou olhando para o meu computador congelada e muda. E não sei como pude me enganar tanto a respeito de como Darren reagiria a isso. Tento me colocar no lugar dele. O que eu tinha feito era igual ou pior ao que ele fez? Estou simplificando a situação e dizendo a ele que nós dois fizemos algo errado, então vamos nos esquecer disso e seguir em frente? Não. E não. Mas o ego dele parece ter sido aniquilado, e pelo que eu conheço dos homens, isso é uma tortura. Droga. E eu aqui pensando que tudo o que tinha a fazer para seguir com meu casamento era contar ao meu marido que eu o perdoei. Não consigo acreditar como tudo isso virou uma bagunça.

O alarme soa novamente e agora é a Cameron.

Oi, Grace. Me desculpe por ter estourado com você. Estou na sala de espera com Jack. Isto é surreal. Não acredito que isso está realmente acontecendo comigo. Conheço você, sei que está surtando agora, mas fique calma. Vamos lidar com isso, seja lá o que for. Eu juro. Ligo depois.
Cam

Respondo a Cameron e digo que pode contar comigo para o que der e vier. Sinto como se tivesse sido engolida por uma onda enorme. Estou lutando contra a força da água para ficar em pé e chegar à tona em busca de ar. Meu casamento. Minha melhor amiga. É muita coisa. Desato a chorar incontrolavelmente. E só há uma coisa que fará com que eu me sinta melhor: dormir. Subo e ajusto o alarme para tocar na hora em que o ônibus estiver para chegar. Levo um tempo para me livrar dos pensamentos, mas por fim a exaustão toma conta de mim e adormeço. Porém, antes de dormir, penso mais uma vez sobre a perspectiva. Neste momento, minha vida, em perspectiva, está uma droga.

Capítulo vinte

— Obrigado por vir, Grace — diz Jack abrindo a porta. — Eu gostaria de poder ficar em casa com ela, mas vou estar em cirurgia o dia todo.

— Não se preocupe, Jack. Nem me passaria pela cabeça deixar de vir. Só não consigo acreditar que tudo isso esteja acontecendo.

— Eu sei. Temos esperança no resultado da biópsia, mas lidaremos com o que quer que seja — ele diz. Tenta sorrir, mas sei que é para me acalmar.

— Como ela está? — pergunto.

— Fisicamente mal, mas você conhece a Cameron, ela consegue lidar com qualquer coisa.

— Eu sei, a conheço muito bem. Mas isso é muito para qualquer pessoa — digo enquanto percebo os olhos dele marejados de lágrimas. — Agora, pode ir. Estou com ela. Envio uma mensagem para você mais tarde para dizer como estão as coisas por aqui.

— Obrigado, Grace — ele diz, me dá um abraço e sai apressadamente.

— Ei, Grace — Jake para e se vira, lembrando de repente de alguma coisa.

— Sim?

— Falei com Darren ontem à noite. Ele me contou o que está acontecendo — Jack fala com cuidado.

— Sinto muito por ele ter feito isso — digo. — Você já tem problemas demais com que lidar no momento.

— Tudo bem. Fui eu que perguntei para ele como vocês estavam. Precisava me distrair com os problemas dos outros por um tempo — ele ri.

Sorrio de volta.

— Neste momento está um desastre total. Pensei que ele poderia perceber que o que fiz não chega perto do que ele fez e que, de fato, não passou de um impulso. Mas ele está tendo muita dificuldade com isso.

— Você se lembra de quando te contei do que aconteceu comigo na convenção de médicos?

— Sim — digo, lembrando-me de que ele tinha ficado sóbrio o bastante para afastar uma possível infidelidade.

— Bem, não lhe contei tudo porque estava muito envergonhado, mas vou contar agora.

— Tudo bem — digo, sem saber bem o que estava por vir.

— Eu na verdade comecei a beijar a mulher. Mas, como você, de acordo com o que Darren me contou, parei em seguida. Ainda me sinto péssimo por ter contado para a Cameron. E fiquei surpreso por ela ter deletado esse quase deslize da sua vida, mas isso é típico da Cameron e, felizmente, ela não achou que fosse grande coisa.

Estou surpresa por Cameron jamais ter me contado isso.

— Pedi a ela que não contasse nada a você. Não queria que você e Darren fizessem mau juízo a meu respeito. Mas contei a ele ontem. E lhe disse que achava que o que você fez não se iguala ao que ele fez.

— Nossa, Jack. Nem sei o que dizer.

— Ele com certeza não gostou de eu ter ficado do seu lado, mas penso que ouvindo isso de mim ele mudou um pouco seu modo de pensar. E, para ser honesto, com tudo o que está acontecendo com Cameron e da forma como estou assustado em relação a isso, acho muito ridículo que vocês passem um só dia a mais zangados um com o outro. Precisamos agarrar com firmeza e valorizar o que temos. Porque, num piscar de olhos, tudo pode nos ser tirado — Jack diz e começa a chorar.

Eu lhe dou um abraço apertado. Posso imaginar como isso está sendo difícil para ele. Mas estou muito grata por aquilo que ele me contou. E contou a Darren.

— Você falou para o Darren sobre o que está acontecendo com Cameron? — pergunto.

— Não pude — diz. — Estávamos falando a respeito de vocês dois e recebi uma ligação do trabalho e precisei desligar.

— Tentei falar com ele ontem e pedi para que me ligasse, mas ele não me ligou. Vou tentar de novo mais tarde.

Quando chego ao quarto de Cameron, ela está assistindo televisão e rindo.

— O que é tão engraçado? — pergunto.

— Você já viu algum desses programas em que futuras noivas vão à Kleinfeld* comprar um vestido para a cerimônia, mal sabendo que os vendedores são astros do *reality show* e ficam falando por trás uma porção de bobagens sobre elas. É muito engraçado.

— Como está se sentindo?

---

* Loja nova-iorquina especializada em vestidos de noiva. (N.T.)

— Estou dolorida, mas estou bem. Não precisaria ficar de cama, mas estou me sentindo meio fora de órbita. Não sei o que está acontecendo, mas acho que é isso que as pessoas normais chamariam de colapso físico e emocional — Cameron diz, deixando a televisão sem som e sentando-se na cama.

Abro a sacola em que trouxe café e *muffins* e os coloco na mesinha de cabeceira.

— Obrigada, Grace — diz Cameron. — Você é realmente uma boa amiga.

— Você faria o mesmo por mim — digo.

— Sim, mas não teria nem metade da paciência — ela ri.

— Como foi o procedimento? — pergunto, tomando um gole do meu café e indo para o outro lado da cama.

— Uma coisa horrorosa. Acho que não estava dopada o bastante, então senti a pressão. Senti como se fosse uma agulha de crochê entrando no meu seio. Nem um pouco divertido, mas relativamente rápido, e agora já acabou, não vale a pena ficar pensando nisso.

— Sei, só sinto que você tenha de passar por tudo isso.

— Eu também, mas não estou numa crise de autopiedade. E mais, a essa altura, ainda não tenho nada que me faça sentir pena de mim mesma. Até onde sei, posso não ter câncer. Por isso devo aproveitar este pensamento até receber uma ligação da Shannon.

— A que horas ela disse que vai ligar para passar os resultados? — pergunto.

— No fim da manhã.

— Então vai ser logo.

— Sim. Em geral, leva uma semana para saírem os resultados da biópsia. Shannon batalhou de verdade por mim.

— Fico feliz por você não ter de passar pelo pesadelo da espera — digo.

— Eu também. Então, por outro lado — Cameron diz com uma sacudida no corpo, como para se livrar da conversa sobre câncer —, o que está acontecendo com você? Nem sei o que aconteceu em LA — Cameron diz, rindo e dando uma mordida no *muffin* de banana com gotas de chocolate, o seu favorito.

— Ah, LA — digo com um suspiro. — Nem sei por onde começar. — Jack me disse enquanto se despedia que não tinha contado a Cameron sobre a conversa que teve com Darren, por isso eu sei que ela não tem ideia do que aconteceu.

Enquanto Cameron mordisca o *muffin* e toma o café, eu lhe conto a história toda, começando com as partes não sensacionalistas ligadas à mamãe e Eva e terminando com a parte apoteótica com Jake, o beijo e minha confissão a Darren. Tudo isso com os olhos fixos na televisão vendo mulheres provarem vestidos para aquilo que supostamente será o dia mais feliz de suas vidas.

— Minha nossa, Grace.

— Eu sei, desastre total.

— Sem dúvida — Cameron diz, e sinto um tom de recriminação em sua voz.

— Eu sei, mas não vou suportar se você estiver decepcionada comigo também.

— Não estou decepcionada com você, mas acho que está sabotando seu casamento. Está? — Cameron pergunta.

— Não, de jeito nenhum — digo, bebericando meu café e me acomodando melhor na cama.

— Então por que diabos foi fazer aquilo? E onde estava com a cabeça quando resolveu contar para o Darren?

— Não sei. Meio que aconteceu. Não estou dizendo que queria que acontecesse, mas tudo foi ganhando vida... e aconteceu. E eu contei para ele porque tenho essa necessidade inata de ser honesta com as pessoas, e isso realmente não é uma coisa tão ruim assim. Só que agora tenho de lidar com a confusão que causei.

— Jake tem se comunicado com você? — Cameron pergunta, tentando recolher as migalhas da camiseta e do edredom.

— Não. E, se ele me enviar um e-mail, vou dizer que não acho uma boa ideia sermos amigos.

— Uau — Cameron diz. — A coisa foi grande. Qual foi a reação de Darren?

— Saiu de casa. Depois que lhe contei no domingo à noite quando cheguei em casa, ele foi embora. Está na cidade, e eu não o vi desde então. Disse aos meninos que ele está numa viagem de negócios. Eu lhe enviei um e-mail enorme ontem, mas ele respondeu que o que fiz foi pior do que o que ele fez, o que não faz sentido, e que não tem certeza se vai ou não conseguir me perdoar — digo baixinho, as inexoráveis lágrimas voltando a encontrar seu caminho nos meus olhos.

— Meu Deus, Grace. O que você acha que vai acontecer? — Cameron pergunta.

— Bem — digo, tentando conter o dilúvio de lágrimas —, primeiro eu pensei que Darren apenas precisasse de um tempo para processar a coisa toda, mas agora não tenho certeza. Achava que ficaríamos bem, mas agora já não sei de mais nada. Não acredito que tudo isso esteja acontecendo — digo, balançando a cabeça.

— Eu só acho... — Cameron se interrompe quando o telefone toca. Ela estende a mão para atendê-lo.

— Alô — ela diz e olha para mim com uma expressão apreensiva. A partir daí só escuto o lado de cá da conversa: — Oi Shannon... Um pouco dolorida, mas estou bem, obrigada... E? Ah, está bem. Quem você recomendaria?... Certo, vai ajudar muito... Eu sei. Obrigada, Shannon... Tudo bem, até logo.

Eu me viro para olhar para Cameron e ela está segurando o telefone, olhando fixamente para cima, com uma expressão atônita no rosto. De repente, ela põe o telefone na base, endireita-se na cama e se vira para mim.

— Então, sim, estou com câncer de mama. Especificamente, tenho um carcinoma invasivo ductal no seio esquerdo e carcinoma lobular *in situ*, o que significa que, no futuro, corro um grande risco de desenvolver câncer no seio direito. Preciso ser operada, e então, com base na patologia, eles poderão programar o que será feito em seguida em termos de tratamento pós-operatório com quimioterapia e talvez radiação — a doutora Stevens diz num tom, profissional.

— Ah, meu Deus, Cam.

— Não se preocupe, Grace. Vai dar tudo certo. O câncer foi detectado no início, e vou ficar bem. Na verdade, estou bem — ela diz enfaticamente. Não sei dizer se ela está tentando se convencer ou se ela sabe mais sobre estatísticas de câncer de mama do que eu pensava que ela, como pediatra, soubesse.

Então resolvo acompanhar sua atitude positiva e deixar minha preocupação e histeria para quando estiver sozinha.

— E o que acontece agora? — pergunto, decidindo ser mais prática, porque sei que assim Cameron fica mais à vontade.

— Preciso arranjar um cirurgião mastologista para realizar o procedimento. Shannon me indicou uma médica do Sloan-Kettering que ela diz ser a melhor. Vou perguntar por aí e ver se há alguém mais com quem eu deva me consultar, só para ter uma segunda opinião. Estou supondo que será feita apenas uma lumpectomia, mas como encontraram o carcinoma tubular *in situ*, talvez seja indicada uma mastectomia dupla. E é isso que preciso descobrir com os cirurgiões.

— Há alguma coisa que eu possa fazer para ajudar? — pergunto calmamente, tentando não parecer protetora demais.

— Não, e sabe de uma coisa, Grace? — Cameron pergunta, olhando diretamente nos meus olhos.

— O quê?

— Eu realmente tenho sorte.

— Sei — digo, não sabendo bem o que ela quer dizer com isso.

— Tenho sorte porque moro em Nova York, um dos melhores lugares do mundo em termos de atendimento médico e tratamento de câncer. Tenho os contatos e os recursos para encontrar os melhores médicos e receber o melhor tratamento. Isso me fortalece muito. Elimina por completo o desgaste de não saber o que fazer em seguida. Eu poderia ser uma mulher assustada, numa cidadezinha de Dakota do Norte, que recebeu esse diagnóstico e não sabe a quem procurar. Dá para imaginar como isso pode ser massacrante? Em vez disso, não só recebi os resultados da biópsia no dia seguinte, como posso dar um telefonema e marcar uma consulta com a melhor cirurgiã mastologista do Sloan-Kettering. Eu com certeza tenho sorte, Grace.

— Você está certa, Cam, é uma pessoa de sorte. E sei que vai fazer o que for preciso e encontrar as pessoas certas e ficar boa.

— É exatamente o que eu vou fazer.

— Mas não existem… — hesito.

— O quê, Grace? Pode falar.

Eu me viro para ela e o meu olhar trai o medo que estou sentindo.

— Você não está nem um pouco assustada?

— Ah, Grace — ela diz olhando nos meus olhos e então me abraça. — É claro que estou assustada. Mas fico com medo de um modo diferente de você. Você externaliza o que está sentindo chorando, ficando triste, se encolhendo e precisando de amor. Eu não estou criticando você, só estou dizendo como você fica. E está tudo bem com isso. Este é o seu jeito e você não sabe agir de outra maneira. E às vezes acho que talvez seja uma forma melhor de se comportar, porque assim as outras pessoas vão ajudá-la a passar pela dificuldade. Mas você me conhece. Eu fico assustada como num batalhão na linha de frente: com um plano, uma descarga de adrenalina e, depois, ao ataque — Cameron diz, dando golpes de karatê no ar com as mãos.

Deu risada.

— Sim, e se isso faz você se sentir melhor, então, sim, eu estou absoluta e tremendamente assustada, mas não vou me deixar paralisar. Vou fazer o que for preciso e seguir em frente. Não estou encarando isso como uma sentença de morte. Sei que dá para vencer, por isso preciso que você veja a situação da mesma maneira. Combinado? — ela pergunta, virando-se para mim e esticando a mão.

— Combinado — digo, apertando a mão dela e enxugando as lágrimas. Sorrio para minha amiga que de fato sabe usar muito bem seu medo e lhe dou um abraço.

— Agora, preciso fazer umas ligações e marcar algumas consultas, mas não terminei ainda de falar sobre o *show* de horrores que você e Darren estão aprontando, por isso fique por aqui.

Enquanto Cameron vai ao seu escritório para pegar o laptop e dar alguns telefonemas, abro as janelas, arrumo a cama, limpo os farelos de *muffin* e agradeço minha boa sorte por ter esta mulher forte como minha melhor amiga. Ouço meu celular tocar e me apresso em encontrá-lo no fundo da bolsa antes que pare de chamar. É o Darren.

— Oi — ele diz com voz neutra.

— Obrigada por me ligar. Eu precisava muito falar com você.

— O que aconteceu? — Ouço o barulho de digitação. Ele não está prestando atenção em mim, então sou direta.

— Cameron está com câncer de mama — digo baixinho. Ela está no andar de baixo, mas não quero que me ouça.

— O quê? — A digitação para. Agora sei que consegui a atenção dele.

— Ela foi ao médico ontem para um exame de rotina, e ele sentiu um caroço. Ela fez uma mamografia ontem e depois uma punção para colher material para biópsia, e acabou de saber o resultado. É câncer.

— Que droga.

— Eu sei.

— E como ela está reagindo?

— Do jeito dela, sendo Cameron. Estou na casa dela agora, e ela está telefonando para marcar consulta com alguns cirurgiões mastologistas. Está agindo como uma guerreira e normal, então não sei se está em negação ou se é realmente forte. Em geral eu diria que ela é forte de verdade, mas é um câncer, Darren.

— Eu sei. Bem, acho que devemos deixar que ela lide com isso do jeito dela. Só posso imaginar a situação pela qual está passando.

— É horrível.

— Você acha que tudo bem se eu enviar um e-mail e deixar que ela saiba que já sei?

— Sim, acho que seria muito bom. Tenho certeza de que ela vai gostar.

— Está bem, vou fazer isso.

— Tem tempo para conversar sobre nós agora?

— Não, e de qualquer modo ainda não estou pronto para conversar com você. Preciso refletir sobre algumas coisas e tenho estado ocupado demais no trabalho, quase sem tempo livre. Estou ligando porque na minha agenda está escrito que você precisa de mim em casa cedo para se encontrar com seu pai na cidade. Ainda precisa de mim para isso?

— Sim, obrigada. Uma garota da vizinhança vai ficar com os meninos depois da escola, mas, se puder chegar em casa umas 18h30, seria ótimo. E eles adorariam ver você.

— Está certo.

— Darren — eu começo.

— Preciso desligar, Grace.

E então percebo que ele realmente desligou.

Pego o trem das 16h42 para a Grand Central. Ele me deixa lá às 17h26, meia hora antes do que combinei com meu pai no Oyster Bar, seu restaurante favorito em Nova York, além de muito conveniente, já que fica no piso inferior da Grand Central. Vou até o balcão do terminal e sigo para The Campbell Apartment, um dos meus bares prediletos na cidade, para beber uma taça de vinho e refletir um pouco em silêncio.

The Campbell Apartment era o escritório particular de John W. Campbell, um magnata dos anos 1920. O espaço espetacular tem pé-direito superalto, uma janela imensa com vitrais e detalhes históricos arquiteturais da Grand Central suficientes para que eu os fique admirando ali sentada. O *barman* me traz o vinho disfarçando um sorriso, faz um sinal em direção à outra ponta do bar e me diz que o homem sentado lá pagou o vinho para mim. Olho para ver quem é meu benfeitor, um pouco aborrecida por ter de lidar agora com a cantada de um estranho e pensando por que o sujeito não fez um esforcinho para ver que uso aliança, um aviso universal que diz: "Não desperdice dinheiro nem tempo comigo, amigo". Vejo um homem mais velho e atraente, com o cabelo grisalho penteado para trás e vestindo um terno escuro impecável, camisa branca e uma gravata azul-aço decididamente Hermès. Ele levanta a taça e eu faço a mesma coisa, ele sorri e se levanta da cadeira.

— É o meu pai — digo ao *barman*, não querendo que ele pense que sou assim tão fácil. Ou que tenho queda por homens mais velhos.

— Hum, hum — ele murmura e me lança um olhar que significa que já ouviu isso um milhão de vezes.

— Olá, Gracie — meu pai diz e me beija na testa.

— Olá, papai. Obrigada pelo vinho. Engraçado encontrar você aqui.

— Eu estava adiantado e me lembrei de que você mencionou este lugar da última vez que comemos no Oyster Bar, então achei que devia experimentar. E você tinha razão. É excelente.

— Ótimo, e estou contente por vê-lo. Como é que foi a sua viagem?

— Bem, muito bem.

Eu e meu pai nos sentamos em meio ao esplendor do The Campbell Apartament, saboreando nossa bebida e conversando sobre o caso no qual ele está trabalhando.

— Você se lembra da primeira vez que eu lhe paguei uma bebida? — pergunto, afagando o ombro do meu pai.

— Claro que sim. Não era um lugar tão refinado como este — ele diz, rindo.

— Não, não mesmo — digo, acompanhando sua risada.

— Um chope no Smokey Joe's, eu acho — ele diz.

— Devia ser esse lugar, mas no meu tempo nós o chamávamos Smoke's, papai.

— Certo, Smoke's — ele disse referindo-se à nossa espelunca na Pensilvânia, onde eu e meu pai nos formamos. Numa das vezes em que estava em Nova York a trabalho durante uma semana, pegou um trem para a Filadélfia para me visitar. Naquela tarde, depois de um passeio pelo *campus*, decidi que deveríamos ir ao Smoke's para eu poder lhe pagar um chope. Lembro que me senti tão adulta. Não tinha nem 21 anos, mas minha identidade falsa funcionava bem no Smoke's, e meu pai não se importava com isso. Sei que ele ficou orgulhoso de mim naquele dia e passou a me ver como uma mulher. E podia jurar que, quando ele se despediu naquela noite, do jeito dele, estava emocionado por seu bebê ser agora uma pessoa adulta.

— Bem, então vamos? — ele me pergunta enquanto estende umas notas para o *barman*, que pisca para mim.

— Vamos — digo, lançando um olhar irônico para o *barman*.

Meu pai vem ao Oyster Bar há uma eternidade. Uma venerável instituição nova-iorquina, o restaurante abriu em 1913, mas se deteriorou, até que reabriu nos anos 1970 como o restaurante famoso e lindamente projetado que é hoje. Eu sou tão apaixonada pelo teto abobadado de azulejos projetado por Guastavino* quanto adoro o teto astronômico do saguão principal do terminal. O salão está lotado com uma mistura interessante de turistas, pessoas que trabalham e estão saindo do trabalho e nova-iorquinos devotos do New York Oyster Bar. Depois de fazermos nosso pedido — ostras à Rockefeller e um filé de atum para papai, e coquetel de camarão e salmão grelhado para mim — eu lhe conto sobre Cameron.

— Ah, Gracie, isso é terrível — papai diz com uma careta, apoiando a faca com manteiga e o pão de volta no prato.

— Eu sei. Mas ela diz que as estatísticas estão ao seu favor, ela vai ser a batalhadora Cameron contra o câncer e vai vencê-lo.

— Espero que ela fique boa.

— Eu também. Não consigo imaginar perder mais alguém tão próximo de mim.

— Nem eu — ele diz, olhando nos meus olhos, sabendo que estou falando de Danielle do mesmo modo como ele está pensando nela. Apesar de tão duro no tribunal e aparentemente tão simples em se tratando das emoções, sei que papai fica muito perturbado até hoje com a morte da filha. Ele sorri para mim e fazemos um acordo silencioso para mudar de assunto.

— Como anda o trabalho do Darren? O mercado está indo muito bem atualmente.

— Ah, sim, Darren está se saindo bem. Anda muito ocupado.

— Sinto por não poder vê-lo desta vez.

---

* Rafael Guastavino, arquiteto nascido em Valência, na Espanha, em 1842, mudou-se para os Estados Unidos em 1881, onde fundou sua própria companhia construtora, realizando diversos projetos e influenciando a arquitetura norte-americana da virada do século. (N.T.)

— É complicado arranjar babás, então achei que seria mais fácil se ele ficasse em casa com os meninos. Da próxima vez, quem sabe... Espero que quando vier possa ficar mais tempo e dar uma espiada nos garotos.

— Tomara, seria muito bom, Gracie.

Fico olhando para o prato e mexo nele um pouco enquanto decido se conto ou não ao meu pai sobre meus problemas.

— O que está acontecendo? — ele pergunta, percebendo minha luta interior.

— Não sei se a Eva lhe contou, mas eu e Darren estamos com alguns problemas.

— Ela não me disse nada. O que foi? — ele pergunta, pegando a minha mão por cima da mesa.

— Bem — e de repente me sinto envergonhada de dividir uma coisa tão íntima com meu pai. — Acredite ou não ele me traiu.

— Ah, Gracie.

— Sim, ele estava numa convenção no verão e é uma longa e cansativa história, mas o principal é que ele tinha bebido demais com os amigos e, de algum modo, acabou na cama com a garçonete.

— Ai!

— Isso mesmo, tem sido difícil. Ele só me contou há algumas semanas.

— E como você se sente em relação a isso?

— Bem, esta é uma questão interessante. Passei por todos os sentimentos previsíveis: raiva, tristeza, humilhação, pode esgotar a lista. Mas, agora, sinto que não quero deixar isso arruinar meu casamento. Não quero dar a essa mulher que apareceu por acaso e que serve martínis num hotel de Chicago o poder de destruir o que eu e Darren criamos juntos. Amo meu marido, papai. Tem sido muito difícil. — Decido deixar de lado a parte crucial de Jake na história, apesar de ser o fato que realmente foi o ponto decisivo na minha caminhada para o perdão, porque não quero que meu pai fique decepcionado comigo.

— Tenho certeza de que tem sido — ele diz e evita meu olhar.

— O que você acha?

— Ah — ele diz com uma risadinha que mais parece um grunhido —, não admiro muito as pessoas que traem seu cônjuge, mas sei que isso acontece o tempo todo. É com certeza muito difícil entender quando a parte infiel diz, seja ele ou ela, que aquilo não significou nada, mas acho que percebi com o passar dos anos que provavelmente isso seja verdade — ele diz, olhando de novo para algum ponto perdido e por cima do meu ombro direito.

A ausência de contato visual está me deixando confusa. Reed Roseman, o feroz advogado de defesa, fez sua carreira em grande parte por meio do contato visual, persistente e penetrante. Só quando não se sente à vontade ele desloca o olhar para um ponto indefinido. Por que ele não se sente à vontade? De repente começo a suspeitar que ele esteja traindo Amanda. Ou talvez aquela loira, interesseira e cheia de *botox*, o esteja traindo. Para ser honesta, eu espero que a traição seja da parte dele, porque jamais gostei dela. Torço para que tenham um acordo pré-nupcial. Felizmente papai olha para mim e continua.

— Mas espero que vocês consigam resolver isso por causa dos meninos. Não é fácil criar os filhos sozinha, Gracie. Sei que vocês poderiam ter tido uma vida melhor com sua mãe *e* eu. Não estou pretendendo ganhar nenhum prêmio na categoria bom pai, mas sei que ter os dois pais é sempre melhor do que ter só um.

Agora sou eu que estendo a minha mão e seguro a *dele* por cima da mesa.

— Você e mamãe fizeram o melhor possível. E acho que eu e a Eva nos saímos muito bem — digo, sorrindo.

— Bem demais — ele diz, e começamos a degustar nosso primeiro prato, que o garçom acaba de trazer.

— Estes camarões são enormes! — digo.

— Experimente — ele diz, oferecendo-me uma ostra. — Você ainda é voluntária na escola dos meninos? — ele pergunta.

Enquanto comemos, eu lhe conto sobre minhas aventuras tentando voltar ao mercado de trabalho.

— Bem, você lutou pelo trabalho quando a tal Nicole lhe disse que estava oferecendo para outra pessoa? — ele pergunta, o contato visual ajustado no modo de penetração total.

— Não. Acho que apenas aceitei que ela tinha escolhido outra pessoa.

— Você precisa lutar por si mesma, Gracie. Sei que ficará surpresa por ouvir isso porque profissionalmente sou muito agressivo, mas não tenho sido um grande lutador na minha vida pessoal ao longo dos anos, e vejo um pouco disso em você — ele diz, gesticulando com uma concha de ostra vazia na mão.

Mais uma vez, meus pensamentos se dirigem para o relacionamento dele com a Amanda, e fico imaginando o que pode estar acontecendo.

— O que quer dizer? — pergunto de modo inocente. — Eu luto por mim. Eu buzino como louca quando um carro me corta na via expressa, e faço uma porção de gestos exagerados e ruídos de censura quando alguém fura a fila na minha frente.

— Não é isso que quero dizer — ele diz, rindo. — Só não quero que passe a vida deixando as pessoas se afastarem sem tê-la escolhido.

E agora estou realmente confusa.

— Você quer dizer que a traição de Darren mostrou que ele não estava me escolhendo e não conseguir o emprego mostrou que ela não estava me escolhendo?

— Sim, cada um a seu modo. Mas entenda por que você não luta por si mesma. Você é bondosa e não quer ser confrontada. Mas precisa advogar em causa própria também. Precisa garantir que as suas necessidades sejam satisfeitas, e não apenas as das pessoas ao seu redor.

Recosto-me na cadeira e tomo um gole de vinho, pensando por uns instantes no que meu pai está me dizendo. Estou meio confusa, na verdade intrigada, com o que ele quer dizer com isso em relação à sua própria vida. Mas ele de fato tem razão quanto a isso se relacionar à minha. E tem relação com o que mamãe e Eva estavam tentando me dizer em LA. Minha preocupação sempre foi como as coisas *deveriam* acontecer e como eu *deveria* agir, em vez de pensar no que eu *quero* e me concentrar nessa direção. Embora tenha feito isso no meu namorico com Jake, e veja aonde isso me levou.

O que eu acho que a minha família está tentando me dizer é que eu deveria parar de ser tão cuidadosa e me lançar à luta por algo, seja qual for esse "algo" em determinado momento. Deveria "ir à luta" pelo meu casamento e fazer Darren perceber que precisamos ficar juntos. Eu deveria "ir à luta" por um trabalho e procurar com convicção algo que me preencha intelectualmente. Deveria "ir à luta" para garantir que a minha vida fique repleta de "quero" e "consigo" em vez de "preciso" e "tenho de".

Passamos o resto do jantar conversando sobre coisas em geral, restaurantes de LA e outros assuntos neutros. A principal sensação que extraio desse jantar é que estou agradavelmente surpresa ao perceber que o nosso relacionamento torna-se cada vez mais fácil agora que sou adulta. Acho que meu pai fica desconfortável quando as pessoas precisam dele. Ainda assim, só agora estou assumindo que nunca soube os motivos reais que fizeram meus pais se separarem. Talvez mamãe fosse emocionalmente muito intensa. E acho que, quando eu era criança, devo ter sido assim também.

Agora que sou adulta e minhas necessidades são satisfeitas pelo meu próprio núcleo familiar, acho que isso faz meu pai se sentir um pouco mais livre das obrigações. Só que isso não explica como ele lida com a Amanda e o que está acontecendo entre eles. Mas imagino que as necessidades dela de autoestima são tratadas por um certo cirurgião plástico de LA. No trem de volta para casa, penso em Darren e se ele estará esperando por mim na nossa cama ou estará dormindo no quarto de hóspedes.

Ele está esperando perto da porta, ansioso por voltar à cidade. Ansioso para ficar o mais longe possível de mim.

Capítulo vinte e um

— Gostaria de fazer um brinde — Cameron diz, levantando sua taça de *prosecco.*

Eu sorrio e levanto minha taça.

— Gostaria de fazer um brinde a duas grandes coisas: a amizade e a vida. À amizade — ela diz, sorrindo e olhando bem dentro dos meus olhos. — Durante as três últimas semanas, você tem sido uma amiga incrível. Tem ficado comigo em cada etapa desse processo, e eu te agradeço demais por isso. À vida. Minha vida está prestes a mudar na quarta-feira. Bem, acho que já mudou. Mas, começando pela cirurgia, vou embarcar numa viagem que sei que causará um grande impacto em mim para sempre. Então gostaria de brindar a uma cirurgia bem-sucedida, uma recuperação rápida, um tratamento tolerável e dias melhores depois de tudo.

— Brindemos — digo, encostando minha taça na dela e saboreando o delicioso espumante.

— Nem acredito que enfim chegou a hora da cirurgia. A única coisa que desejo é ter este câncer fora de mim — Cameron diz enfaticamente.

— Posso imaginar — digo enquanto o garçom serve a salada de beterraba assada para Cameron e ovos apimentados para mim.

Estamos no restaurante BG no sétimo andar da Bergdorf Goodman.* É o nosso lugar predileto para almoçar na cidade, em particular pela vista de tirar o fôlego do Central Park, mas também pelo projeto absurdamente chique de Kelly Wearstler. Tivemos sorte de ficar numa das mesas com cadeiras ovo de couro azul-claro. Antigamente vínhamos aqui festejar aniversários, promoções no emprego e outros marcos das nossas vidas. Hoje, estamos aqui para celebrar, quem sabe comemorar seja uma palavra mais apropriada, a mastectomia dupla a que Cameron se submeterá daqui a dois dias.

— Sei que parece estranho eu desejar vir aqui para esse tipo de almoço de comemoração — Cameron diz, encolhendo os ombros e olhando em volta o vaivém de garçons, senhoras da sociedade e turistas deslumbrados.

— Eu acho que é perfeito — tentando comer elegantemente um dos meus deliciosos ovos apimentados. Eu os peço todas as vezes que venho aqui. Sei que deveria mudar e tentar algo novo, mas sonho com eles. Literalmente.

— Senti que precisava exaltar este momento da minha vida. Agora, sei que isso parece estranho, mas quase sinto que devo respeitá-lo, reverenciá-lo de certo modo. Ele é enorme, e se ao passar por este momento imenso e fingir que ele não é tão grande, então de algum modo eu o deixo vencer. Não estou tentando aliviar a gravidade disso tudo, porque *estou* supernervosa. Só preciso não deixar tudo tão nebuloso.

---

* Loja de departamentos de Nova York especializada em artigos de luxo. (N.T.)

— Eu entendo — digo. — Você sente como se precisasse tomar conhecimento da importância que isso assume na sua vida, e qual a melhor forma de dizer ao câncer para, me desculpe, se foder, do que lhe fazer uma festa de despedida na Bergdorf Goodman? — pergunto euforicamente.

— Então, brindemos a isso! — Cameron diz, e tocamos nossas taças.

Sorrio para Cameron e penso em tudo o que passamos nas últimas semanas. Se tudo acontece por uma razão (e talvez um dia cheguemos a descobrir a razão de Cameron ter câncer de mama), sei por que não consegui aquele emprego com a Nicole. Se estivesse trabalhando, não poderia ficar com minha melhor amiga durante um dos períodos mais instáveis, ou talvez *o* mais instável, da sua vida.

Depois de Cameron consultar diversos cirurgiões mastologistas, ela escolheu uma jovem e brilhante médica do Sloan-Kettering. Com base em suas conversas, Cameron optou pela dupla mastectomia. Tecnicamente, ela não tem câncer na mama direita agora; entretanto, o diagnóstico de "carcinoma lobular *in situ*" significa que ela tem um risco significativo de desenvolver um novo câncer no futuro. Cameron decidiu que não iria se arriscar ou ter que passar por tudo isso de novo, por isso iria retirar as duas.

Assim que a cirurgia de Cameron foi marcada, fizemos uma lista de tudo o que ela precisava preparar: consultar um cirurgião plástico para saber sobre a reconstrução, pensar no que fazer com a clínica pediátrica durante sua ausência, consultar um médico especializado em fertilização para tratar do congelamento de seus óvulos, comprar agasalhos e pijamas com zíper porque não poderia levantar os braços depois da cirurgia etc.

— Não sei por que estou me sentindo tão leve — Cameron diz. — Isso é muito estranho. Mas uma coisa eu aprendi com tudo isso, não dá para prever qual será a sua reação, sentimento ou comportamento quando um trauma se apresenta na sua vida. Então vou aceitar o fato de estar me sentindo leve. Sem dúvida é melhor do que se sentir deprimida. Graças a Deus não estou deprimida.

— Acho que você está certa. Todos nós tememos o pior. Tudo bem, vou refazer a frase. *Eu* temo pelo pior. Mas, muito possivelmente, quando o pior chega, ele traz um pouco de alívio porque o pior já aconteceu. Isso faz sentido? — pergunto.

— Só porque eu conheço você — Cameron ri.

— Certo, entretanto eu sei o que quis dizer. Estou tão orgulhosa de você, Cameron. Você enfrentou tudo isso, fez o que tinha de fazer e está encarando a doença como tudo o mais na sua vida: olhando-a direto nos olhos e está confiante em que vai lhe dar um pé na bunda.

— Obrigada, Grace — ela agradece. — Dito isso, quero passar por essa cirurgia de uma vez. Sinto que a antecipação dela está me consumindo. Depois, eu poderei lidar com o que vier a seguir. Mas a parte boa é que nas últimas semanas dei a mim mesma a oportunidade de me sentir tão bem quanto possível para poder ficar assim tão confiante. Estou muito feliz por ter voltado a trabalhar, mesmo com um horário mais fragmentado. E estou contente por continuar comendo bem e fazendo muito yoga. Acho que tudo isso tem me dado muita força.

— Acho que tem toda a razão — digo. — Você é o modelo perfeito para o que fazer numa situação como esta.

— E como você está lidando com toda a situação que envolve o Darren? — Cameron me pergunta medindo as palavras. Penso que fica aliviada em mudar de assunto.

Suspiro de um jeito dramático.

— É muito ruim, Cameron. Faz exatamente três semanas que voltei de LA e é inconcebível para mim pensar que ele esteja num dos apartamentos da firma na cidade durante esse tempo todo. Felizmente, ele vem para casa várias vezes na semana para ver os meninos e colocá-los na cama na hora de dormir, mas depois volta para a cidade. Eles não sabem que ele não dorme em casa. Só acham que ele está viajando muito a trabalho.

— Meu Deus — Cameron lamenta.

— Algumas vezes me sinto confiante imaginando que ele só precisa passar por essa fase e me punir pelo que eu fiz, ou pelo que acredita que fiz, e que então voltará para casa e tudo ficará bem. Outras vezes, desisto de ter esperança e me convenço de que arruinei tudo e qualquer dia ele vai aparecer com os papéis do divórcio.

— Ah, Grace. Não consigo acreditar em como as coisas ficaram loucas entre vocês. E sinto muito por não ter apoiado você nisso tudo. Tenho andado um pouco distraída — ela diz calmamente.

— Não tem problema, Cameron. E você sabe que tenho procurado não aborrecer você com esse assunto. Tenho tentado não ficar presa nisso, o que é uma grande piada, tentando pensar positivamente, mas nunca consigo ficar bem de verdade. Sinto como se já tivesse tentado tudo ao meu alcance para tê-lo de volta e convencê-lo de que não fiz nada de errado. E estou ficando impaciente por tentar compreender por que ele está zangado, quando, honestamente, penso que a raiva dele é injusta e um monte de besteira. Eu é que deveria estar furiosa com ele por tentar igualar o que fiz ao que ele fez. E, durante esse tempo todo, ele não responde meus e-mails nem minhas ligações. Ele simplesmente me deletou.

— Sinto muito por estarem passando por isso. Espero que no final tudo dê certo — Cameron diz.

— Obrigada. Eu também. — Tento tirar Darren da cabeça para me concentrar em Cameron.

O garçom traz um prato de Gotham Salad* para cada uma, o que é basicamente uma salada Cobb, e conversamos sobre o que precisa ser feito antes da cirurgia na quarta de manhã.

Na hora do chá e do sorvete de framboesa, falo seriamente com Cameron.

— Sabe, tenho pensado muito sobre nossas últimas conversas e quero que saiba como foram esclarecedoras para mim.

— De que forma? — Cameron pergunta, lambendo o sorvete da colher e mergulhando-a de novo para pegar mais uma porção.

— Bem, você se lembra de quando comentamos como o seu diagnóstico abriu nossos olhos em relação à forma como priorizamos nossas vidas e como preenchemos nossos dias? Se não deveríamos tocar nossas vidas de modo diferente? — pergunto.

— Lembro — ela responde.

— Você me fez lembrar de como eu costumava ser despreocupada e descontraída. Sei que depois de ter filhos o cenário mudou e tive de ser mais responsável, mas o que você disse de fato mexeu comigo — digo, enfiando a colher no sorvete.

---

* Salada de alface, beterraba, tomate, ovo cozido, presunto, bacon crocante, peito de frango e queijo Gruyère. Acompanha um molho batido no liquidificador com cebola, pimentão verde, molho de pimenta, relish de picles adocicado, vinagre, gengibre, maionese, alho, sal e pimenta. (N.T.)

— Como? — Cameron pergunta, tomando um gole de chá.

Recosto-me na cadeira e olho através da janela.

— Preciso recuperar algo do meu velho eu, relaxar um pouco e parar de usar o tempo só para cumprir minhas tarefas com perfeição. Às vezes eu tenho que usar meu tempo fazendo algo que quero sem me sentir culpada se isso não resultar em nada.

— Você acha que consegue mudar? — ela pergunta, inclinando a cabeça de um jeito engraçado.

— Com certeza eu vou tentar.

— Isso é ótimo, Grace.

— Isso fica exatamente entre o que minha família tem me dito e aquilo que você tem tentado me falar nas últimas semanas...

— E nos últimos vinte anos — Cameron interrompe.

— Certo, isso também. E somando o que está acontecendo com você e o que está se passando no meu casamento, o resultado bateu na minha cabeça e me fez pensar em como preciso aproveitar a vida.

— Aleluia! — Cameron exclama, levantando a colher no ar.

— Estou falando sério — digo, sorrindo.

— Eu também — diz ela.

— Não sei por que levei tanto tempo para perceber que nós todos vamos ficar doentes, ter problemas matrimoniais, ou qualquer outra droga acontecendo em nossas vidas. Então, durante os intervalos entre esses eventos nefastos, precisamos aproveitar a paz e a tranquilidade para fazer aquilo que gostamos, para ser calorosos com quem amamos, para comemorar as coisas boas da vida, para não ficar correndo o tempo todo, para ter consciência de que estamos fazendo exatamente o que era esperado de nós, para parar... espere, espere... para pararmos de nos preocupar por não fazer as coisas do modo certo e apenas fazê-las, com os diabos, de um jeito que nos faça sentir bem! — digo, meu tom de voz subindo no final e atraindo os olhares dos vizinhos de cadeiras ovo do salão.

— Ah, Grace! Nós chegamos lá! — Cameron comemora. — Nós chegamos lá!

— Acho que sim, provavelmente.

— A coisa mais importante que você deve se lembrar é que não pode ficar o dia inteiro à disposição dos seus filhos, ou de algum chefe, ou de seu marido, ou de qualquer um que lhe diga quanto você é maravilhosa. Você tem que acreditar nisso. Acreditar que é maravilhosa. Porque você é.

Depois do almoço, Cameron vai para o centro para resolver problemas pendentes no consultório nas próximas horas, e eu me dirijo para a Grand Central. Durante a caminhada e já no trem, penso em tudo o que aconteceu desde o primeiro dia de aula cinco semanas atrás, e me parece extremamente ridículo, como o roteiro de uma novela e não a minha vida: marido trai a esposa, esposa recebe duas oportunidades de emprego, mas é rejeitada, a melhor amiga da esposa sofre um aborto, esposa entra em contato com antiga paixão, esposa conta para o marido, marido surta, a melhor da amiga da esposa é diagnosticada com câncer de mama. Só falta a amnésia, um amor de infância secreto e um assassinato. Infelizmente, *é* a minha vida.

Mas, olhando pelo lado bom, sei também que as últimas cinco semanas foram preenchidas com obstáculos suficientes para mudar de fato minha perspectiva. E isso é realmente uma coisa valiosa.

Desisti de tentar descobrir o que está se passando na cabeça de Darren e o que devo fazer em seguida. Já não tenho mais certeza sobre aquilo que sempre achei que soubesse a respeito dele. Nunca imaginei que Darren reagiria daquele jeito. Repasso tudo na minha cabeça, me perguntando se ele está certo e eu, errada. Fico me convencendo de que a coisa certa a fazer é lhe dar espaço e tempo e ver o que acontece.

— Ei, Grace! Parece que não vejo você há tanto tempo! — Lorna praticamente berra na minha direção com uma daquelas dramáticas entortadas de cabeça quando estou indo para o ponto do ônibus essa tarde. Ela está ridiculamente vestida dos pés à cabeça em estilo marinheiro, e tudo o que posso fazer é não olhar para ela para não cair na risada.

— Algumas semanas atrás os meninos me perguntaram se podiam ir do ônibus até em casa sem que eu esperasse por eles, e é o que estou fazendo. Acho que isso lhes dá um senso maior de independência. Além disso, fico olhando pela janela, então sei que estão bem — digo, virando a cabeça para ver se o ônibus está chegando. Tentei cronometrar isso hoje para não precisar falar com Lorna, mas, droga, o ônibus está atrasado.

— Ah — ela diz, como se eu tivesse acabado de lhe dizer que eu os deixava se prostituírem no centro da cidade à meia-noite. — Eu nunca deixaria os trigêmeos irem para casa sozinhos. Mesmo estando a uma distância de seis casas. Há muitos relatos de abduções hoje em dia. Sabia? — Lorna pergunta, limpando a grama de suas alpargatas de marinheiro.

— Já ouvi que é mais fácil uma criança ser atingida por um raio do que ser abduzida, mas você deve fazer o que achar melhor — digo com voz doce.

— Bem, nunca conseguimos ser cuidadosas o bastante, você consegue? Especialmente quando se trata dos nossos bens mais preciosos. Então — ela cacareja —, tenho pensado em lhe perguntar como anda o seu novo emprego.

— Infelizmente algumas coisas não andaram como eu tinha planejado — digo, esticando o pescoço. — Mas isso não tem importância. Tudo acontece por alguma razão.

— Talvez isso tenha acontecido para que você cuide da terceira série na feira de livros do inverno. Ainda não preenchemos a vaga, e ela é sua se quiser — ela diz, piscando duro e sorrindo escancaradamente.

— Sinto muito, Lorna, estou cheia de outras coisas para fazer agora e não acho que seja um bom momento para isso.

— Ah? Outras coisas? — Lorna pergunta com um interesse excessivo. O músculo fofoqueiro de seu maxilar lateja de maneira selvagem.

Neste momento o ônibus chega e me salva de ter que inventar alguma coisa para a droga da mulher me deixar em paz.

— Mamãe, por que veio esperar a gente? — James pergunta com voz decepcionada. — Você se esqueceu de que agora somos garotos grandes e podemos ir para casa sozinhos?

— Eu não me esqueci, mas, de vez em quando, gosto de vir pessoalmente receber meus meninos.

— Está bem — James diz e me entrega sua mochila. Henry faz a mesma coisa.

— O que vamos fazer hoje à tarde? — Henry pergunta.

— Hmmm. Não tenho nenhum plano. Vocês tinham pensado em alguma coisa? — pergunto.

— Sorvete? — Henry sorri, mostrando todos os dentes.

— Sorvete? — James cantarola.

— Acho que sorvete é uma ótima ideia — digo. — E depois que tal ir até a Hooper's Farm e pegar algumas abóboras?

— Podemos cortá-las quando chegarmos em casa? — Henry pergunta.

— É claro! — digo, entusiasmada com a programação da tarde. Desde o sumiço de Darren — tenho que classificá-lo assim —, relaxei um pouco na categoria do jantar. Os meninos ficam felizes com pratos menos elaborados, e eu estou contente por não precisar empregar tanto tempo e energia para preparar o jantar.

— Jack L. pegou abóboras ontem, ele me contou. Disse que pediu para a babá levar ele na semana passada, mas ela disse que a mãe dele queria fazer isso no fim de semana quando não precisasse trabalhar — Henry me conta enquanto abro a porta para guardar as mochilas.

— Ainda bem que você não trabalha — James diz.

— É, James? Por quê? — eu pergunto, me ajoelhando diante dele e pondo minhas mãos nos seus ombros.

— Assim podemos colher abóboras nas segundas-feiras — ele diz ingenuamente.

Tenho tentado não ficar tão envolvida com meu dilema mental deveria-ou-não-deveria trabalhar. E tento diminuir o ritmo, ver a beleza do dia a dia e apreciar as coisas do mundo. Recentemente, fiquei deitada na cama pensando como estaria se tivesse sido meu o diagnóstico de câncer. E se eu estivesse tão doente que não pudesse preparar o café da manhã para os meninos, ou recebê-los com petiscos quando voltassem da escola, ou levá-los aos treinos de futebol? Todas as coisas das quais eu reclamo por ter de fazer porque são tediantes, não gratificantes e consumidoras de tempo. Por que elas me roubam tempo, e eu quero ter algum para gastar com Alguma Coisa Mais. Essas são as coisas das quais, de repente, eu preciso descobrir o valor. Preciso mudar meu pensamento de “ter de” para “realizar”. Infelizmente, algumas vezes é preciso um diagnóstico de câncer para deixar isso claro.

Mesmo vendo o valor disso tudo, fazer “lanches para a escola” nem sempre é fácil. Encarando filosoficamente as coisas corriqueiras como uma dádiva não torna divertido aparar cascas de pão. Mas estou tentando desenvolver essa faceta. Pelo menos tenho essa intenção, o que já me coloca bem adiante do ponto em que eu estava há algumas semanas.

Ainda penso em arrumar um emprego, embora esteja feliz por não ter um neste exato momento para poder ficar com Cameron. Mas, quando ela melhorar e voltar a trabalhar, essa necessidade de escapar do papel de mãe em período integral e encontrar algo para preencher meus dias vai voltar. Só que agora tenho certeza de que desejo um trabalho com horário flexível para poder cuidar de uma amiga com câncer e estar livre para comprar abóboras nas segundas-feiras.

Capítulo vinte e dois

Quando entro na sala de espera do Sloan-Kettering na quarta de manhã, Jack já está lá.

— Oi — digo, abraçando-o e apoiando os copos de café que trouxe para nós. — Como foram os exames e os preparativos pré-operatórios agora de manhã?

— Tão bem quanto possível — ele diz. — Ela parecia um pouco preocupada e distante, mas acho que estava se preparando mentalmente para a batalha, como ela se refere a isso — ele diz com um riso nervoso.

— E você, como está se aguentando? — pergunto, passando os olhos em torno da sala de espera padronizada e indefinida. De acordo com Cameron, Jack está muito mal. Não aceita de jeito nenhum o que está acontecendo, não que eu o culpe por isso. E ela diz que, embora ele tente parecer animado diante dela, consegue enxergar através dele e algumas vezes o ouve chorando quando ele pensa que ela está dormindo.

— Estou bem, acho — ele diz, com as mãos nos bolsos, os ombros encolhidos. E então ele cede. — Estou muito assustado, Grace. Não sei o que fazer se eu perdê-la.

— Ei, ei. Ela vai ficar bem. Venha cá — digo e lhe dou um abraço demorado.

— Oi. — Nos separamos e vemos Darren na porta. Ele vai até Jack e lhe dá um abraço. — Sinto muito, cara. Sei que isso deve ser muito difícil.

— Obrigado, Darren — Jack diz enquanto se senta e toma um gole de café.

— Você está bem? — Darren me pergunta.

Olho para ele e balanço a cabeça negativamente. Não consigo falar. Eu me sinto tomada pela emoção: alívio por Darren estar falando comigo e me olhando com ternura e medo pelo que possa acontecer com Cameron. Tento segurar as lágrimas, mas elas são mais fortes do que eu dessa vez. Ele olha para mim e sorri hesitante, mas não consigo interpretar o que seus olhos estão tentando me dizer. E então ele me abraça. Por um bom tempo. Meu coração dispara e as lágrimas ficam incontroláveis. E ele fica me abraçando. Forte.

Quando me solta, ele murmura:

— Vai ficar tudo bem.

— Não consigo evitar de pensar o que ele pretende dizer com "tudo".

Estamos só os três na sala de espera. Aparentemente, um dia calmo para o câncer. Os pais de Cameron estão vindo do Maine e devem chegar à noite. Eles vão ficar alguns dias para ajudar Cameron quando ela voltar para casa. Tento conversar com Jack, mas ele só responde com monossílabos e depois volta a olhar para o seu iPad. Entendo a dica e percebo que ele não está a fim de conversar. Darren senta-se no canto da sala falando baixinho numa videoconferência. Eu trouxe coisas para ler, mas não consigo me concentrar. A televisão da sala está sintonizada na MSNBC.* Não conseguimos encontrar o controle remoto e o aparelho está num suporte muito alto, não dá para alcançar os botões. Eu poderia procurar alguém para ajudar, mas em vez disso fecho os olhos e penso.

A médica prometeu vir nos comunicar como transcorreu a cirurgia assim que possível. Ela disse a Jack que precisaria de duas horas para fazer sua parte e o cirurgião plástico mais duas para inserir os expansores teciduais, o primeiro passo para a reconstrução. Penso que há três possíveis resultados em função dessa cirurgia. Meu lado otimista e em negação espera que a médica venha e diga: "Vocês não vão acreditar! Foi um grande mal-entendido. Não encontramos nada. Deve ter sido poeira na máquina de ultrassom e uma confusão no laboratório. Ela está bem!" O lado pessimista e catastrófico pensa que a médica possa vir e dizer: "Está pior do que imaginávamos. O corpo da pobre garota está repleto de tumores. Não há mais nada que possamos fazer". Quando finalmente a médica vem, ela diz algo entre uma coisa e outra.

— A cirurgia transcorreu muito bem e Cameron foi ótima. Como aparentemente havia alguns sinais da doença ter se espalhado até o linfonodo sentinela, nós removemos mais nódulos axilares para garantir a retirada completa do câncer. Levando tudo em consideração, estou muito satisfeita.

— Ótimo — diz Jack, aliviado.

---

* Rede de televisão paga que transmite notícias 24 horas. Seu nome é derivado das abreviações usadas pela Microsoft e a National Brodcasting Company. (N.T.)

— O cirurgião plástico está com ela agora. Ele virá conversar com você daqui a umas duas horas, depois você poderá vê-la na sala de recuperação.

— Obrigado, doutora — diz Jack, sacudindo a mão da médica entre as suas. — Muito obrigado.

— De nada — ela diz sorrindo e vai embora.

Jack e eu olhamos um para o outro e sorrimos. Pergunto se ele quer alguma coisa da cafeteria, e ele diz que não. Eu lhe digo que vou pegar um café ou algo para comer, e Darren, que tinha saído da videoconferência pouco antes de a médica chegar, se oferece para ir comigo.

Enquanto seguimos pelo corredor em direção ao elevador, sinto que estou andando ao lado de um estranho. Não sei o que dizer. Então decido não dizer nada e deixar que ele tome a iniciativa.

— Está se sentindo melhor agora? — ele pergunta no *hall* dos elevadores apertando o botão de descer.

— Sim, muito — digo, as lágrimas ainda ardendo nos olhos enquanto observo as portas fechadas dos poços dos elevadores.

Um elevador chega e nós entramos. Está lotado, então não falamos. Quando saímos, caminhamos em silêncio um ao lado do outro até chegar à fila da cafeteria.

— Não quero perder você, Gracie — Darren diz de mansinho enquanto deslizamos nossas bandejas pelo balcão de metal.

Olho para ele. Estou um pouco surpresa. Não esperava isso da parte dele.

Ele para e se vira para mim.

— Tenho pensado muito, sobre muitas coisas. Sobre nós. Sobre o que cada um fez. Sobre Cameron. Sobre o que de fato importa. Tentei analisar esta situação de todos os ângulos. E, quanto mais eu penso sobre isso e mais o tempo passa desde a noite em que me contou, mais eu percebo que, sim, minha reação foi exagerada. Com certeza não gosto do fato de você ter, como me disse, flertado com outro homem, mas entendo como pôde acontecer. Vejo como o que fiz para você pôde levá-la a fazer o que fez. Você não deixou nada físico acontecer além de um beijo, e não posso dizer o mesmo de mim. Fui um idiota, Gracie, de muitas formas. E sinto muito.

Fico sem saber o que dizer. Meu olhar encontra o dele e eu sorrio.

— Estou tão feliz por você me dizer isso, Darren — digo, percebendo que as outras pessoas da fila estão silenciosamente passando na nossa frente.

— Tentei imaginar minha vida daqui para a frente em diferentes cenários e cheguei à conclusão de que não quero uma vida que não inclua você e nossa família reunida — ele diz, enquanto voltamos a nos mover. — Darren pega uma maçã que está numa bandejinha de papel e continua: — Me desculpe por ter feito você passar por tudo isso nas últimas semanas.

— Desculpas aceitas — digo baixinho, a alegria e o alívio borbulhando dentro de mim, quase como um café borbulhando na cafeteira.

— Vamos fazer um trato, vamos guardar todos os flertes e beijos e sentimentos um para o outro daqui em diante — ele diz, sorrindo para mim.

— Combinado — digo, sorrindo de volta.

Enchemos nossas bandejas com frutas, *muffins* e café; passamos pela fila do caixa; depois voltamos para nos encontrar com Jake na sala de espera, a subida de elevador é incalculavelmente mais agradável do que a descida quinze minutos antes.

— Nossa, o que aconteceu com vocês lá embaixo? — Jack pergunta quando nos vê sorrindo e de mãos dadas.

— Só um pouco de perspectiva, nada mais — Darren diz, me puxando para junto dele.

— Bem, fico feliz por alguma coisa boa surgir de tudo isso — Jack nos diz, voltando em seguida para um disputado jogo de palavras-cruzadas em seu iPad.

Epílogo

Fevereiro

— Qual é a sensação? — minha mãe pergunta com ar divertido quando eu entro na cozinha e vou em direção à cafeteira.

— A sensação é ótima — digo, aspirando o vapor que sobe da caneca e me sentando perto dela à mesa.

— Bem, só que isso faz com que eu me sinta realmente velha — ela diz meio que franzindo a testa e levantando-se da cadeira para me dar um abraço. — Parabéns, Gracie — ela diz e me beija na testa.

— Obrigada, mamãe. Estou muito feliz por você estar aqui.

— E eu estou feliz porque você quis que eu viesse — ela diz com um toque de tristeza na voz.

— Eu precisava de você aqui comigo, de verdade.

— Sei que você tem passado por muita coisa ultimamente, Gracie. Imagino que a comemoração vai ter um sabor agridoce — diz ela.

— Feliz aniversário! — soa uma voz descendo as escadas de trás.

— Obrigada — digo, sorrindo para minha irmã.

Nós três nos sentamos em volta da mesa da cozinha, olhando através da janela a manhã de fevereiro clara e sem nuvens, as árvores nuas, o frio céu azul. Quando o despertador tocou hoje de manhã, às 6h30, Darren me deu um beijo e me disse para dormir mais um pouco, que ele despacharia os meninos para a escola. Por isso, sorrindo, voltei a cair num sono profundo e abençoado.

— Alguém vem correr comigo? — pergunto.

— Está congelando lá fora — Eva responde. — Não faço exercícios quando está congelando.

— É energizante! — digo.

— Eu trouxe uma fita de pilates, se alguém quiser se juntar a mim — minha mãe diz, já vestida com um conjunto de elastano que deixaria Jane Fonda morta de inveja.

— A que horas você precisa estar pronta? — Eva pergunta.

— Vamos sair às 11h15. O restaurante fica a uns vinte e cinco minutos daqui. O almoço está marcado para o meio-dia, mas preciso de algum tempo para colocar os cartões marcando os lugares à mesa e os centros de mesa, além de cuidar de algumas outras coisas.

— Eu realmente estou entusiasmada com esta festa, Gracie — diz mamãe.

— Eu também. E estou feliz pelo fato de a festa cair no dia do meu aniversário. Fica muito mais especial.

— Na realidade, você vai ter um dia fabuloso — Eva diz.

— Então, me diga mais uma vez, o que vai acontecer depois da festa? — mamãe pergunta.

— Vocês duas vão dirigir meu carro de volta até aqui e vão pegar os meninos quando eles chegarem de ônibus. Já deixei por escrito indicações bem específicas e vou deixar também meu sistema de navegação para que não tenham dificuldade em achar o caminho — digo.

— Sempre tão organizada, esta minha irmãzinha — Eva diz dando um soquinho no meu ombro. E então enfia o dedo na boca aberta e finge vomitar.

— Engraçadinha — digo. — Mas, sério, muito obrigada mais uma vez por bancarem as babás hoje à noite. Sei que os meninos estão muito animados com isso. Darren tem um dia cheio de reuniões hoje, mas ele vai me encontrar à noite para jantarmos lá pelas sete. E então voltaremos para casa por volta das nove amanhã de manhã — digo, tomando o resto do café antes de subir para vestir meu agasalho de corrida. Depois do Ano-Novo, passei a fazer parte de um grupo que pratica corrida e nos encontramos em diferentes pontos três vezes por semana. E me associei ao programa de treinamento Rye Boot Camp by the Beach* e pedalo na SoulCycle.** É surpreendente como meu corpo mudou com a prática regular de exercícios, e sinto que a minha mente nunca esteve mais clara do que agora.

Saio de casa enquanto minha mãe e Eva preparam o café da manhã e dançam na cozinha ao som de Mariah Carey irrompendo do iPod da minha irmã. Dou risada comigo mesma, e uma onda de amor toma conta de mim. Estou de fato feliz com o esforço que as duas fizeram para voar até aqui para comemorar meus 40 anos. Houve um momento em que fiquei em dúvida se queria

* Programa de treinamento físico criado em janeiro de 2009, em Rye, subúrbio de Nova York, por Lee Sandford, *personal trainer* e mãe local, especialmente para mulheres. (N.T.)

** Cadeia de academias de ciclismo *indoor*. (N.T.)

que a mamãe viesse. No começo de janeiro, ela me telefonou e jogou uma bomba sobre a minha cabeça.

— Gracie, tomei uma resolução de Ano-Novo e decidi ser honesta com todas as pessoas da minha vida.

— Ótimo, mamãe. Mas você já não faz isso sempre? — perguntei, já me lamentando por ter atendido o telefone. Eu estava com muita pressa.

— Sim, na maior parte do tempo, faço — ela disse, um pouco atrapalhada. — Mas nem sempre, e nem sempre fui honesta com você.

— Sei. — Eu disse, esticando a palavra, insegura em relação ao que ela iria contar. Na verdade, eu não achava que seria capaz de lidar com outra coisa importante na minha vida. Ouvi quando ela respirou fundo.

— Bem, aí vai — ela começou. — Só quero pôr isso para fora. Eu traí o seu pai.

— O quê? — perguntei. — Do que você está falando? — Eu estava me arrumando para ir a um almoço de aniversário de uma das mães da escola dos meninos. Sentei-me na cama.

— O motivo pelo qual nos divorciamos não foi porque não nos dávamos bem. O que nos levou a isso foi eu ter traído seu pai. Pronto, já disse. Ah, Graças a Deus.

— Minha nossa, mamãe. Eu, eu nem sei o que fazer com uma informação dessas nessa altura da vida — eu disse, colocando o fone em viva-voz por um minuto para ficar com as mãos livres para apoiar minha cabeça entre elas.

— Eu sei, Gracie. Percebo que de fato é algo muito importante e muita informação para digerir de uma só vez, mas estou tão feliz por você finalmente ficar sabendo. Não contar para *você* sempre foi um grande conflito interno para mim — ela disse, com um tom de alívio na voz.

— Não *me* contar? Quer dizer que Eva sabe? — perguntei incrédula.

— Sim — ela respondeu baixinho. — Ela sabe há alguns anos.

— Por que contou para ela e não pra mim?

— Ah, Gracie. Você é muito mais sensível do que a Eva. Estava insegura de como iria encarar isso. Além disso, o assunto surgiu uma noite em que jantamos fora. Nem me lembro como foi que acabei contando.

— Papai descobriu? — perguntei, enquanto de repente um milhão de perguntas pipocaram na minha cabeça: Quem era o sujeito? Aconteceu uma única vez ou você teve um relacionamento com ele? Como contou para o papai? Eu e mamãe conversamos durante meia hora e ela respondeu as minhas perguntas (um sócio do meu pai; só uma vez quando papai estava viajando a negócio; o sócio se sentiu muito culpado e ele mesmo contou o que tinha acontecido, então papai o pôs para fora da firma, e agora ele lida com heranças e direitos patrimoniais em Boca Raton). Apesar de já estar muito atrasada para o almoço, descobri que meu pai tinha ficado arrasado e que juntos decidiram não nos contar porque não queriam que ficássemos ressentidas com mamãe por ter desfeito a família. Olhando para isso da perspectiva de uma mulher de 40 anos, acho que tomaram a decisão certa. Apesar de ter me sentido completamente traída.

Mas isso explicava muita coisa. Em primeiro lugar, por que meus pais tinham se separado (a "verdadeira" razão apresentada por eles nunca fez muito sentido para mim, considerando que eles de fato pareciam se dar bem na maior parte do tempo). Explicava por que minha mãe estava tão empenhada desde o começo para que eu e Darren voltássemos a ficar juntos, e por que tentou me convencer de que um caso não precisa necessariamente pôr fim a um casamento. Explicava nossa conversa no Il Cielo, em setembro. E explicava por que papai estava tão cauteloso quando jantamos no Oyster Bar.

Aquele telefonema me deixou totalmente confusa e passei muito tempo na semana seguinte pensando sobre a minha infância e vendo tudo através dessas novas lentes. Algumas coisas sobre o relacionamento dos meus pais depois do divórcio passaram a fazer mais sentido, sabendo que mamãe tinha traído meu pai. E também comecei a ver minha mãe de um modo diferente. Depois de sua confissão, fiquei muito zangada com ela, mas aos poucos decidi que precisava seguir adiante.

Além do mais, percebi que precisava deixar isso tudo para trás porque a alternativa seria não me relacionar mais com minha mãe, e isso não é uma opção para mim. Saber o que ela fez também a humanizou um pouco mais para mim, e me permitiu vê-la como apenas outra mulher que cometeu erros na vida e agora tenta corrigi-los da melhor forma possível. E eu a admiro por isso. Passamos um tempo sem nos falar. Quando liguei para ela algumas semanas atrás para convidá-la para a festa, ela chorou. Sei que estava com medo de ter me perdido.

— Oi, Grace! Parabéns! — Callie diz, correndo para mim e me abraçando. — Estou tão feliz por estar aqui!

— E eu fico feliz por você ter vindo — digo, pegando o bonito pacote de presente e deixando-o numa das mesas laterais.

— Acho que você vai realmente gostar dos seus 40 anos — diz ela.

— Acho que você tem razão — concordo. — Faz um tempo que venho pensando em lhe dizer como estou feliz por termos voltado a nos encontrar nos últimos meses. Adoro ter mergulhado totalmente no yoga, mas acho que a melhor parte tem sido nossos encontros durante o cafezinho das sextas-feiras depois do yoga.

— Ah, Grace. Eu também me sinto assim — Callie diz enquanto apoia a bolsa e pega uma taça de vinho da bandeja que o garçom lhe estende.

— Ei, moças.

— Oi, Nicole — Callie e eu dizemos em coro.

— Este lugar é lindo! — Nicole diz. — Já estive no salão de yoga e no café, mas nunca vim ao restaurante principal. Que salão agradável — ela diz, olhando em volta o salão reservado do Bedford Post Inn onde o almoço comemorativo dos meus 40 anos acaba de começar oficialmente.

O Bedford Post Inn é um lugar fantástico que Richard Gere (sim, o próprio) e sua mulher Carey Lowell abriram no norte do Condado de Westchester. A pousada conta com oito apartamentos com acomodações realmente bonitas e aconchegantes, um *loft* para yoga, um café descontraído num estábulo reformado e um salão de refeições mais formal, tudo instalado numa propriedade magnífica que data do final dos anos 1800. Depois do almoço, irei para o apartamento que ocupei quando cheguei hoje de manhã para relaxar na banheira, ler um livro e esperar por Darren. Temos reserva para jantar no salão formal, depois passaremos a noite aqui. Estou muito animada.

— É só uma lembrancinha — Nicole diz, estendendo-me um pacote.

— Obrigada — agradeço e lhe dou um abraço.

— Callie, estou feliz por você estar aqui porque foi através de você que conheci a Grace — Nicole diz. — E acho que é a ocasião apropriada para comunicar a você, Grace, que decidimos tornar oficialmente o *Wee Well in Westchester* uma parte permanente do nosso site. E, se você aceitar, gostaria de torná-la membro oficial da nossa equipe em vez de ser apenas *freelancer* — Nicole me diz sorrindo.

Em dezembro, Nicole me chamou assim do nada e disse que a nova *newsletter* por e-mail estava indo muito bem e eles tinham decidido fazer uma coluna no site para famílias com o nome *Wee Well in Westchester*. Ela imediatamente tinha pensado em mim, e eu aceitei na mesma hora a oportunidade. Passo umas cinco horas por semana procurando aulas de yoga para crianças, profissionais que utilizam métodos naturais para o alívio de alergias, cafés com pratos saudáveis para crianças etc. A divisão *Wee* tem sido quase sempre esporádica, mas eu já tinha ouvido boatos no escritório que ela poderia se tornar uma parte permanente do site, com mais recursos e uma equipe só para ela. Bem, aparentemente a equipe exclusiva agora sou eu. É a oportunidade perfeita.

— Verdade? — pergunto.

— Verdade — ela confirma.

— Bom, então, Nicole… eu aceito — digo, e sinto como se fosse explodir de felicidade. — Mas... — começo a dizer, de repente insegura em relação a uma coisa.

— Não se preocupe. Não é uma função de período integral, e posso ser bem flexível com seus horários para você poder esperar os meninos quando eles chegam da escola.

— Maravilha. Muito obrigada, eu realmente adorei a proposta, Nicole. Para mim, parece perfeita — digo.

— Certo, agora chega disso, há muita gente que quer abraçá-la, não os deixe esperando, nós temos muito tempo na semana que vem para falar sobre seu novo trabalho.

— Ótimo — digo enquanto Nicole e Callie se sentam num dos sofás numa das pontas do salão.

O salão privado é requintado. Uma comprida mesa de madeira rústica ocupa a maior parte do espaço. Uma das laterais é formada por uma parede de vidro que dá para uma área externa linda, com certeza mais bonita no verão, com o verde das plantas e as cores vivas das flores, mas também muito bonita hoje com seus muros de pedra e plantas perenes cobertos de neve. Do outro lado, dois sofás aconchegantes, uma mesa baixa e uma lareira acesa com a lenha estalando. Sempre desejei um aniversário no verão, mas o dia de hoje está perfeito e não desejaria que fosse diferente.

— Oi, Grace. Feliz aniversário.

— Oi, Ainsley. Que bom que pôde vir — digo, abraçando-a.

— Bom, consegui reagendar todas as consultas de hoje, então deu tudo certo — ela diz com seu sotaque adorável. — Amei seu vestido — ela diz, segurando minhas mãos e me fazendo girar. — Você está ótima!

— Obrigada — digo. — Você também! — Estou usando um vestido de inverno, justo e de couro branco, com mangas que modelam os ombros. Pelo jeito, estou incrivelmente bem por dentro e por fora.

— Significa muito para mim você estar aqui e fazer parte da minha vida. Não dá para acreditar como nos tornamos tão amigas num espaço de tempo tão curto — eu digo.

— Estou feliz por você estar num momento tão bom. Essa festa não poderia ter acontecido numa hora melhor.

— Concordo — digo. Ainsley vai cumprimentar algumas mulheres que nós duas conhecemos da escola dos meninos.

Darren e eu temos tido sessões de aconselhamento com Ainsley desde outubro, quando ele voltou para casa. Vamos juntos a cada duas semanas, e eu vou sozinha nas semanas intercaladas. Não tinha muita certeza se deveria ter Ainsley como terapeuta, já que ela também é uma das mães da escola, mas descobri que ela é muito serena, além do que, na ocasião, não tinha de fato uma amizade com ela que pudesse causar estranheza, então decidi experimentar. Darren e eu nos ligamos a ela de imediato, e Ainsleynos ajudou muito. Ela foi extremamente profissional durante esse tempo, mas agora que estou pronta para encerrar a terapia me sinto animada por podermos nos tornar boas amigas sem precisar manter limites.

Olho à volta e verifico se todo mundo já chegou. Eu quis manter a festa pequena e íntima, por isso convidei poucas pessoas. Ali estão mamãe e Eva, Callie e Nicole, Ainsley, três mães da escola dos meninos e minhas amigas da faculdade, Lucy, que mora em Nova Jersey, e Aimee, que vive em Manhattan. Kiki e Arden pensaram em pegar um voo para cá, mas, em vez disso, nós três combinamos que vamos nos encontrar num *spa* no Arizona e comemorar os nossos aniversários juntas. Meu estômago reclama um pouco, e decido que é hora de começar o almoço.

Todas estão sentadas e os garçons servem o primeiro prato, uma salada deliciosa feita com alface, ervas e flores da estufa do próprio local, acompanhada de um molho feito com champanhe. Estou bebericando meu vinho quando vejo a porta se abrir.

— Desculpe o atraso.

Eu me levanto e vou até a porta.

— Não se preocupe. Eu sabia que ia chegar atrasada, o importante é que está aqui — digo e dou um grande abraço na minha melhor amiga.

— Foi bom que me atenderam na hora para a quimio — ela sussurra, colocando a bolsa na cadeira vazia ao lado da minha. Mamãe se levanta da cadeira do outro lado e abraça Cameron, que em seguida dá a volta à mesa para cumprimentar todas as convidadas.

Cameron percorreu um longo caminho desde a cirurgia em outubro, mas não foi um trajeto totalmente tranquilo. Fico comovida em vê-la agora, tão no controle, com uma aparência tão saudável, tão... bem... tão Cameron. A recuperação depois da mastectomia dupla foi terrível. Ela teve de ficar em repouso por três semanas, e já na primeira ficou nervosa e impaciente. Procurei entretê-la com filmes românticos e revistas de fofoca. Uma das piores partes foi quando os tubos de drenagem foram removidos. Ela disse que foi horrível, como se estivessem extraindo cobras do seu corpo.

O relatório da patologia chegou uma semana depois da cirurgia e mostrou que o tumor media 1,8 centímetros — grande o bastante para necessitar de quimioterapia, mas não o suficiente para causar alarme. Havia um foco de metástase no linfonodo sentinela, mas os outros catorze linfonodos removidos não apresentavam sinal de câncer. Também acharam algo pequeno no seio direito, e Cameron ficou aliviada por ter optado pela mastectomia dupla. Se não tivesse, ela teria que passar por tudo isso novamente. Ela começou o tratamento de seis meses de quimio em novembro e, felizmente, não vai precisar de radiação. Ela vai ao cirurgião plástico todas as semanas para encher seus expansores com soro a fim de preparar-se para a reconstrução permanente que vai começar no início do verão.

Cameron tem sofrido todos os efeitos colaterais esperados: perda de cabelo, enjoo, cansaço e inchaço, e a médica disse que, à medida que o tratamento avançar, ela terá mais alguns, como tontura e formigamento nas pontas dos dedos das mãos e dos pés. Mas ela está enfrentando tudo, aliviada por ter retirado o câncer do corpo e querendo fazer o que for necessário para que ele não volte.

No começo, Cameron pensou que encararia a perda de cabelo sem emoção e com uma visão clínica e que, assim que ele começasse a cair, ela convocaria todo o batalhão Cameron e rasparia a cabeça. Mas, quando isso de fato começou a acontecer, foi demais para ela. Minha amiga chorou e ficou perturbada; a gravidade de tudo o que estava acontecendo com ela provando-se mais capaz de debilitá-la — como eu esperava que fosse — do que de energizá-la — como ela esperava. Cameron disse que, quando olhava no espelho, sentia que ele a fazia parecer "doente". Pouco a pouco ela se acostumou com a peruca e as echarpes e, preciso lhe dar este crédito, realmente tirou o melhor proveito delas. Ou pelo menos teve essa intenção.

A melhor notícia é que Cameron e Jack entraram em contato com uma agência de adoção e estão preparados para começar o processo para adotar um bebê. Eles se sentem mais fortes por terem tido outra chance em suas vidas e estão animados em receber um bebê na família. Pode demorar um pouco, mas estão dispostos a esperar.

Minha amizade com Cameron fortaleceu-se também. Depois de sermos amigas por vinte e dois anos, eu não imaginava que isso fosse possível. Mas sentimos como se tivéssemos passado por uma guerra juntas, e isso nos uniu ainda mais. Por outro lado, ela tem me apoiado, tanto quando assumi o *freelance* para *Wee Well in Westchester* quanto em meu trabalho para resolver as coisas com Darren. Tive dias sombrios quando temi muito pela Cameron e pela forma como ela ia passar por isso, mas não me preocupo mais. Principalmente porque ela está melhor, mas também porque aprendi um pouco sobre como atravessar períodos ruins e como se preocupar com coisas pequenas é um desperdício monumental de energia. É impossível destruir todos os traços de preocupação do meu DNA, ela está bem impregnada naquelas minúsculas cadeias, mas com a prática estou percebendo uma boa evolução.

Durante o almoço — a escolha é entre *paillard* de frango grelhado e risoto de arroz selvagem (eu escolho o risoto) — peço às minhas convidadas que deem a volta na mesa e se apresentem e contem como me conheceram. Sei que é um pouco cafona, e tento ser simpática com quem não gosta de falar em público, mas somos apenas doze, então espero que isso não cause muita ansiedade em ninguém.

São muitas as risadas e brincadeiras diante das histórias engraçadas do meu passado contadas por minhas amigas e por minha mãe e Eva, e todas acabam por se conhecer. Algumas amigas fazem pequenos discursos sobre nosso relacionamento e por que elas valorizam nossa amizade. Sempre achei meio chocante ouvir o que as outras pessoas pensam de mim. É estranho perceber que a *persona* que acho que projeto para o mundo é às vezes muito diferente daquela que é percebida pelos outros. Somente através das palavras de minhas amigas é que percebo que me acham engraçada, absurdamente inteligente (palavras delas, não minhas), uma grande mãe, que tenho um grande potencial como escritora e que, como Callie diz, reuni tudo isso. Embora eu esteja tentando não dar muita importância ao que as pessoas pensam de mim, saber que é isso que elas — algumas daquelas a quem mais respeito no mundo — pensam de mim me faz sorrir. Quando todas acabam de falar, bato na minha taça e me levanto.

— Agradeço a vocês por terem vindo. É muito importante comemorar as coisas boas da vida, por isso estou superfeliz e agradecida por estarem todas aqui. Fomos testemunhas recentemente, algumas um pouco mais de perto que outras, daquilo que apenas chamo de tristeza profunda e obstáculos aparentemente insuperáveis, e isso torna ainda mais importante agarrar as ocasiões felizes pelos chifres e montar no touro até não poder mais. É por isso que estou dando esta festa.

— Imagino que seja costume nessas datas marcantes de aniversário refletir um pouco em que ponto da sua vida você está. E fico muito feliz por finalmente chegar aos 40. Não tenho mais crianças pequenas, então durmo a noite inteira. Desenvolvi a autoestima e a sabedoria necessárias para saber aquilo com que me preocupar e do que dar risada; o que merece ser chorado; quanto valem as calorias; se é preciso me comunicar com a escola ou chamar o médico; quando devo me preocupar com o que outra pessoa pensa e quando devo ser autêntica; o que merece um sim e quando é melhor dizer "Deixe-me pensar a respeito"; em que devo empregar cem por cento de esforço e aquilo em que setenta e cinco por cento já basta; quem são meus verdadeiros amigos; e por que, acima de tudo, eu sou tão incrivelmente sortuda. Para mim, foram precisos 40 anos para descobrir a maior parte disso. Algumas dessas coisas enxerguei um pouco mais cedo, outras ainda estou processando e, sem dúvida, continuarei a fazer isso.

— Como Cameron tem me dito ultimamente, acertei o passo e, honestamente, estou muito, muito feliz. E há algumas pessoas a quem quero mencionar e agradecer por estarem presentes na minha vida em cada passo do caminho, por apoiarem essa jornada e permitirem essa felicidade. Minhas lindas mãe e irmã, estou muito emocionada por terem feito o esforço de vir até aqui para essa comemoração. Não teria sido a mesma coisa sem vocês. Passamos por muitas coisas, bons e maus momentos, mas os atravessamos juntas e nos saímos muito bem.

— Eva, você sempre me apoiou e eu lhe agradeço muito por isso. Você me fez rir muitas vezes com todas as suas histórias de Hollywood, e sabe que adoro seu repertório de pratos da *Barefoot Contessa*, e é minha companhia favorita para rodar à toa por LA.

— Mamãe, agora que sou adulta e tenho tido minhas próprias experiências e minha família, posso avaliar e ter consciência dos sacrifícios que fez por Eva, Danielle e por mim quando éramos crianças. Não deve ter sido fácil. Você sempre esteve presente para animar, dar seu apoio firme, ser mãe orgulhosa, sempre pronta a ouvir confidências, revelou-se uma adorável avó e alcançou a sabedoria da prudência. Você sempre me implorou para fazer o que me faz feliz. Obrigada, mãe. Estou fazendo. E lhe agradeço do fundo do coração por isso, por ter me ajudado a amadurecer.

— E também quero agradecer a todas vocês. Minhas amigas. Minhas amigas de verdade, inteligentes, honestas, lindas, realizadas, motivadas, adoráveis e queridas. Cada uma de vocês nesta mesa esteve comigo numa ocasião ou outra, para uma coisa ou outra, para chorar ou partilhar notícias boas, me acompanhar, sair ou beber comigo, ou dividir datas marcantes de nossas vidas. Vocês suportaram tudo comigo. Há algo especial em relação às amigas. Elas proporcionam algo que nem mãe, irmã ou marido são capazes. Tive muita sorte de conhecer cada uma de vocês, e agradeço a todas por me mostrarem o significado da verdadeira amizade.

— Então obrigada por terem me permitido essa reflexão sobre a minha vida. Não é sempre que temos a oportunidade de fazer algo assim. Só peço mais um minuto de paciência. Nos últimos seis meses, passei por muita coisa. E cada uma dessas situações me tornou mais forte, me fez ver a vida de forma diferente, e em contrapartida me fez começar a viver de outra maneira. Sei que a vida é uma jornada para todas nós. Algumas vezes, como sabemos, o caminho é reto e desimpedido. Essas ocasiões são agradáveis, previsíveis e fáceis de lidar. Mas, algumas vezes, o caminho fica cheio de voltas e reviravoltas, impasses, abismos e outros obstáculos difíceis, até mesmo assustadores. Nesses momentos é que somos testadas. E precisamos agir com graça. E só quando deixamos esses obstáculos para trás é que aprendemos que, da próxima vez que os enfrentarmos, seremos mais capazes de superá-los.

— Aprendi muito nos últimos seis meses sobre mim e sobre a vida, e estou muito animada por ter a oportunidade de começar a viver de forma diferente. Quero dizer a todas, em parte porque são as pessoas mais próximas de mim, mas principalmente porque vão me manter ligada a isso, que vou fazer algumas mudanças na minha vida. Vou trabalhar para me tornar tão saudável e feliz quanto for possível, não vou me queixar daquilo que não posso mudar e não vou ficar presa a coisas que me impedem de seguir em frente. Vou tornar minha vida extraordinária. De agora em diante, se houver alguma coisa que me desagrade, vou mudá-la, mesmo que seja preciso dar passos pequenos para isso acontecer. Vou me proporcionar a vida que sei que mereço, e espero que vocês se juntem a mim e façam o mesmo.

— Obrigada por me ajudarem a comemorar meu aniversário. Obrigada pelo apoio. Obrigada por me ajudarem a construir uma vida feliz. Amo todas vocês.

A sala inteira irrompe em sorrisos e aplausos, e me sinto muito feliz. Então, de repente, todas começam a cantar os parabéns, e eu percebo que estão olhando para a porta atrás de mim. Eu me viro e vejo meu bolo de aniversário, as velas acesas, sendo carregado sobre uma bandeja de prata por um homem alto, moreno, bonito e com olhos absurdamente azuis.

— Feliz aniversário, meu amor — Darren diz, enquanto põe o bolo na mesa diante de mim.

E enquanto me delicio com o calor das velas e do amor do meu marido, das minhas amigas e da minha família, fecho os olhos e faço um pedido. Graciosamente.

Agradecimentos

Sei que os autores guardam o melhor agradecimento por último, mas quero agradecer em primeiro lugar às quatro pessoas que não só significam tudo para mim, mas que foram as que mais me apoiaram enquanto eu escrevia e publicava *Os Conflitos de Grace.* Aos meus três inteligentes, excelentes e adoráveis meninos: Jason, Will e Judson. Obrigada por me animarem tanto quando eu me sentia cheia de coragem quanto nos momentos de desânimo. E obrigada pelas comemorações com *cupcake.* Juro que haverá mais delas. Com cobertura extra.

Ao meu maravilhoso marido há quase duas décadas, Rick, peço desculpas se os leitores deste livro sempre olharem de modo engraçado para você, imaginando se é o Darren. Para eles, eu digo: ele não é. Para você eu digo: obrigada por ser meu verdadeiro parceiro na vida. Você não poderia ser mais amoroso, encorajador e realista em todo o processo.

Obrigada a minhas amigas e primeiras leitoras: Sharon Cooper, Karen Cousin, Bets Miller, Sally Paridis, Allison Wohl e Cathy Yaffa. Amigas mais verdadeiras não existem. E aos muitos outros amigos que se entusiasmaram com o primeiro manuscrito e/ou me encorajaram ao longo do caminho: Rene Benedetto,

Mark Bezos, Franci Blassberg, Laurie Boockvar, Sarah Davis, Jana Edelbaum, Jordanna Fraiberg, Stacey Gendelman, Julie Gerstenblatt, Shellan Isackson, Jenny Jacquette, Kate Kies, Sandi Kornblum, Penny Kosinski, Alyson Lane, Beth Lipman, Maura Mandell, Jenn Mann, Lou Marinaccio, Allison Mignone, Jessica Mindich, Annabel Monaghan, Elizabeth Moyer, Megan Mulry, Jennifer Ostfield, Melinda Pressler, Eric Rahe, Alison Dickinson Rao, Richard Rosenzweig, Angela Santomero, Melissa Shapiro, David Shorrock, Robynne Smith, Rachel Strum, John Thomas, Tara Turnbull, Nancy Weiser, Suzy Welch, Beatriz Williams, Britney Williams, Emily Wolk, Jackie Wyman, Jillian Rice Ziebec e Lauren Zucker.

Obrigada a você, Kristin Harmel, escritora talentosa e famosa, autora de inúmeros romances fantásticos, por questionar e melhorar meu texto, além de me apoiar. Você foi verdadeiramente minha mentora.

Obrigada, obrigada, obrigada, Crystal Patriarche e Heidi Hurst da SparkPress, um selo da BookSparks, pelo entusiasmo, apoio, encorajamento, orientação profissional e, especialmente, por terem visto algo em mim e neste trabalho. Estou muito animada por fazer parte dessa jornada com vocês! Obrigada Wayne Elizabeth Parrish pela edição excelente. Um agradecimento enorme à talentosa Julie Metz pela bela capa da edição original do livro. E, em especial, obrigada a Caitlin Alexander, Andrew Brown e Kate King por me lançarem.

Recebi uma boa orientação das minhas amigas, doutora Julie Monroe e Melissa Boxer, sobre o tratamento de câncer de mama, tanto da perspectiva médica quanto da visão da paciente. Obrigada pela contribuição sábia, completa e humanitária. Se houver algumas inconsistências médicas na história de Cameron, são todas de minha responsabilidade.

Tenho uma família grande e maravilhosa, que sempre me apoia em tudo o que faço. Obrigada a Nancy e Ira Norris, David e Marsha Orman, Terry Orman Gevisser, Mike e Leslie Norris, Greg e Joanne Norris, Joy e Robert Schnall, Jodi Quintiere e Lisa Smukler.

Papai, obrigada pelo gene de escritora! Sou muito grata a você pelo tempo que empregou na fase inicial da edição de *Os Conflitos de Grace*, por todo o amor que demonstra incansavelmente por mim e por todo orgulho que sei que sente de mim.

Mamãe, você é minha fã nº 1 e a pessoa que mais investiu tempo e amor em mim. Obrigada por seu amor incessante e incondicional.

E obrigada a vocês, leitores, por gastarem tempo e dinheiro em *Os Conflitos de Grace*. Espero tê-los feito sorrir.

um livro
.com.br